江苏省社会科学基金项目
"唐代应制诗修辞研究"（17YYC003）

唐代应制诗修辞研究

朱栋 著

中国社会科学出版社

图书在版编目（CIP）数据

唐代应制诗修辞研究／朱栋著. -- 北京：中国社会科学出版社，2024.12. -- ISBN 978-7-5227-4254-0

Ⅰ. I207.227.42

中国国家版本馆 CIP 数据核字第 2024RK6566 号

出 版 人	赵剑英
责任编辑	刘志兵
特约编辑	顾世宝
责任校对	张　慧
责任印制	戴　宽

出　　版	中国社会科学出版社
社　　址	北京鼓楼西大街甲 158 号
邮　　编	100720
网　　址	http：//www.csspw.cn
发 行 部	010-84083685
门 市 部	010-84029450
经　　销	新华书店及其他书店
印　　刷	北京明恒达印务有限公司
装　　订	廊坊市广阳区广增装订厂
版　　次	2024 年 12 月第 1 版
印　　次	2024 年 12 月第 1 次印刷
开　　本	710×1000　1/16
印　　张	17.25
插　　页	2
字　　数	286 千字
定　　价	99.00 元

凡购买中国社会科学出版社图书，如有质量问题请与本社营销中心联系调换
电话：010-84083683
版权所有　侵权必究

序

对唐诗的研究，一直以来是学术界关注的热点。不仅研究者众多，研究成果也较多。但是，纵观唐诗研究的现状，研究者主要是从事古典诗歌研究的学者，他们对唐诗观照的焦点多集中于唐诗的思想性、艺术性，也有学者专注于唐诗的相关考索工作。研究语言学的学者关注唐诗的则非常少见，偶见一二海外华人学者运用西方语言学方法研究唐诗的音韵问题，可谓是唐诗的语言学研究成果。至于修辞学者研究唐诗的，只是近二十年的事。相关的研究成果，主要有吴礼权、谢元春先后发表的数十篇对唐诗列锦辞格（即"名词铺排"）进行研究的系列论文，段曹林对唐诗句法修辞研究的博士学位论文以及后来陆续面世的相关论著，修辞学界同仁对此都非常了解。朱栋教授对唐代应制诗的研究，亦属修辞学视角的唐诗研究。只是这一研究比其他修辞学同仁的研究，在研究对象上更集中，是专就应制诗而予以观照的专精化研究。

众所周知，唐诗的内容非常丰富，研究者可以从多方面进行研究。如边塞诗、山水田园诗、爱情诗等的研究，就是其中非常热门的几个方面。研究古典文学，特别是研究唐诗的学者，对于这一方面的情况都非常了解。而朱栋教授研究的应制诗，在《全唐诗》中数量并不多，属于比较小众的研究对象。但是，朱栋教授却对此类诗歌研究情有独钟，他在武汉大学攻读博士学位期间，学位论文就选择了唐代试律诗作为研究对象，重点研究该类诗歌的用典；后来到复旦大学跟我做博士后研究期间，毅然选择了唐代应制诗为研究对象，并从修辞学研究视角切入；再之后，申报江苏省哲学社会科学基金项目，仍然以此为研究课题。就唐代应制诗、试律诗的修辞学研究而言，朱栋教授应该算是最权威的专家了。

　　学术研究是一种枯燥、清苦的工作，既要求研究者有坐得住冷板凳的功夫，还要求研究者对研究工作满怀激情、抱有浓厚的兴趣。否则，相关的研究工作就坚持不下去。即使因为"稻粱谋"而勉强坚持下去，也不会有专精、科学的研究成果产生。现在我们全社会上上下下都在倡导"工匠精神"，其实学术研究最需要"工匠精神"。作为学者，如果有自己情有独钟的学术课题，那么就说明他对此学术课题是有浓厚兴趣的；而有浓厚兴趣，才能让其迸发出研究的激情，才能使其不畏艰苦，耐住性子，十年磨一剑，持之以恒地将研究工作坚持下去，并最终完成研究任务，产出专精、科学的学术成果。我觉得，朱栋教授就堪称一个具备了工匠精神的学者。他能在唐代应制诗的修辞研究方面数年如一日，持续不断精进，最终向学术界奉献出这部名曰"唐代应制诗修辞研究"的专著，就足以说明这一点。

　　朱栋教授的这部《唐代应制诗修辞研究》，之所以让我特别欣赏，是基于我对这部专著如下三个方面的认知。

　　其一，是选题视角独到，见他人之所未见，为唐诗修辞研究开拓了一条新路。唐诗内容包罗万象，热门的诗歌很多，而朱栋教授能够独具慧眼，从中发现应制诗在修辞学研究上的独特价值，这是非常难能可贵的。毋庸讳言，应制诗就思想内容而言，并无什么特别的价值。因为它主要是为粉饰太平、歌功颂德，甚至只是为拍马逢迎讨君王欢心而作。但是，从修辞学的视角来看，应制诗则具有不可否认的研究价值。应制诗是专门写给君王看的，不是写给普通大众看的，因此应制诗在写作上就要有高于其他诗的修辞技巧，同时还要适应君王的心理。正因为应制诗的写作在修辞上的要求非常高，所以，从修辞学的视角对应制诗进行研究，具有特别的学术价值。这一研究成果，不仅可以拓展唐诗研究的视野，还可以深化汉语修辞学的研究，扩大汉语修辞学研究的范围，对于促进汉语修辞学研究的学科影响力也有不可小觑的意义。

　　也许会有学者认为，以数年之功研究唐代的应制诗，似乎有些不值。毕竟这个问题太小了。我却不是这样认为的，应制诗作为唐诗创作中客观存在的一个方面，不正视它的存在，从学术的眼光来看，本来就是不应该的。如果研究修辞学的学者也不正视应制诗的存在，认识不到它作为修辞学研究对象的特殊价值，那就更不应该了。朱栋教授选择唐代应制诗的修辞问题作为博士后研究与江苏省哲学社会科学基金项目研究的课题，是具有学术眼光的。因为它填补了唐诗研究在此方面的空白，具有重要的学术价值。除此之外，我还认为，朱栋教授的这部专著只选择唐诗中的应制诗为研究对象，而不是像其他学者那样，以全部的唐诗为研究对象，这是一种专而精的研究思路，是我生平最赞赏的学术研究思路。我个人认为，学术研究不能"大而化之"，也不能搞"宏大叙事"，而应该选择有价值的具体学术问题进行深度开拓。因此，我常常教导自己的学生，博士论文选题一定不能写大题目，而是要写小题目，要进行具体问题的深入研究，要以工匠精神做出精良的活。上海人有句话，叫"螺蛳壳里做道场"，讲的就是做活要做得精致。事实上，学术研究就是一个精致的活，需要耐心，需要仔细，才能得出科学而精密的结论。如果朱栋教授的这部著作不是以唐代的应制诗为研究对象，而是以《全唐诗》所收录的全部作品作为研究对象，我是绝不会欣赏的。因为我相信，任何人都做不好这种大题目，也做不深这种大题目。与其大题目做得不深不透，还不如小题目做深做透，做得精致，这样反而容易出活，能够对学术研究作出实实在在的贡献。正是基于这一认识，我认为朱栋教授的这部《唐代应制诗修辞研究》特别值得肯定，是一部扎实有价值的修辞学力作，在中国修辞学史上有其独特的贡献。

其二，是研究体系严密。作为第一部以唐代应制诗的修辞问题为研究对象的学术专著，书中朱栋教授所建构的学术研究体系是相当严密的。全书除了"绪论"外，分为五章，基本上将唐代应制诗修辞研究的相关问题都囊括了。第一章着重讨论了应制诗的起源、内涵与类别，考据源流精当，概念界定清晰，分类科学合理。第二章着重讨论了唐代应制诗的发展演变，分初唐、盛唐与中晚唐三个时期分别描写，条分缕析，让人一目了然。第三章着重讨论了唐代应制诗的语言特点与辞格选用，概括了唐代应制诗的语言特点，爬梳了唐代应制诗所运用的具体辞格情况，并总结了唐代应制诗在辞格选用上的具体规律。第四章着重讨论了唐代应制诗创作的修辞心理，分别对初唐、盛唐、中晚唐不同时期应制诗在创作上的修辞心理进行了探讨。这一部分是最具有理论价值的，值得我们重视。第五章着重讨论了唐代应制诗修辞对唐诗律化及繁荣的影响，分析细密周到，值得唐诗研究的其他学者重视和借鉴。

唐代应制诗虽然数量不多，但是作为一种独立存在的研究客体，在朱栋教授的研究之前，并无多少人涉足。至于从修辞的视角切入而进行研究，则更是未见其人。因此，对于这样一部发凡起例的开拓之作，朱栋教授所建立的上述研究体系就显得相当难能可贵了。因为它无复傍依，需要独立建构。虽然我们不能说朱栋教授的这部学术专著已经做到了尽善尽美，但是最起码我们可以说，它的出版面世为后来者的研究奠定了扎实的基础。因此，从中国修辞学史的视角看，这一开创之功是不可抹杀的。

其三，是作者朱栋教授不满足于对唐代应制诗的修辞规律进行概括总结，而是在此基础上对唐代应制诗创作的心理进行深入探讨，提出了独到的理论见解。这是全书的亮点，也是其理论价值最突出的方面。如作者认为："唐代应制诗作者的修辞心理是随着唐代政治、经济、文化的发展而发生相应的改变的。初唐太宗朝，应制诗作者的修辞心理是昂扬豁达的，豪情高涨，颂扬与讽谏相结合；初唐高宗、武后时期，宫廷诗坛因新鲜血液的注入而充满活力，应制诗的政治功能降低，应制诗作者的修辞心理是自足和愉悦的，谄媚颂圣心理明显，应制诗多辞藻华丽，营造出富丽堂皇的盛世气象；初唐中宗、睿宗时期，整个宫廷诗坛呈现出轻松、欢愉的氛围，应制诗作者的修辞心理是相对轻松自由的，呈现出恬静自然的特点，他们多关注对自然景物的欣赏与描绘，削弱了应制诗的庄严感、富贵气和呆板的体制，这为盛唐山水诗的繁荣奠定了基础。盛唐时期的应制诗，虽然在数量上比初唐少了很多，但其在继承初唐诗风的同时，更多地融入了新的时代气息。这一时期，应制诗作者的修辞心理是开阔大气的，应制诗在歌功颂德的同时，更多是彰显盛唐气象，诗风恢宏通达。中晚唐时期的政治、经济、文化已难见安史之乱前的繁荣，朋党之争、宦官专权、藩镇割据，多种矛盾交织，中央集权被大大削弱，应制诗得以产生的条件已基本消失，所以，在中晚唐近一百五十年的时间里，应制诗总量不足五十首。这一时期应制诗作者的修辞心理是灰暗、焦虑和充满忧患意识的，应制诗作品留下的多是夸饰的辞藻和浅薄的颂圣。"这一具有高度概括性的理论总结，如果没有数年对唐代应制诗深入研究的功底，没有长期对此问题进行的深度理论思考，没有对唐代历史、文学研究的深厚学养，是很难企及的。

学术研究之路是长远的。值此《唐代应制诗修辞研究》即将出版面世之际，衷心祝贺作者朱栋教授。同时，也借此机会对作者朱栋教授提出一个建议，希望对唐代应制诗的修辞学研究告一段落，另辟一个新的领域进行开拓性研究，为中国修辞学研究的繁荣发展再立新功。

吴礼权
2021 年 11 月 26 日
于复旦大学光华楼西主楼 1407 室

吴礼权，复旦大学中国语言文学研究所教授、博士生导师，东吴大学客座教授，湖北省政府特聘"楚天学者"讲座教授，日本京都外国语大学客员教授，中国修辞学会会长。

目　　录

绪　论 ……………………………………………………（1）
　　第一节　研究综述 ………………………………………（2）
　　第二节　选题缘起 ………………………………………（5）
　　第三节　研究方法与价值 ………………………………（6）
　　第四节　整体框架、重点难点与主要目标 ……………（7）

第一章　应制诗的起源、内涵与类别 ……………………（9）
　　第一节　应制诗的起源 …………………………………（9）
　　第二节　应制诗的内涵 …………………………………（12）
　　第三节　应制诗的类别 …………………………………（17）

第二章　唐代应制诗的发展流变 …………………………（21）
　　第一节　初唐时期的应制诗 ……………………………（22）
　　第二节　盛唐时期的应制诗 ……………………………（40）
　　第三节　中晚唐时期的应制诗 …………………………（48）

第三章　唐代应制诗的语言特点与辞格选用 ……………（53）
　　第一节　唐代应制诗的语言特点 ………………………（53）
　　第二节　唐代应制诗的辞格选用 ………………………（63）
　　第三节　唐代应制诗辞格选用的规律 …………………（91）

第四章　唐代应制诗的修辞心理 ………………………………（107）
　　第一节　初唐应制诗的修辞心理 ………………………………（107）
　　第二节　盛唐及中晚唐应制诗的修辞心理 ……………………（127）

第五章　唐代应制诗修辞对唐诗律化及繁荣的影响 …………（135）
　　第一节　唐代应制诗修辞对唐诗律化的影响 …………………（136）
　　第二节　唐代应制诗修辞对唐诗繁荣的影响 …………………（139）

结　语 ……………………………………………………………（149）

附录一　《全唐诗》应制诗表 …………………………………（151）

附录二　《全唐诗补编》应制诗简表 …………………………（220）

附录三　唐代试律诗正文用典修辞效果考察 ……朱　栋　吴礼权（222）

附录四　典面组构方式研究 ……………………………………（232）

**附录五　庄子无竟：意境说的直接源头与稳定
　　　　　思想内核** …………………………朱　栋　支运波（245）

主要参考书目 ……………………………………………………（258）

后　记 ……………………………………………………………（263）

绪　　论

唐代应制诗繁荣，因其创作场域的特殊，影响一代诗风。根据对《文苑英华》《唐雅》《历朝应制诗选》《登科记考》《全唐诗》及《全唐诗补编》的初步统计，仅以"奉和""应制""应诏"字样为标题的唐代应制诗就达七百多首，涉及作家二百多人，以至于明代杨慎在其《升庵诗话》中云："唐自贞观至景龙，诗人之作，尽是应制。"[①] 应制诗创作主体多为唐诗名家，而且诗人群体绵延相继。仅以唐初秦府十八学士至中宗朝的景云学士为例，近百年间就出现了诸如龙朔宫廷诗人群、珠英学士、"文章四友"、沈宋、神龙诸臣等诗人群体，形成了多个时间绵延的应制诗创作群落。在这些诗人群体中，不乏著名人物以其特殊的地位与诗歌成就吸引众多诗人追奉聚纳，从而影响唐代诗风。"（主要是应制诗）提供了同等价值的、宫廷诗时代之前大部分诗歌所缺乏的某种东西：它给了诗人控制力，与作品保持距离，把作品看成艺术"[②]，避免了对事件的简单"陈述"，使诗人懂得了诗歌重在"表现"而非"再现"、重在"修辞"而非"直白"，推动了对诗歌艺术的探究和对诗意、诗境的提纯锤炼。唐代应制诗推进了诗歌美感形式建设，为唐诗的全面繁荣打下了坚实基础。但笔者发现，迄今为止还没有学者对唐代应制诗进行广义修辞学层面的系统研究。

---

① （明）杨慎撰，王大厚笺证：《升庵诗话新笺证》，中华书局2008年版，第518页。
② ［美］宇文所安：《初唐诗》，贾晋华译，生活·读书·新知三联书店2014年版，第338页。

第一节 研究综述

一 国内学者对唐代应制诗的研究

明代杨慎在其《升庵诗话》中指出应制诗"命题既同，体制复一，其绮绘有余，而微乏韵度"①。这句话一定程度上道出了应制诗的"软肋"——体式单一，用词华丽，意蕴不足。概因于此，唐代应制诗很少为国内外学者所重视。

国内有关唐代应制诗研究的期刊论文有两类。一类是就具体应制诗作者、应制诗群体或具体应制诗作品进行的研究，如陆平的《"谁道鲇鱼上竹竿？老年恩遇海天宽"——沈德潜奉和应制绝句论略》（2019），胡文俊的《"文章四友"应制诗的继承与革新》（2016），岳德虎的《李峤应制诗引领初唐诗风考论》（2016）、《张说应制诗之于"声律风骨始备"》（2012）、《诗家之射雕手——宋之问的应制诗》（2009）、《试论苏颋应制诗的审美特征及对盛唐诗歌的贡献》（2009），邓无瑕、李建国的《虞世南应制诗的隋唐之变》（2015），高萍的《王维应制诗的因革及其模式意义》（2013），卜瑶的《许敬宗与其〈奉和登陕州城楼应制〉诗》（2012），陈建森的《从张九龄应制诗看唐诗由初唐之渐盛》（2009），陈淑娅的《论王维的应制诗》（2009），王志清的《王维：应制七律第一人》（2009），苗富强、高志的《李峤应制诗赏析》（2008），林善雨的《沈佺期、宋之问应制诗艺术特色》（2007），顾建国的《论张九龄应制、酬赠诗的因变特征与启示意义》（2005），等等。这些论文多重视对个别作者或某个群体的应制诗作品进行研究，缺乏对唐代应制诗的整体观照。如岳德虎的《李峤应制诗引领初唐诗风考论》，作者将李峤的应制诗创作置于初唐诗风的形成层面进行系统研究，认为李峤的应制诗在"初唐之渐盛"的发展进程中，不仅充分表达了作者自身的"事功"追求，形象地描述了唐高宗、武则天和唐中宗三朝的士人风貌、民族关系等"国是"活动，同时，也对初唐时期新体诗的写作技巧、审美取向和声律运用等起到了积极的引领作用。"文章宿老"以其"对初唐新体诗抒情内质的进

---

① （明）杨慎撰，王大厚笺证：《升庵诗话新笺证》，中华书局2008年版，第518页。

一步充实及其美学格调的进一步提升",成为引领"初唐之渐盛"的典型标志之一。另如高萍的《王维应制诗的因革及其模式意义》,作者对王维的应制诗进行了历时梳理和模式意义研究,认为王维的应制诗在唐诗诗风从初唐到盛唐的转变以及诗人自身诗歌的发展两个维度上均具有重要意义。一方面是完成了应制诗从绮错婉媚到雄浑雅正、从骨气都尽到文质兼备的转变,对盛唐诗坛美学风格的形成产生了积极的影响;另一方面是王维应制诗在结构、立意、用语等方面形成的固有模式为其山水诗的创作奠定了基础,从而使其山水诗独具特色,雅淡之中别饶华气,清远之外理趣盎然。

另一类是对唐代不同时期的应制诗或对唐代不同文人群体创作的应制诗进行的研究,如李芸华的《盛唐集贤学士的应制诗研究》(2019),岳德虎的《解读初唐应制诗的时空设计》(2014)、《试论初唐应制诗对后世诗歌的影响》(2009)、《争构纤微,竞为雕刻——评龙朔宫廷诗人的应制诗及人文审视》(2008)、《"用咸英之曲,变烂漫之音"——评贞观诗坛的应制诗》(2007),程建虎的《文化地理学视域中的长安气质——以唐长安应制诗中的"地方感"和"秩序感"为考察视角》(2014)、《应制诗与长安气质:性别、格调与风俗》(2013)、《应制诗的区别及成因探析》(2009)、《文化资本的获取和转换——从另一个角度观照初唐应制诗的嬗变》(2006),郭佩姝的《武则天时期宫廷应制诗研究》(2014),殷海卫的《论唐代河洛诗人群体的应制诗》(2014),丁燕的《略论初唐应制诗》(2007),等等。其中,李芸华的《盛唐集贤学士的应制诗研究》以唐开元中期以张说为中心的集贤殿学士的应制诗为研究对象,通过系统研究,认为集贤殿学士的应制诗延续了初唐宫廷诗的"三部式"样式,但在诗境的构建上却别开生面,文治武功、贤主盛世、道教神仙等意象大量涌现,这不仅是时代风气在文学作品上的投射,而且反过来促进了盛唐风貌在社会场域中的传播。集贤殿学士中风格不同的两代人在继承中谋新变,他们的创作不仅为唐代应制诗带来一股刚健、灵动的新鲜气象,也在某种程度上促进了律诗的发展。岳德虎的《"用咸英之曲,变烂漫之音"——评贞观诗坛的应制诗》一文结合唐王朝建立时的史实,认为唐在隋的基础上建立起来,贞观臣子刚刚经过隋末战乱,其中多数人还曾追随李氏父子征战多年,因而生活经历与梁、陈宫体诗人们完全不同,精神状态发扬振奋,这就催生了新的审美风尚和文学品位。在创作应制诗的过程中,贞观臣子将太平盛世和开国气象进行有机的结合,把自身的经历感受融入理想的实现之中,不是用空虚华美的词藻去阿谀奉承,而是言语华丽却不过分雕琢,并且言归雅正,表现了昂扬奋发的积极精神风貌。相比第一类研究,此类研究在考察范围上有一定拓展,深化了对唐代应制诗的研究。

国内以唐代应制诗为研究对象的学位论文有:余思源的硕士学位论文《唐代应制诗研究》(2018)、黎慧冉的硕士学位论文《初唐四帝(太宗至中宗)时期应制诗研究》(2016)、王思浩的硕士学位论文《盛中唐应制诗研究》(2014)、李玲的硕士学位论文《唐代应制诗研究》(2008)、谢凤杨的硕士学位论文《初盛唐应制诗研究》(2008)、鞠丹凤的硕士学位论文《初、盛唐代应制诗研究》(2007)、岳德虎的硕士学位论文《初唐应制诗研究》(2006)等。其中,岳德虎的硕士学位论文《初唐应制诗研究》把初唐应制诗的发展分成"贞观诗坛""龙朔诗坛""武后中宗诗坛"三个阶段,对每个阶段又分别从文人集团、文化的整合、社会的主导风气和社会背景等方面切入,结合文化学、文艺学、人类学等学术成果进行研究,较系统地阐释了初唐应制诗的发展历程和整体风貌。李玲的硕士学位论文《唐代应制诗研究》以唐代整个时期的应制诗为研究对象,审视应制诗从初唐到晚唐的流变过程,并根据需要,对其中应制诗创作的重点时期、重点作家进行了详尽剖析,力求解决应制诗的分期、分类问题,另对应制诗在唐代繁荣与衰败的原因也作了尝试性的探讨,创获颇多。

国内对唐代应制诗研究较为深入的专著有程建虎的《中古应制诗的双重观照》。该书由作者的博士学位论文《中古应制诗研究》修改完善而成,从历时和共时两个层面系统地探讨了中古应制诗的发展历程与固有特质,其中对唐代应制诗的研究最为深入。该书分上下编两个部分。上编从宏观的文化语境视角考察应制诗,详细地探讨了应制诗作为意识形态建构、象征符号和文化资本的不同特质,对其在思想史、社会政治史、文化史和意识形态等方面的意义进行了深入探究,并由此生发,系统地考察了士人在封建专制君权下的人格嬗变与心路历程。下编从历时角度出发,立足于诗学语境,系统考察了应制诗的起源、特点与审美价值,同时还将应制诗对唱和诗、咏物诗、诗歌律化及诗歌用典修辞的影响进行了深入研究，拓宽了应制诗的研究视野，初步厘清了应制诗在中国文学史上的地位。在该编的论述中，作者除以传统诗学理论探讨应制诗之外，还借用国外形式主义理论、舞美效果理论、装饰美学及传播学等理论对应制诗进行跨学科的综合研究，从而使研究过程和研究结果更具有创新价值和启发性，深化了对应制诗的系统研究，特别是提升了对唐代应制诗的研究水平。

二　国外学者对唐代应制诗的研究

对唐代应制诗开展研究的国外学者主要有两位，一位是美国的汉学家宇文所安，另一位是日本的唐代文学研究专家入谷仙介。宇文所安在他的汉学著作《初唐诗》（2014）中，对初唐应制诗的发展背景、形式、诗体、题材、影响，以及初唐应制诗的主要作家均有涉及，研究结论较有启发性。入谷仙介在其论文《论王维的应制诗》（2003）中，对王维的两首应制诗《奉和圣制从蓬莱向兴庆阁道中留春雨中春望之作应制》《奉和圣制天长节赐宴歌应制》进行了详细研究，从微观角度对两首应制诗的语词进行了语源学层面的梳理，并对诗中所选用典故的流传及应用进行了详尽分析。

第二节　选题缘起

目前，有关唐代应制诗的研究与唐代应制诗自身的地位及价值是不对等的。现有成果多是对唐代应制诗具体作家、具体作品或是对应制诗分期问题的研究，而对唐代应制诗作穷尽性搜集并进行系统研究的成果还未出现。受特定创作环境与创作主体特定文化心理的制约，唐代应制诗创作多重视"修辞"。因此，从广义修辞学研究视角切入，在穷尽性搜集唐代应制诗的基础之上，详尽梳理唐代应制诗的辞格选用，特别是探讨其中如何切事近人的"用典"等修辞问题，探寻诗人的深层次修辞心理，进而深入考察唐代应制诗的创作规律，对深化唐代应制诗本体研究、厘清唐代应制诗的文学史意义均具有重要价值。同时，也可古为今用，对提高今人语言表达能力亦具有借鉴意义。

第三节 研究方法与价值

一 研究方法

（一）计量分析法

在对唐代应制诗作穷尽性搜集的基础上，对其所选用的"常式"修辞手法进行归类和计量分析，以探求唐代应制诗的修辞特点及规律。

（二）文史互证考据法

通过对唐代应制诗所用典故的典源文献、意义类属等方面的考证，将其与唐代政治史、思想史、文化史相结合，开展对唐代应制诗的多元考察。

（三）共时对比分析法

通过对唐代应制诗所选用的"常式"修辞手法进行对比分析，探明唐代应制诗创作主体在选用不同"常式"修辞手法时的现实因由与心理依据。

（四）心理分析法

探究唐代应制诗修辞规律必须涉及修辞心理分析。本书将借鉴西方最新心理分析理论与国内修辞心理学的最新研究成果，对唐代应制诗修辞心理进行深入研究。

二 研究价值

（一）学术价值

通过对唐代应制诗进行穷尽性搜集，进而对唐代应制诗辞格进行穷尽性梳理，归纳出所选用的"常式"修辞手法，可以完整展现唐代应制诗的固有修辞特质，厘清唐代应制诗所选用的"常式"修辞手法及相应修辞心理与诗歌律化及唐诗繁荣之间的关系，从而拓展汉语修辞学的研究领域。

以分析唐代应制诗"用典"等典型修辞手法的运用为"解剖麻雀"的抓手，从修辞心理学研究视角切入，进而从诗学、文化、思想、政治等层面对唐代应制诗进行多角度观照，可以帮助人们深入理解"用典"等特定修辞手法在唐代应制诗创作中的重要意义，这对促进中国诗学的理论建设具有重要意义。

(二) 应用价值

通过对唐代应制诗进行广义修辞学层面的深入剖析,可以"以史为鉴""古为今用",为言语交流更好地适应特定受众而进行的修辞实践提供参考与指导。

第四节 整体框架、重点难点与主要目标

一 整体框架

本书以唐代应制诗修辞为研究对象,穷尽性梳理唐代应制诗对各类辞格的选用,探寻修辞规律,厘清修辞心理,不但对唐代应制诗进行修辞学本体层面的研究,而且对其进行文化语境层面的追索,以明晰唐代应制诗创作对诗歌律化及唐诗繁荣的客观影响。同时,还将唐代应制诗置于应制诗发展史的历程中加以历时层面的考察与比较研究,以凸显其修辞特质。

本书在穷尽性搜集唐代应制诗的基础之上,对唐代应制诗所选用的"常式"修辞手法进行系统归纳,从广义修辞学视角观照唐代应制诗在中国文学史上的重要意义,以"用典"等应制诗创作中常用修辞手法为切入点,通过研究唐代应制诗创作者与特定接受对象之间的适应关系,分析唐代应制诗创作者适应特殊交际对象的特定背景与适应交际对象的特定心理之间的复杂关系,进而探索唐代应制诗创作主体的修辞心理,阐明唐代应制诗创作的修辞规律,厘清唐代应制诗创作与唐代政治、经济、思想、文化,特别是与唐诗整体繁荣之间的关系,以便重新确立唐代应制诗的文学史意义。总体研究框架可概括为以下三个方面。

第一,唐代应制诗修辞本体研究。对唐代应制诗常用修辞手法进行总结归纳,概括出唐代应制诗所选用修辞手法的"常式",并进行穷尽性统计分析,厘清唐代应制诗特有的修辞规律。

第二,唐代应制诗修辞心理研究。对唐代应制诗选用"常式"修辞手法的内在因由作修辞心理学层面的阐释,指出唐代应制诗作者之所以选用这种修辞手法而不选用另一种修辞手法的现实因由与心理依据。

第三,唐代应制诗文化语境考察。从广义修辞学研究视角探讨唐代

应制诗创作对诗歌律化及唐诗繁荣的客观影响,从宏观上厘清唐代应制诗创作与唐代政治、思想及文化之间的复杂关系,从而重新确立唐代应制诗的文学史意义。

二 研究重点与难点

(一)研究重点

第一,穷尽性梳理唐代应制诗所选用的修辞手法,归纳出修辞手法中的"常式",探明"常式"修辞手法背后的深层次修辞心理依据,厘清唐代应制诗"常式"修辞手法运用对诗歌律化和唐诗繁荣的重要影响。

第二,从文化语境层面即从当权者的政治导向、臣子的政治觊觎、高级文人的文化诉求以及文学本身的发展规律等角度对唐代应制诗进行广义修辞学层面的研究,探明唐代应制诗创作独特修辞心理得以形成的深层次原因,进而明晰唐代应制诗的文化史意义。

(二)研究难点

第一,从广义修辞学研究视角厘清唐代应制诗与唐代诗歌律化和整体繁荣之间的关系,明确其固有修辞特质和文学史价值。

第二,探明唐代应制诗修辞与唐代政治、经济、思想及文化之间的复杂关系。

三 研究目标

第一,完成对唐代应制诗所选用"常式"修辞手法的穷尽性归纳,从修辞心理学层面阐释"常式"修辞手法得以采用的原因。

第二,厘清唐代应制诗所选用"常式"修辞手法及相应修辞心理与诗歌律化及唐诗繁荣之间的关系,重新确立唐代应制诗的文学史地位。

第三,明晰唐代应制诗修辞与唐代政治、经济、思想及文化之间的关系。

第一章

应制诗的起源、内涵与类别

第一节 应制诗的起源

有关应制诗的起源，历来学界说法不一。早在明朝，吴汶、吴英在其《历朝应制诗选·凡例》中就说："应制诗虽盛于唐，实起于汉魏。自武帝《柏梁台》肇开君臣唱和之端，曹植《应诏》诗始备阙庭进献之体，兹选故以二诗冠首。"[1] 吴氏二人认为应制诗起源于汉武帝与群臣创作的《柏梁台》诗和曹魏时期曹植创作的《应诏》诗，因此，他们在编纂《历朝应制诗选》的时候，就将这两首诗置于卷首。其实，这两首诗均不是应制诗。以下我们就结合前人已有的研究成果对其作简要分析。先看汉武帝时期的《柏梁台》诗：

汉武帝元封三年作柏梁台，诏群臣二千石有能为七言者，乃得上台。
日月星辰和四时，（汉武帝作）
骖驾驷马从梁来。（梁王作）
郡国士马羽林材，（大司马作）
总领天下诚难治。（丞相石庆作）
和抚四夷不易哉，（大将军卫青作）
刀笔之吏臣执之。（御史大夫倪宽作）

---

[1] （明）吴汶、（明）吴英编选：《历朝应制诗选》（文汇堂本），载故宫博物院编《故宫珍本丛刊》第609册，海南出版社2000年版，第127页。

撞钟伐鼓声中诗，（太常周建德作）
宗室广大日益滋。（宗正刘安国作）
周卫交戟禁不时，（卫尉路博德作）
总领从官柏梁台。（光禄勋徐自为作）
平理请谳决嫌疑，（廷尉杜周作）
修饰与马待驾来。（太仆公孙贺作）
郡国吏功差次之，（大鸿胪壶充国作）
乘舆御物主治之。（少府王温舒作）
陈粟万石扬以箕，（大司农张成作）
徼道宫下随讨治。（执金吾中尉豹作）
三辅盗贼天下危，（左冯翊盛宣作）
盗阻南山为民灾。（右扶风李成信作）
外家公主不可治，（京兆尹作）
椒房率更领其材。（詹事陈掌作）
蛮夷朝贺常会期，（典属国作）
柱枅欂栌相枝持。（大匠作）
枇杷橘栗桃李梅，（大官令作）
走狗逐兔张罘罳。（上林令作）
啮妃女唇甘如饴，（郭舍人作）
迫窘诘屈几穷哉。（方东朔作）

首先，历代研究者多认为《柏梁台》这首诗是一首伪作。持此类观点的研究者中，以清代顾炎武的相关研究最具说服力。顾炎武通过考证梁孝王武和梁平王襄所处的时代、元封时期官职名称的变更、大将军卫青的卒年以及汉景帝迎接梁孝王的礼仪规格四个方面因素，认定《柏梁台》为伪作。后代学者如罗根泽、游国恩等先生均对顾炎武的这一观点表示认同。

其次，通过对这首诗的创作过程及诗歌的主旨进行分析，我们也不难发现，其不应为应制诗。该首诗是汉武帝组织的、由众多诗人共同参与创作的联句。在创作过程中，不同职务的官员各述其职，结果导致全诗没有统一的思想脉络，缺少共同的主旨。这违背了应制诗一般应具有极强的意识形态功能和作为文化资本的固有特质。

再次，应制诗是奉帝王之命所作，或是对帝王所作之诗的唱和，其具有极强的现场感，处在具体的评价体系之中。帝王命臣子作诗除了助兴风雅、渲染氛围之外，还有选拔人才的考虑。那些现场创作出辞藻华美、点缀升平即所谓"优秀"诗歌的臣子多会受到奖掖提拔，拥有无上的荣耀。而《柏梁台》诗则是每人一句，诗脉滞涩，文采暗淡，基本不具备值得评判的特质。

最后，从诗歌体式来看，《柏梁台》的诗句，句句入韵，一韵到底，而且偶有重韵。从句与句之间意义的起承转合来看，每一诗句意义相对独立，句与句之间缺乏内在的语义逻辑关系。所以，《柏梁台》诗很难算是较为成熟的诗歌作品。

综上，我们不难看出，《柏梁台》诗不应是应制诗的源头。

曹植的《应诏》诗是中国文学史上第一首以"应诏"为题的诗歌作品。魏黄初四年（223），魏文帝曹丕下诏，令分封在各地的诸位兄弟入朝，当时被封为雍丘王的曹植也在应诏之列。此次入京，曹植共上奏表文一道、献诗二首，《应诏》诗即为献诗的第二首，诗歌描写作者夙夜兼程、奉命入京的行程与心情。这首诗创作于曹氏兄弟手足相残的特殊时期，诗中颂扬之辞未必出于真心，但作者曹植在久被禁锢、心情低落之后，忽获入京接受召见之机，其内心有些许欣慰之感，也是在情理之中的，因此，诗中所述之情也应有几分真情实感。从诗的创作诱因来看，诗人曹植并未获得文帝曹丕"作诗"之"诏"，而仅仅是奉命入京。另外，从诗歌的内容来看，诗歌所描写的多是作者入京途中的所见、赶路时的仓皇落魄以及抵京之后的惶恐不安，这些均与君主的"诏"无关。实际上，全诗就是作者将自己的所见、所感记录下来，然后进献给皇上，诗歌不具备应制诗的显著特征——现场感。因此，曹植的《应诏》诗也不应是应制诗。

通过以上分析，我们不难看出，应制诗应具备以下几个特点：一是，应制诗应是贵族的文化专利，产生于帝王、太子、公主、王侯和臣子之间。二是，应制诗应为即席之作，是奉帝王之命现场创作。三是，应制诗多为同题组诗，臣子所创作的诗歌必须题材一致，甚至同为一个题目，如唐代的应制组诗《奉和初春幸太平公主南庄应制》，共有七首，涉及赵彦昭、李邕、李峤、邵昇、苏颋、韦嗣立和李乂七位诗人；另如，唐代应制组诗《奉和九月九日登慈恩寺浮图应制》，共有二十四首，涉及赵彦昭、宋之问、岑义、李迥秀、杨廉、萧至忠、王景、李恒、李从远、辛替否、周利用、孙佺、张景源、张锡、毕乾泰、解琬、樊忱、魏瞻、郑愔、崔日用、李峤、李乂、马怀素、卢藏用二十四位诗人，另外，同题材的应制诗还有刘宪的《奉和九月九日圣制登慈恩寺浮图应制》等。所以说，此次皇帝率领众臣游览慈恩寺共产生应制诗多达二十五首。四是，应制诗具有意识形态性和工具性，也就是说，诗人通过现场作诗颂扬君王、粉饰太平，有可能获得嘉奖，进而捞取更多的政治资本，利于仕途更上一层楼。综上，我们认为，应制诗应是萌芽于先秦，滥觞于建安末年的邺下宫宴，而最终兴盛于唐朝，特别是鼎盛于初唐和盛唐。

第二节　应制诗的内涵

秦朝李斯在其《群臣上帝号议》中曰："臣等昧死上尊号，王为泰皇，命为制，令为诏，天子自称曰朕。"① 东汉蔡邕《独断》亦曰："制书，帝者制度之命也。""诏书者，诏诰也。"宋朝王应麟《玉海》卷二〇二曰："唐虞至周皆曰命，秦改命为制，汉因之。"宋朝黄震《古今纪要》卷一曰："始皇二十六年初并天下，兼号皇帝，命为制，令为诏。"根据以上所引，我们不难看出，自秦始皇开始，"制""诏"就已成为帝王命令的专称。清朝赵殿成《王右丞集笺注》卷七曰："魏晋以来，人臣于文字间，有属和于天子，曰应诏；于太子，曰应令；于诸王，曰应教。"② 《中国诗学大词典》给应制诗下的定义为："应帝王之命而作的诗歌。应帝王曰应制，应太子曰应令，应诸王曰应教。名虽不同，其体则一。内容多为歌功颂德，形式为五七言律诗。唐宋诗人，多有应制之作。"③ 由以上材料不难看出，应制诗顾名思义就是应帝王（兼及太子、

---

① （汉）司马迁撰，梁绍辉标点：《史记》，甘肃民族出版社1997年版，第56页。
② （唐）王维撰，（清）赵殿成笺注：《王右丞集笺注》，上海古籍出版社1984年版，第115页。
③ 傅璇琮等主编：《中国诗学大辞典》，浙江教育出版社1999年版，第1166页。

公主及王侯）之命而作的诗歌，因此，此类诗歌多在诗题后面附上"应制""应诏""应令""应教"等字样，附有"应制"二字的如张说的《奉和圣制春日幸望春宫应制》、马怀素的《奉和人日宴大明宫恩赐彩缕人胜应制》等，附有"应诏"二字的如杨师道的《赋终南山用风字韵应诏》、许敬宗的《奉和执契静三边应诏》等，附有"应令"二字的如褚亮的《奉和禁苑饯别应令》、许敬宗的《四言奉陪皇太子释奠诗一首应令》等，附有"应教"二字的如虞世南的《初晴应教》等。"应制"与"应诏"原本无区别，只因武则天下令废"诏"用"制"，而后皆称"应制"。应制诗是宫体诗的主要表现形式之一，是奉帝王（兼及太子、公主及王侯）之命或为了附和皇帝及皇室的需要而作的赞颂型诗歌。奉帝王之命进行创作，必然要投帝王之所好，以歌功颂德为其旨归。因此，讴歌盛世太平和皇帝的丰功伟绩就构成了应制诗歌的基本基调，其在实质上是一种赞美诗。应制诗多采用五七言的律体形式，偶有杂言，辞藻华美，注重表现诗歌的外在形式美，具有程式化特征，即"三部式"结构。如：

驾幸三会寺应制
唐·上官昭容
释子谈经处，轩臣刻字留。
故台遗老识，残简圣皇求。
驻跸怀千古，开襟望九州。
四山缘塞合，二水夹城流。
宸翰陪瞻仰，天杯接献酬。
太平词藻盛，长愿纪鸿休。

龙门应制
唐·宋之问
宿雨霁氛埃，流云度城阙。
河堤柳新翠，苑树花先发。
洛阳花柳此时浓，山水楼台映几重。
群公拂雾朝翔凤，天子乘春幸凿龙。
凿龙近出王城外，羽从琳琅拥轩盖。

云罕才临御水桥，天衣已入香山会。
山壁崭岩断复连，清流澄澈俯伊川。
雁塔遥遥绿波上，星龛奕奕翠微边。
层恋旧长千寻木，远壑初飞百丈泉。
彩仗蜺旌绕香阁，下辇登高望河洛。
东城宫阙拟昭回，南阳沟塍殊绮错。
林下天香七宝台，山中春酒万年杯。
微风一起祥花落，仙乐初鸣瑞鸟来。
鸟来花落纷无已，称觞献寿烟霞里。
歌舞淹留景欲斜，石关犹驻五云车。
鸟旗翼翼留芳草，龙骑骎骎映晚花。
千乘万骑銮舆出，水静山空严警跸。
郊外喧喧引看人，倾都南望属车尘。
嚣声引飏闻黄道，佳气周回入紫宸。
先王定鼎山河固，宝命乘周万物新。
吾皇不事瑶池乐，时雨来观农扈春。

奉和圣制夏日游石淙山
唐·狄仁杰

宸晖降望金舆转，仙路峥嵘碧涧幽。
羽仗遥临鸾鹤驾，帷宫直坐凤麟洲。
飞泉洒液恒疑雨，密树含凉镇似秋。
老臣预陪悬圃宴，余年方共赤松游。

上官昭容的《驾幸三会寺应制》为一首五言排律。该诗创作于景龙二年（708）十月三日，皇帝驾临三会寺，上官昭容随驾侍奉。依据唐朝当时的礼俗，天子出游揽胜，一般会安排当朝的文武百官跟从，以便随时根据天子的意旨奉命写诗著文，以增添雅兴。该诗的基调气势宏阔，辞藻华丽。在遣词造句上，每一句都有一字定音，读起来令人坦荡畅快。诗的前四句"释子谈经处，轩臣刻字留。故台遗老识，残简圣皇求"开篇点题，"释子谈经处"借指"三会寺"。"驻跸怀千古，开襟望九州"

两句是全诗的经典。缅怀前人,敞开胸襟,展开一幅辽阔的江山社稷图,诗境宏大,气宇轩昂。这正是上官昭容跟随武则天经历太多政治风雨之后的沉淀。"四山缘塞合,二水夹城流"两句是对寺庙周边景色的描写。"宸翰陪瞻仰,天杯接献酬"两句是作者在情感上的自我赞颂。"太平词藻盛,长愿纪鸿休"两句则显示皇家的气象和胸襟,表现了作者对帝王的颂扬之情。全诗先直描叙述,中间铺陈展开,最后抒情称颂,完全体现了唐代应制诗的一贯样式。

宋之问的《龙门应制》为一首七言歌行。记述武后访问龙门寺院建筑群的事情。据南宋计有功《唐诗纪事》卷十一载:"武后游龙门命群臣赋诗,先成者赐以锦袍。左史方东虬诗成,拜赐。坐未安,之问诗后成,文理兼美,左右莫不称善,乃就夺锦袍衣之。"[①] 该诗用词绮丽华美,洋溢着作者对武后出游的赞美之情。在该诗的创作过程当中,作者运用了许多较早的京城歌行的写作技巧,又创造性地将夸张的描写诗句连接成近乎叙述的形式,从而使诗的章法更显复杂、深刻。在诗的结尾处,作者以道德评论结束诗篇,极力赞美武周政权的正统性与厚重的道德力量。这首诗作为应制诗,不时呈现宫廷宴会诗的惯有体例。最先出现的两句"洛阳花柳此时浓,山水楼台映几重"不对偶。但是随着诗人开始描写景物,各联诗就完美地相互匹配了。如"雁塔遥遥绿波上,星龛奕奕翠微边"句中"雁塔"对"星龛"、"遥遥"对"奕奕"、"绿波上"对"翠微边",对仗极为工整。诗人在宴会结束后展开大段的铺排描写,金色的落日和淹留的快乐都写得与宴会诗一样得体。这种华美的描写风格一时间具有极强的吸引力,杜甫在安禄山叛乱后,追忆唐朝失去的繁荣时,常常模仿这种应制诗的描写风格。

狄仁杰的《奉和圣制夏日游石淙山》为一首七言律诗。该诗是狄仁杰唯一一首被《全唐诗》收录的诗歌作品。久视元年(700),武后率领群臣游览嵩山名胜——石淙山,畅游胜境,寄情山水,托物言志,创作了一首七言律诗《石淙》。

---

① 王仲镛:《唐诗纪事校笺》,巴蜀书社1989年版,上册第302页。

石淙

唐·武则天

三山十洞光玄箓，压峤金峦镇紫微。
均露均霜标胜壤，交风交雨列皇畿。
万仞高岩藏日色，千寻幽涧浴云衣。
且驻欢筵赏仁智，雕鞍薄晚杂尘飞。

全诗抒发武后自登基以来勤于施政，使得百姓安居乐业、国运昌盛的愉悦心情。武后要求群臣"各题四韵，咸赋七言"，《奉和圣制夏日游石淙山》即为狄仁杰当时奉命所作的应制诗。全诗热情洋溢地颂扬了武则天的功德与尊荣，同时，也恰如其分地表明了自己的角色。该首诗虽是应景之作，但我们从诗句中却可以洞悉出狄仁杰作为宰辅的功力以及他与武后之间微妙的君臣关系。

综上，应制诗是宫廷御用文人奉帝王、太子、公主或诸王之命而创作的诗歌，"御用性"是应制诗的本质特征，"奉命而做"是应制诗的外在表现。

应制诗是宫廷诗的一种。所谓宫廷诗，尚永亮在为聂永华《初唐宫廷诗风流变考论》一书所作的序中将其定义为："主要指长期以文学侍从或朝廷重臣身份密集于君主周围的诗人在宫廷范围内的诗歌活动，旁及他们在宫廷以外但明显带有宫廷趣味与风格的诗作，以及虽不属于宫廷诗人，但受时代风气浸染而带有宫廷趣味的作品。"[1] 从这一定义，我们不难看出，宫廷诗与应制诗的创作主体相同，都是围绕在君王身边的御用文臣。两类诗歌的创作方法亦基本相同，多是对华丽辞藻的堆砌，繁于用典，特别注重诗歌的外在形式美。在结构上，两类诗歌的样式均相对固化，多为"三段式"结构，即开篇点题，中间铺排描写，最后颂扬抒情，抒发对君王或当世的感激夸赞之情。此外，两类诗歌的审美风尚也大致相同。它们大都辞藻华丽、形式精美，重形式而轻内容，浸润着浓浓的宫廷审美趣味。但通过分析比较，我们发现，应制诗与宫廷诗也存在着明显的区别。应制诗作为宫廷诗的一个重要组成部分，除了具

---

[1] 聂永华：《初唐宫廷诗风流变考论》，中国社会科学出版社2002年版，第1页。

备宫廷诗的基本创作规则与技巧之外，应制诗还有一些自身固有的创作规范，这些创作规范比对其他宫廷诗的创作要求更严格。应制诗是应帝王之命即席所作，皇帝等统治者的诗歌或命题是应制诗创作的直接诱因。帝王的原"唱"之诗对臣子的附"和"之作已做出了严格的限制。"奉和"和"应制"之作的诗旨、题材、体裁等均受到明确的规定，有时候还限制用韵，如宗楚客的《奉和九日幸临渭亭登高应制得晖字》，限制奉和之诗必须用"微"韵；苏颋的《奉和圣制送张说上集贤学士赐宴得兹字》，限制奉和之诗必须用"先"韵。因此，应制诗被比喻为戴着镣铐的诗歌舞蹈。

第三节 应制诗的类别

东汉许慎《说文解字》曰："（制）裁也。从刀从未。未，物成有滋味，可裁断。一曰止也。"[1] 清朝段玉裁《说文解字注》曰："（制）裁也。衣部曰：裁、制衣也。制，裁衣也。此裁之本义。"[2] 可见，"制"的本义为"裁衣"，后来引申出"古代帝王的命令"之义，如《史记·汲郑列传》中有"臣过河南，河南贫人伤水旱万余家，或父子相食，臣谨以便宜，持节发河南仓粟以振贫民。臣请归节，伏矫制之罪"[3]。应制诗，顾名思义，就是应"制"而作的诗歌。作为一种诗歌类型，应制诗可细分为三个大类：应制（应诏）、应令和应教。

应制诗具体是指奉皇帝之"制"所作的诗歌。东汉蔡邕在其《独断》中曰："制书，帝者制度之命也，其文曰制、诏。""制"与"诏"本同义。唐代之前及唐朝前期"应制"与"应诏"并用，如南朝宋谢庄所作的《和元日雪花应诏诗》、北周庾信所作的《奉和阐弘二教应诏诗》、隋朝柳䛒所作的《奉和晚日杨子江应制诗》，以及唐太宗时期许敬宗所作的《奉和执契静三边应诏》《奉和行经破薛举战地应制》等。武则天执政后，因"诏"与"曌"同音，故废"诏"用"制"，自此应诏诗皆称作应制

---

[1] （汉）许慎：《说文解字（附检字）》，中华书局1963年版，第92页。
[2] （汉）许慎撰，（清）段玉裁注：《说文解字注》，中州古籍出版社2006年版，第182页。
[3] （汉）司马迁撰，梁绍辉标点：《史记》，甘肃民族出版社1997年版，第886页。

诗，如武后时期宗楚客所作的《奉和幸上阳宫侍宴应制》、玄宗时期张说所作的《奉和圣制同玉真公主过大哥山池题石壁应制》、睿宗时期沈佺期所作的《奉和圣制同皇太子游慈恩寺应制》等，均标明为"应制"。

应令为奉太子之命所作的诗歌，应教为奉诸王之命所作的诗歌。古人对"应令"和"应教"两个概念多有论述。清代倪涛的《六艺之一录》中有一段引用唐朝陆龟蒙《说凤尾诺》中的论述，陆龟蒙曰："自晋讫梁陈以来，藩邸之书也，凡封子弟为王，则开府辟僚属，取当时士有学行才藻者，中是选其所。下书东宫则曰：'令'，上书则曰'笺'；诸王下书则曰'教'，上书则曰'启'；应和文章则应令、应教，下其制一等故也。"① 清朝吴景旭《历代诗话》中曰："秦法，诸王公称教，言教示于人也；蔡邕《独断》云：'诸王之言曰"教"。'任昉《文章缘起》云：'汉王尊为京兆尹，出教告属县。'则教之文起此。魏晋以来，人臣于文字间有属和，于天子曰'应诏'，于太子曰'应令'，于诸王曰'应教'。"② 另外，元朝郝天挺《唐诗鼓吹》卷二中曰："诸王命曰应教，天子曰应诏，皇后、太子曰应旨。"③

"应诏""应令"和"应教"三类应制诗在诗歌内容和艺术风格上同中有异。三者均为应制诗，所以三类诗歌的主旨和功能是相同的，主旨均为君臣同欢、感念圣恩、粉饰太平，功能均为增加文化资本，作者通过创作该类诗歌以捞取更多的政治利益。同时，三类诗歌也存在着差异。应诏诗因是应皇帝之诏所作，在意象使用上多具有排他性，多选用和帝王相关的意象；在语词的选用上多辞藻华美，极富装饰美；在情感的表达上多淡化个人情感，更多是对君王的颂扬。如：

奉和幸神皋亭应制
唐·宋之问
清跸喧黄道，乘舆降紫宸。

---

① （清）倪涛：《六艺之一录》卷一七〇，《古今书体二》《晋封尾诺》。
② （清）吴景旭：《历代诗话》卷五一，庚集六，《唐诗》卷中之下"台城"条，中华书局1958年版，第732页。
③ （元）郝天挺：《唐诗鼓吹》卷二，《敕借岐王九成宫避暑应教》诗题解。

霜戈凝晓日，云管发阳春。
台古全疑汉，林余半识秦。
宴酣诗布泽，节改令行仁。
昔恃山河险，今依道德淳。
多惭献嘉颂，空累属车尘。

奉和正日临朝应诏
唐·魏徵
百灵侍轩后，万国会涂山。
岂如今睿哲，迈古独光前。
声教溢四海，朝宗引百川。
锵洋鸣玉珮，灼烁耀金蝉。
淑景辉雕辇，高旌扬翠烟。
庭实超王会，广乐盛钧天。
既欣东日户，复咏南风篇。
愿奉光华庆，从斯亿万年。

这两首诗中的"清跸""紫宸""雕辇""钧天""南风"意象均与帝王有关，具有排他性。另外，诗中像"黄道""紫宸""晓日""阳春""玉珮""金蝉""翠烟"等词语，共同营造出一种雍容华贵的皇家气象。两首诗均开篇点题，接着写寓目所见，最后以颂扬君恩结尾，整首诗难觅作者的真情实感。应制诗的意识形态功能和工具性在应诏诗中表现得最为彻底。再看两首应令诗：

奉和春日出苑瞩目应令
唐·贾曾
铜龙晓辟问安回，金辂春游博望开。
渭北晴光摇草树，终南佳气入楼台。
招贤已得商山老，托乘还征邺下才。
臣在东周独留滞，忻逢睿藻日边来。

奉和初春出游应令
唐·李百药
鸣笳出望苑，飞盖下芝田。
水光浮落照，霞彩淡轻烟。
柳色迎三月，梅花隔二年。
日斜归骑动，余兴满山川。

　　这两首应令诗明显具有应制诗的一般特点——"三段式"和颂圣。但相比于应诏诗，这两首应令诗所选用的与帝王相关的意象就明显减少。诗歌可选择的意象范围增大，诗人的眼界也变得更宽，诗的创作笔法亦更为灵动，如"水光浮落照，霞彩淡轻烟"一句，就是一幅美丽的春日晚景图。毕竟，创作应令诗的环境相比于创作应诏诗要轻松得许多。

　　与应诏诗和应令诗相比，应教诗的题材范围更为广泛，体裁更加多样，意象选择也更加多元，整首诗的气韵也更加生动平易，诗人表达个人情感也更加自由。如虞世南的应教诗《初晴应教》。

初晴应教
唐·虞世南
初日明燕馆，新溜满梁池。
归云半入岭，残滴尚悬枝。

　　这首应教诗为五言绝句，诗歌描写雨后的清新景象，诗中没有排他性的词语和典故，末句也没有颂圣成分。可以说，应教诗在应制诗的三种类型中，是创作氛围最为自由的一种，表现手法多样，诗旨多元。

　　综上，不难看出，应诏诗、应令诗和应教诗作为应制诗的三种类型，随着它们所应奉主体地位的逐渐降低，诗的意识形态功能在逐渐减弱，诗人的创作自由在逐渐增强，诗的文学性也在逐渐增长。

第二章

唐代应制诗的发展流变

　　唐代是中国诗歌发展的鼎盛期。在唐代诗歌研究领域，学界一般采用明人高棅在其诗评著作——《唐诗品汇》中的观点，将有唐一代分为初唐、盛唐、中唐和晚唐四个阶段，而且，学者们或多或少地受到该书观点的影响，多侧重于对盛唐诗歌的研究。高棅在其著作的凡例中指出："大略以初唐为正始，盛唐为正宗、大家、名家、羽翼；中唐为接武；晚唐为正变、余响，方外异人等诗为旁流。"[①] 初唐诗歌仅是开启了唐代诗歌繁荣的序幕，无论是从质量还是从数量的角度来看，均比较薄弱，无法与盛唐和中唐相比，更是缺少峻秀的高峰。盛唐是唐代诗歌的全面繁荣期，无论是诗的质量还是诗的数量均达到了鼎盛，山水田园诗派、边塞诗派均名家辈出。中国诗歌史上最伟大的两位诗人："诗仙"李白，"诗圣"杜甫，均在这一时期走上了历史的舞台，其诗歌艺术光耀千古。安史之乱之后，唐代诗歌的发展进入了中唐时期。中唐时期的诗歌创作虽难以延续盛唐时期的辉煌，但也不乏创新，中唐诗人创造了继盛唐之后的又一个诗歌发展的高潮期。进入晚唐时期，皇室衰微，藩镇割据，宦官专权，社会矛盾此起彼伏，长期繁荣的气象已荡然无存。诗人在失去对王朝的浓厚期盼之后，开始更加关注自己的内心世界。诗歌蕴含的感情越趋细腻，题材越趋狭窄，苦吟之风日益盛行。

　　纵观唐代诗歌的发展历程，我们不难发现唐代诗歌大致经历了一个继承、创新、发展、鼎盛，再到逐渐衰微的发展轨迹。然而，唐代应制诗的发展历程却与唐诗的总体发展轨迹相反。与唐代诗歌到盛唐才真正

[①]（明）高棅编选：《唐诗品汇》，上海古籍出版社1982年版，第14页。

步入繁荣期不同，唐代应制诗的高潮来得较早，而且在安史之乱后急剧衰微，基本绝迹。初盛唐时期，应制诗的创作处于高速发展期，其数量占唐代应制诗总量的85%左右。到中宗、睿宗时期，应制诗创作达到了鼎盛。中晚唐时期，应制诗创作出现断崖式下跌，虽仍有少量诗作，但已难以挽回唐代应制诗衰微的大趋势。结合前人研究成果，以下我们分三个时期即初唐时期、盛唐时期和中晚唐时期对唐代应制诗的发展轨迹进行详细梳理。

第一节 初唐时期的应制诗

初唐是指从唐高祖武德元年（618）至唐玄宗开元元年（713）这一时期。从文学史的角度来看，宫廷诗是这一时期诗歌创作的主流。据聂永华在《初唐宫廷诗风流变考论》中统计，《全唐诗》中共收录初唐诗歌2444首，其中宫廷诗1520首，宫廷诗占初唐诗歌总数的62.2%。在初唐为数众多的宫廷诗中，近四分之一为应制诗。就初唐时期的具体诗人而言，一些宫廷诗作者创作的基本上都是应制诗。如在《全唐诗》中，共收录许敬宗诗歌作品二十七首，其中应制诗就有二十首；收录武平一诗歌作品十五首，应制诗有十二首；收录刘宪诗歌二十六首，应制诗有二十四首，等等。因此，明朝杨慎在《升庵诗话》中云："唐自贞观至景龙，诗人之作，尽是应制。"[①]

在初唐近百年的时间里，共经历了高祖、太宗、高宗、大圣皇帝（则天）、中宗、睿宗等六位皇帝，这些君主的诗歌主张与艺术喜好对初唐应制诗的发展产生了直接影响。

唐朝建立初期，政治、经济、文化等受南北朝和隋朝的影响极大。但因隋朝存续时间极短，只有三十八年的时间，而且战乱不断，所以隋朝的诗歌创作乏善可陈，其对初唐诗坛的影响甚微。而初唐诗坛真正继承的是"绮丽轻靡"的南朝诗风和"质朴刚健"的北朝诗风。在这两种截然不同的诗歌创作风格并存的情况下，统治者的诗歌理论主张和创作实践对初唐诗风的走向就起到了至关重要的作用。

---

① （明）杨慎撰，王大厚笺证：《升庵诗话新笺证》，中华书局2008年版，第518页。

唐太宗的诗歌理论与其诗歌创作实践是矛盾的统一体。作为一代枭雄、一代明君，唐太宗特别强调诗歌的政教功能和现实作用，其在《帝京篇》序中云："予以万机之暇，游息艺文，观列代之皇王，考当时之行事。予追百王之末，驰心千载之下，慷慨怀古，想彼哲人。庶以尧舜之风，荡秦汉之弊，用咸英之曲，变烂漫之音。"① 太宗通过考察历代君王兴衰成败的原因，发现"秦汉之弊"和"烂漫之音"是导致王朝毁灭的重要原因。因此，他在执政期间特别重视文学的政教功能，倡导"尧舜之风"和"咸英之曲"，这就推动了社会风气的转变，最终促成了"贞观之治"的形成。与六朝诗风相比，贞观时期的诗歌创作无论是题材、意境，还是遣词造句，均摆脱了六朝艳丽绮靡、浮华不振的奢靡之气，在摸索中不断创新，以契合蒸蒸日上的大唐气象。

但从唐太宗个人的审美情趣和创作实践来看，太宗对诗歌这一艺术形式本身所固有的娱情功能是无力抵抗的。奢华的宫廷生活环境和对南朝审美情趣的留恋欣赏，导致唐太宗在诗歌创作中，不自觉地沉溺于对华丽辞藻的运用。其所创作的诗歌作品，大多题材狭小，多为咏物写景、娱情遣性之作，难见彰显现实精神与时代意义的政教作品。"上有所好，下必甚焉。"封建皇权的权威与专制性，往往会导致皇帝的个人喜好风行于他所统治的整个时代。为迎合太宗诗歌创作的审美追求，贞观朝诗人在诗歌创作时自然又回归到南朝诗风——纤柔细腻，丽辞浮华。所以说，南朝诗风仍是贞观时期应制诗的主流。

唐太宗不仅是开创一代盛世的封建帝王，更是一位杰出的诗人、一位积极的文化建设者。据《全唐诗》记载："帝姓李氏，讳世民，神尧次子，聪明英武。贞观之治，庶几成康，功德兼隆。由汉以来，未之有也。而锐情经术，初建秦邸，即开文学馆，召名儒十八人为学士。既即位，殿左置弘文馆，悉引内学士，番宿更休。听朝之间，则与讨论典籍，杂以文咏。或日昃夜艾，未尝少息。诗笔草隶，卓越前古。至于天文秀发，沈丽高朗，有唐三百年风雅之盛，帝实有以启之焉。"② 太宗朝形成了以宫廷为中心的诗歌创作格局，而唐太宗就是这一中心的领袖人物。据统

---

① （清）彭定求等编：《全唐诗》，中华书局1999年版，第38页。
② （清）彭定求等编：《全唐诗》，中华书局1999年版，第35页。

计,《全唐诗》共收录太宗朝应制诗五十余首。其中不乏应制组诗,如应制组诗《奉和正日临朝应诏》,共五首,涉及颜师古、岑文本、杨师道、李百药、魏徵五位诗人;应制组诗《奉和秋日即目应制》,共两首,涉及许敬宗和上官仪两位诗人;应制组诗《奉和行经破薛举战地应诏》,共两首,涉及许敬宗和褚遂良两位诗人;应制组诗《奉和过旧宅应制》,共两首,涉及许敬宗和上官仪两位诗人。这些应制组诗均是当时君臣大型唱和活动的直接体现。从这些诗歌作品中,我们不难看出当时诗人对南北朝诗风进行融合的艰难尝试。下面我们将唐太宗的《正日临朝》诗与颜师古等五位诗人的《奉和正日临朝应诏》诗进行比较分析。

正日临朝

唐·李世民

条风开献节,灰律动初阳。
百蛮奉遐赆,万国朝未央。
虽无舜禹迹,幸欣天地康。
车轨同八表,书文混四方。
赫奕俨冠盖,纷纶盛服章。
羽旄飞驰道,钟鼓震岩廊。
组练辉霞色,霜戟耀朝光。
晨宵怀至理,终愧抚遐荒。

唐太宗这首诗为五言十六句排律,全诗押"阳""唐"二韵,二韵均属"宕"摄,同用。本诗作于正日,正日也称元日、上日、正朝、三元、三朔等,为岁首之日,是古代一个十分重要的节日。《初学记》卷四《岁时部下》元旦第一曰:"崔寔《四民月令》曰:'正月一日是谓正日,洁祀祖祢、进酒、降神、玉烛。'《宝典》曰:'正月为端月,其一日为元日,亦云上日,亦云正朝,亦云三元,亦云三朔。'"[①] 该诗描述了唐太宗于"正日"之时,即岁首之日上朝时的宏大场景,颇有盛世开国之恢宏气象,表达了作者以天子自居,统帅四方之意。但细读全诗,我们也会

[①] (唐)徐坚等:《初学记》,中华书局2004年第2版,第63页。

发现，该诗在彰显盛朝宏大气象的同时，仍掩饰不住绮靡雕琢的南朝风格，如"组练辉霞色，霜戟耀朝光"一句，极尽奢华。

奉和正日临朝
唐·颜师古
七府璿衡始，三元宝历新。
负扆延百辟，垂旒御九宾。
肃肃皆鹓鹭，济济盛簪绅。
天涯致重译，日域献奇珍。

颜师古，雍州万年（今陕西西安）人，其祖父颜之推为北齐黄门侍郎。父亲颜所鲁，以儒学闻名。颜师古家学渊源深厚，博览群书，博闻强识，尤精训诂，更擅作文。隋朝仁寿年间（601—604），受尚书左丞李纲推荐，授安养尉，失官，归长安。后追随李渊平京城，拜敦煌公府文学，转起居舍人，再迁中书舍人，掌管机密，军国制诰皆出其手。唐太宗即位后，拜中书侍郎，封琅琊县男，主持考定《五经》，书成后成为天下学习的范本。颜师古一生著述颇丰，但诗作极少。《全唐诗》卷三十仅存诗一首，即该首应制诗《奉和正日临朝》，这首应制诗为五言八句律诗，全诗押"真"韵。该诗为呼应太宗原作的应制之作，风格沿袭原诗，完全采用南朝文风，全诗基本上全是对生僻词语的简单堆砌，均为奉呈夸饰之词，诗歌原本该有的意境美全无。诗中颜师古极力颂扬新朝伊始，天下太平、四方来朝的盛世气象，诗旨与太宗原作无异，只是遣词造句略有一些变化，当然，典丽词语的堆砌正体现了开国盛世的宏大。

奉和正日临朝
唐·岑文本
时雍表昌运，日正叶灵符。
德兼三代礼，功包四海图。
逾沙纷在列，执玉俨相趋。
清跸喧华道，张乐骇天衢。
拂蜺九旗映，仪凤八音殊。

佳气浮仙掌，熏风绕帝梧。
天文光七政，皇恩被九区。
方陪塞玉礼，珥笔岱山隅。

岑文本，字景仁，南阳棘阳（今河南新野）人。经史皆通，健谈能文。生于隋开皇十五年（595），隋末萧铣在荆州（今湖北江陵）建立割据政权后，招岑文本为中书侍郎，负责起草诏书。他不但文采飞扬，而且仪表俊朗。后来，唐军攻打江陵，岑文本劝萧铣降唐，使江陵没有遭受战火的摧残。接着岑文本又劝诫攻打江陵的唐军统帅严肃军纪，严格禁止对江陵百姓掠夺烧杀，拯救了整个江陵城。岑文本入唐后，颇受唐太宗的青睐。贞观元年（627），授予秘书郎之职，其后升迁为中书舍人、中书侍郎。贞观十九年，岑文本随唐太宗攻伐高丽，积劳成疾，猝死军中，终年五十一岁。岑文本著有《岑文本集》，已佚无存。《全唐诗》卷三十三存其诗四首，其中奉和应制之作两首，即《奉和正日临朝》和《奉述飞白书势》；另外，《全唐诗补编》收录《五言春日侍宴望海应诏》应制诗一首。岑文本这首应制诗《奉和正日临朝》为五言十六句排律，全诗押"虞"韵。该诗紧扣唐太宗原作之意，极力颂扬皇帝的丰功伟绩，极尽夸饰之能事。诗中"清跸""辇道""拂蜺""仪凤""熏风""帝梧"等均是与帝王、盛世相关的词语，颂圣之意显而易见，是对齐梁诗风的直接继承。

奉和正日临朝应诏
唐·杨师道
皇猷被寰宇，端扆属元辰。
九重丽天邑，千门临上春。

杨师道，字景猷，弘农华阴（今陕西华阴市）人。杨师道为隋朝宗室，隋末归顺李渊，先被任命为皇帝的禁卫，后迎娶桂阳公主，拜吏部侍郎，累转太常卿，封安德郡公。唐贞观十年（636），拜侍中，参与朝政。杨师道才思敏捷，博学多才，本性谨慎周密，颇得唐太宗赏识。《全唐诗》现存诗一卷，多为奉和应制或写景之作。今存所有的应制诗均收录在《全唐诗》卷三十四，共有十二首，即《奉和夏日晚景应诏》《奉和圣制春日望海》《奉和咏弓》（《唐诗纪事》作董思恭诗）《奉和正日临朝应诏》《侍宴赋得起坐弹鸣琴二首之一》《侍宴赋得起坐弹鸣琴二首之二》《赋终南山用风字韵应诏》《咏饮马应诏》《初秋夜坐应诏》《应诏咏巢乌》《五言早秋"仪鸾殿"侍宴应诏》《五言奉和行经破薛举战地应诏》等。杨师道这首应制诗《奉和正日临朝应诏》为五言绝句，全诗押"真""谆"二韵，"真""谆"二韵均属"臻"摄，中古可同用。该诗完全忠实于唐太宗原作，堆砌"皇猷""寰宇""端扆""元辰""九重""天邑""千门""上春"等典丽辞藻对太宗功德、贞观盛世进行空泛的颂扬，诗的构思和风格与岑诗、杨诗无异。

奉和正日临朝应诏
唐·李百药
化历昭唐典，承天顺夏正。
百灵警朝禁，三辰扬旆旌。
充庭富礼乐，高宴齿簪缨。
献寿符万岁，移风韵九成。

李百药，字重规，定州安平（今属河北）人，隋朝大臣李德林之子，幼年体弱多病，故其祖母赵氏以"百药"为其名，聪颖博学，七岁能文，被誉为神童。李百药是北朝人，父亲李德林曾为隋文帝时期的宰相。李百药因才智出众，颇受当时朝臣重视，历任太子通事舍人兼东宫学士、礼部员外郎等，因仕途得意也招来不少憎恨与中伤。李百药人生阅历丰富，诗文作品也风格多样。现存的诗作，如《秋晚登古城》《谒汉高庙》《郢城怀古》等，均刚健挺拔，颇具阳刚质朴之美，一洗齐梁绮靡浮艳的习气。李百药早年诗风气势恢宏、开阔，彰显儒教教化准则，晚年沉溺于宫廷浓艳奢华的诗风，注重结构、声律以及语词的典丽华美。李百药仅存应制奉和之作两首，即《奉和正日临朝应诏》和《奉和初春出游应令》。这首《奉和正日临朝应诏》应制诗为五言八句律诗，押"清"韵。通读该诗不难看出，它显然是堆砌辞藻的颂扬之作，全然是齐梁宫廷诗风，骨气全无。尾联"献寿符万岁，移风韵九成"一句吹捧之意尤为明显。

奉和正日临朝应诏
唐·魏徵

百灵侍轩后，万国会涂山。
岂如今睿哲，迈古独光前。
声教溢四海，朝宗引百川。
锵洋鸣玉佩，灼烁耀金蝉。
淑景辉雕辇，高旌扬翠烟。
庭实超王会，广乐盛钧天。
既欣东日户，复咏南风篇。
愿奉光华庆，从斯亿万年。

这首应制诗为五言十六句排律，押"山""先""仙"三韵，"先""仙"二韵同用，"山"与"先""仙"二韵又同属"山"摄，所以三者可共用。魏徵，字玄成，魏州曲城（今河北馆陶）人，幼孤贫，有大志，好读书。隋末动乱，出家为道，后追随李密，李密赏其才，但对其不够重用，后随李密归唐，深受太子建成礼遇，引为洗马。唐太宗即位后，颇受赏识，贞观初，擢为谏议大夫，封巨鹿县男，历官尚书右丞、秘书监、侍中、左光禄大夫、太子太师等职。魏徵是唐代的政治家、史学家，也是著名的诤臣，以敢于犯颜直谏而闻名，深得唐太宗赏识。魏徵极富儒家道德修养，一生著述不多，却一直秉持儒家教化，重文以载道之观念，是唐代儒家道统派的代表人物之一，今存诗四首，均充满儒家教化的本色。这首《奉和正日临朝应诏》为魏徵仅存的一首应制诗，但因是奉和唐太宗之作，所以全诗也难免多颂扬之词，辞藻华丽，多用典故，如诗中"玉佩""金蝉""雕辇""翠烟""钧天""南风"等均属该类词语。但因魏徵早年跟随李密，深受北朝刚健质朴诗风的影响，再加上魏徵自身刚正不阿的性格，所以该首诗虽为应制之作，但我们从中还是能够感受到一丝刚健质朴之气。

总体而言，太宗朝的应制诗呈现出南北朝诗风的艰难融合，君主的诗歌理论与以君主为首的诗歌创作群体的诗歌创作实践是相互背离的。

但是，我们也应看到，因贞观时期社会安定、政治清明、经济日趋繁荣，大唐的盛世格局已逐渐形成，再加上太宗本人为一代明主，文韬武略、锐意进取，所以，这一时期，应制诗所呈现出的辞藻华美、气象开阔、雍容华美的诗意境界也未必底气全无，其从另一个侧面正反映了贞观之治的宏大。

应制诗在经历了太宗朝的积淀与艰难的变革之后，到了高宗、武后时期得到了长足发展，并逐渐进入了全盛期。高宗、武后时期，涌现出为数众多的应制诗人，这些应制诗人除了包括前朝的部分元老之外，更多的是科举出身的新进士。这些新进士子大多出身寒门，他们一旦进入宫廷官场后，就急于干进邀功，极尽阿谀奉承之能事。这一方面迎合了当时的实际掌权者——武则天的欢心与需要，另一方面，也促成了朝野上下竞相创作奉和应制诗的高潮。在创作奉和应制诗的竞争中，一些有才华的宫廷诗人为了创作出更好的应制诗，将之作为政治资本以捞取更多的政治利益，他们不断地探索新的诗歌创作模式，对诗歌创作的美学规律进行苦心钻研。这就使得高宗、武后时期的应制诗在遵循应制诗基本创作模式的同时，呈现出众多新变，而这些新变又对唐代律诗声律和对仗的完备起到了积极的推动作用。

《全唐诗》共收录高宗诗歌九首，其存诗数量远低于同时期的武后和前朝的太宗。这表明高宗皇帝不大热衷于与大臣们之间的悠游、宴饮以及唱和活动，宫廷诗的中心人物已从皇帝身上发生了转移。因此，处于同一时期的上官仪等高水平的应制诗人就自然而言地取代了这一位置。上官仪是初唐"龙朔变体"的重要代表人物之一，其于贞观初年进士及第，但在太宗朝一直不被重用，直到贞观末年才官至起居郎，累迁秘书郎。但其因自身卓然超群的文学才能，再加上宫廷应制奉和的创作氛围又给他提供了绝好的展示机会，所以，高宗继位不久，上官仪就以"文才"而"自达"。官职的升迁，君王的欣赏，又助推了"上官体"绮错婉媚诗风对当时诗歌创作的影响。

永徽五年（654）"废王立武"后，高宗为摆脱顾命大臣的钳制，开始了以对长孙无忌为首的关陇集团的清洗。经过一次次清洗，至显庆年间（656—661），以关陇贵族集团为主体的执掌朝政的顾命大臣们已基本退出舞台；而以许敬宗、李义府为代表的新进士子则开始执掌政坛。至龙朔元年（661）高宗归政于武后时，宫廷内部基本上形成了以新进士子为主体的核心领导层，这也就促成了全新的宫廷诗人创作群体。

武后自参政议政以来，就着力打压反对她执政的关陇贵族旧势力，并通过改革科举考试制度，大力招揽新进文士，使得大批下层寒士得以进入宫廷执掌政权。到武后完全执政时期，以寒门新进士子为主体的宫廷诗人群体已完全形成。可以说，这批文人学士的命运从一开始就与国家的政治生活息息相关。大批寒士文人一旦进入宫廷，获得政治权力之后，家国情怀尽失，他们所擅长的为文作诗就成为其赖以晋身的工具，此时的文学就完全沦落为政治的附庸。但是当诗文过度依附于政权的时候，诗人们就会自觉地力求改变这一畸形的现状，要求诗文逐渐回归到其本身该有的美学属性。

在武后执政初期，急需宣扬其掌握政权的合法性，因此，在其自己所创作的诗歌作品中，多有自夸之词，宣扬君权神授，颂扬太平盛世，处处彰显出自信的王者风范和宏大的帝王气象。在其诗歌作品中，多出现"仙""帝""圣""凤""龙"等表现神圣的语词，用以增强其诗歌雍容华贵的色彩。而武后身边，受武后之恩而得以晋身的御用文人，必然能体会出武后的这一政治用心和文学审美倾向。因此，作为回报，他们全力迎合圣意，多选择典丽辞藻，夸饰太平，鼓吹武后之功德。杨炯在《王勃集序》中，将武后时期的诗歌特征概括为："争构纤微，竞为雕刻。揉之金玉龙凤，乱之朱紫青黄，影带以狗其功，假对以称其美，骨气都尽，刚健不闻。"[①] 从中我们不难看出当时"典丽雕琢""绮丽婉媚"的诗歌风格。下面，我们试举一例加以说明。

奉和幸上阳宫侍宴应制

唐·宗楚客

紫庭金凤阙，丹禁玉鸡川。

似立蓬瀛上，疑游昆阆前。

鸟将歌合转，花共锦争鲜。

---

① （唐）卢照邻、（唐）杨炯著，徐明霞点校：《卢照邻集　杨炯集》卷三，中华书局1980年版，第36页。

湛露飞尧酒，熏风入舜弦。
水光摇落日，树色带晴烟。
向夕回雕辇，佳气满岩泉。

宗楚客，字叔敖。蒲州河东（今山西永济）人，武则天从姐之子。进士及第，累迁户部侍郎。武则天对其关爱有加。《全唐诗》卷四十六共收录宗楚客诗作七首，均为奉和应制之作，即《奉和人日清晖阁宴群臣遇雪应制》《奉和幸上阳宫侍宴应制》《奉和幸安乐公主山庄应制》《奉和圣制喜雪应制》《奉和九日幸临渭亭登高应制得晖字》《安乐公主移入新宅侍宴应制》《正月晦日侍宴浐水应制赋得长字》等。《奉和幸上阳宫侍宴应制》是宗楚客为奉和武后诗作而作的应制诗。该首应制诗为五言十二句排律，全诗押"仙""先"二韵，"仙""先"二韵同用。这首诗为标准的应制诗，谨遵应制诗的"三段式"结构模式，用词雕琢华丽，繁于用典，夸饰颂扬之意显而易见。诗中"紫庭""凤阙""蓬瀛""昆阆""湛露""尧酒""熏风""舜弦""雕辇"等词语均与宫廷或圣君有关，无不体现出作者对武后的颂扬之情。全诗绮丽浮华，骨气全无。

随着社会的发展，特别是随着武后年龄的增高与宫廷政治格局的改变，在武后执政后期，诗坛的创作内容与创作风格均出现了转型的倾向，开始由政治颂美转向娱情遣性，对出游及山水景色的描写逐渐增多，诗风多轻松闲适，语言多清新自然。久视元年（700），当时武则天已七十六岁，带领群臣游玩名胜——石淙，自制七言律诗一首，随驾的狄仁杰、姚崇、阎朝隐、于季子、武三思、张易之、张昌宗、杨敬述、薛曜等均有奉和应制之作。这里，我们对武后原作和狄仁杰、阎朝隐、薛曜三人的奉和应制之作简作分析。

石淙
唐·武则天

三山十洞光玄箓，玉峤金峦镇紫微。
均露均霜标胜壤，交风交雨列皇畿。
万仞高岩藏日色，千寻幽涧浴云衣。
且驻欢筵赏仁智，雕鞍薄晚杂尘飞。

《全唐诗》卷四十六狄仁杰《奉和圣制夏日游石淙山》题下注曰："石淙山……有天后及群臣侍宴诗并序刻北崖上。其序曰：'石淙者，即平乐涧。其诗天后自制七言一首。侍游应制皇太子显、右奉裕率兼检校安北大都护相王旦、太子宾客上柱国梁王三思、内史狄仁杰、奉宸令张易之、麟台监中山县开国男张昌宗、鸾台侍郎李峤、凤阁侍郎苏味道、夏官侍郎姚元崇、给事中阎朝隐、凤阁舍人崔融、奉宸大夫汾阳县开国男薛曜、守给事中徐彦伯、右玉钤卫郎将左奉宸内供奉杨敬述、司封员外郎于季子、通事舍人沈佺期各七言一首，薛曜奉敕正书刻石，时久视元年五月十九日也。'"从材料中不难看出，武后此次出游盛况空前，武后的心情也是格外的好。《石淙》这首诗为七言八句律诗，全诗押"微"韵。诗句多处写景，虚实结合，夸张、对偶等修辞手法均有采用。作者寄情于山水，托物言志，不但抒发自己自登基以来善于施政，使得天下太平、国泰民安的喜悦心情，更表达了作者对自然景物的欣赏与喜爱之情。

奉和圣制夏日游石淙山
唐·狄仁杰

宸晖降望金舆转，仙路峥嵘碧涧幽。
羽仗遥临鸾鹤驾，帷宫直坐凤麟洲。
飞泉洒液恒疑雨，密树含凉镇似秋。
老臣预陪悬圃宴，余年方共赤松游。

这首应制诗为《全唐诗》中仅存的一首狄仁杰的诗作，该首应制诗为七言八句律诗，全诗押"幽""尤"二韵，"幽""尤"二韵可同用。全诗严格按照应制诗的"三段式"程式撰写，先写事件的产生，首联上句点"出游"，下句赞美所游之地美如仙境；接着对事件发生的场景进行客观描写，颔联"羽仗""帷宫"描写驻跸盛况，在"飞泉洒液"和"密树含凉"中暑气全消，点明避暑之意，尤其是句中"镇"字，颇具点睛之妙；最后表达诗歌的主旨，尾联"悬圃宴""赤松游"以道家仙人、仙事赞颂此次游宴，在颂圣的同时也赞美了石淙胜景山水之美。狄仁杰这首应制诗很好地做到了情景交融，作者在描写景物的同时，既有对武后功德的颂扬，又恰如其分地安排了自己的位置，表达了作者对石淙胜景山水的赞美与喜爱之情。这首诗虽是应制之作，但从中我们不难看出狄仁杰作为宰辅的文学功力以及他与武后之间颇为和谐的君臣关系。

奉和圣制夏日游石淙山
唐·阎朝隐

金台隐隐陵黄道，玉辇亭亭下绛雾。
千种冈峦千种树，一重岩壑一重云。
花落风吹红的历，藤垂日晃绿蓁蓁。
五百里内贤人聚，愿陪阊阖侍天文。

阎朝隐，字友倩，赵州栾城（今属河北）人。连中进士、孝悌廉让科。性格滑稽，言辞奇诡，备受武后欣赏，累迁给事中，预修《三教珠英》。《全唐诗》卷六十九共收录阎朝隐诗作十三首，其中有八首为应制奉和之作，分别为《奉和圣制夏日游石淙山》《奉和九日幸临渭亭登高应制得筵字》《奉和送金城公主适西藩应制》《奉和立春游苑迎春应制》《奉和圣制春日幸望春宫应制》《三日曲水侍宴应制》《侍从途中口号应制》《奉和登骊山应制》。该首《奉和圣制夏日游石淙山》为其八首应制之作之一。阎朝隐这首应制诗为七言八句律诗，全诗押"文"韵。诗的首联交代出游的场景，场面恢宏奢华，"金台""黄道""玉辇""绛雾"等词语的选用极大地增强了武后出游的神圣感，彰显其身份之尊贵。尾联直抒胸臆，称颂武后与随游侍臣，表达作者对圣君的追随之意。本首诗的精彩之处在于颔联和颈联有关景物的描写部分。其中，颔联"千种冈峦千种树，一重岩壑一重云"一句利用对偶和夸张的修辞手法，形象地描绘出石淙的山峦之美、之高，景色之多变。颈联"花落风吹红的历，藤垂日晃绿蓁蓁"一句将"落花"与"垂藤"相对，"红"与"绿"相对，"的历"与"蓁蓁"相对，极富视觉效果。作者用清新的语词，描绘出色彩斑斓的景致；用轻松活泼的笔调，呈现了景物的动态美。不难看出，这两联景物描写的手法已相当成熟，已可以和盛唐时期的山水诗相媲美。

奉和圣制夏日游石淙山
唐·薛曜
玉洞幽寻更是天，朱霞绿景镇韶年。
飞花藉藉迷行路，啭鸟遥遥作管弦。
雾隐长林成翠幄，风吹细雨即虹泉。
此中碧酒恒参圣，浪道昆山别有仙。

薛曜，字异华，蒲州汾阴（今山西万荣）人，中书令薛元超之长子，以文学知名，尚城阳公主。攀附张易之，官至正谏大夫。参与编纂《三教珠英》。《全唐诗》卷八十共计存薛曜诗五首，其中有两首为奉和应制之作，分别为《正夜侍宴应诏》和《奉和圣制夏日游石淙山》。《奉和圣制夏日游石淙山》为七言八句律诗，全诗押"先""仙"二韵，"先""仙"二韵同用。该诗虽为应制奉和之作，但颇具求仙访道之意境。诗的首联写石淙胜景山洞之奇，以天外美景、韶光辉映相衬托。颔联写景，着意彰显山野之清幽、静谧，"飞花藉藉"，落英缤纷，山路因此显得更加悠远迷茫；"啭鸟遥遥"，鸟鸣清脆，更显山洞之深邃、寂静。颈联"雾隐长林成翠幄，风吹细雨即虹泉"的上句将"雾隐长林"比作"翠幄"，下句将"风吹细雨"比作"虹泉"，形象地刻画出了此次游宴的野趣之美。尾联直接赞美武后胜过昆山之仙，颂圣之意明显。总览全诗，不难看出，作者运用情景交融的写作技法已比较娴熟，应制诗一味颂圣的轻浮风格已悄然发生改变。

总之，高宗、武后时期的应制诗与太宗朝相比，已发生明显变化，通过科举考试进身宫廷的文人日益增多，并逐渐成为宫廷诗歌创作的中坚力量。他们经过科举考试的历练，诗歌创作的艺术技巧已比较成熟，再加上武后后期多以娱情遣性为诗歌创作的主要目的，这样就促使高宗、武后时期应制诗创作的政治功能得以弱化，而诗歌自身的美学特质则得到了一定回归。

中宗、睿宗两朝是初唐的最后一个时期，历时很短，只有七年左右。但就是在这短短的七年时间里，应制诗的创作却空前繁荣。据统计，《全唐诗》中共收录这一时期的应制诗三百六十余首，约占唐代应制诗总数的一半。另外，应制诗经过太宗、高宗和武后三朝的积淀与变革之后，在创作手法和创作技艺上均已比较成熟,因此,唐代应制诗创作在中宗、睿宗时期达到了鼎盛。

应制诗为臣子、文人受帝王之命所作,君王的个人喜好与提倡力度直接决定着应制诗的创作规模与质量。中宗李显的个人能力与品行均不敌其两个哥哥李弘与李贤,他本无治国才能,因此一直不被武后所器重。后又因欲封韦皇后的父亲韦玄贞为侍中、授予乳母的儿子五品官职而激怒武后。结果,即位不满两个月的中宗李显,就被废并发配到均州(今湖北十堰市);后来,又被移至房州(今湖北房县)。中宗在被流放期间,胆战心惊,心灰意冷。因此,中宗在复辟登基之后,怀有极强的补偿享乐的心理,生活极尽奢华,经常组织大臣宴饮、游乐。据《新唐书·列传·文艺中》记载:"凡天子飨会游豫,唯宰相及学士得从。春幸梨园,并渭水祓除,则赐细柳圈辟疠;夏宴蒲萄园,赐硃樱;秋登慈恩浮屠,献菊花酒称寿;冬幸新丰,历白鹿观,上骊山,赐浴汤池,给香粉兰泽,从行给翔麟马,品官黄衣各一。帝有所感即赋诗,学士皆属和。"① 中宗这种频繁的宴饮、游玩必然对应制诗的发展起到促进作用。

中宗、睿宗两朝盛大的宴饮出游活动不仅频繁,而且随从侍驾的文人极多,创作的应制诗也最盛。如中宗景龙三年(709)八月,中宗游览安乐公主山庄,当时随从侍驾、参加诗歌唱和活动的诗人就多达十六人。其中,在《全唐诗》中保存此次游览奉和之作的诗人就有赵彦昭、韦元旦、卢藏用、李迥秀、宗楚客、岑羲、薛稷、刘宪、萧至忠、马怀素十人;同年的九月九日重阳节,中宗又游览临渭亭,此次侍从赋诗的诗人更是多达二十三人。其中,在《全唐诗》中保存的此次畅游奉和应制之作的诗人就有赵彦昭、韦安石、窦希玠、陆景初、郑南金、李咸、赵彦伯、于经野、卢怀慎、韦嗣立、宋之问、李迥秀、杨廉、阎朝隐、韦元旦、苏颋、苏瑰、萧至忠、阎朝隐十九人。同年冬十二月,中宗又率领众臣游览韦嗣立山庄,此次随从侍驾并有奉和之作的诗人有武平一、宋之问、崔湜、刘宪、李乂、赵彦昭、李峤、苏颋、沈佺期九人,其中,崔湜在此次随驾活动中创作应制诗两首。此次畅游活动的所有应制作品均被《全唐诗》保存了下来。

---

① (宋)欧阳修、(宋)宋祁等:《新唐书》,中华书局1975年版,第5748页。

中宗除了喜欢游览皇亲国戚、王公贵族的庄园、别业外，还喜欢出游佛教寺院等场所。作为长安四大寺院之一的慈恩寺最受中宗喜爱。景龙二年（708）重阳节，中宗率领众臣登临慈恩寺祈福，以求佑护大唐。此次登临活动共创作组诗《奉和九月九日登慈恩寺浮图应制》二十一首，在场参与创作的诗人有卢藏用、解琬、郑愔、李乂、李迥秀、杨廉、辛替否、王景、毕乾泰、魏瞻、樊忱、孙佺、李从远、周利用、张景源、李恒、张锡、崔日用、马怀素、萧至忠、上官婉儿二十一人。在这组应制诗中，以上官昭容的作品最为出彩。

九月九日上幸慈恩寺登浮图群臣上菊花寿酒
唐·上官昭容
帝里重阳节，香园万乘来。
却邪萸入佩，献寿菊传杯。
塔类承天涌，门疑待佛开。
睿词悬日月，长得仰昭回。

上官昭容才华横溢、诗艺超群，是唐代女诗人中的佼佼者，深得武后和中宗的喜爱。《全唐诗》卷五今存上官婉儿诗作三十二首，其中应制诗三十一首，分别为《奉和圣制立春日侍宴内殿出剪彩花应制》《游长宁公主流杯池二十五首》《九月九日上幸慈恩寺登浮图臣上菊花寿酒》《驾幸三会寺应制》《驾幸新丰温泉宫献诗三首》。上官婉儿这首应制之作为五言八句律诗，全诗押"灰""咍"二韵，"灰""咍"二韵同用。全诗一气呵成，首联开篇点题，交代君臣游览的时间和地点，时间为重阳节，地点为佛教重地慈恩寺。颔联交代活动的内容：佩戴茱萸，献菊花酒祝寿，皇帝写诗，群臣奉和等。颈联写塔、写寺，强调塔之高、慈恩寺之静穆。整首诗作犹如天成，既写出了时令特点，又凸显了地方特色。

中宗、睿宗时期由于文学政治主题的淡化，宫廷诗坛呈现出明显的轻松、愉悦的氛围，应制诗人的文化心态更为自由开阔，逐渐呈现出盛唐时代宏大辽阔的美学气象。在这种文化氛围中创作出的应制诗少了以往的富贵气、庄严感和呆滞感，呈现出更为灵动、明丽和愉悦的特点。"已经不像龙朔诗人那样主要靠辞藻的繁缛、富丽来粉饰太平，歌功颂德，而是开始直接面对具体场景，注重气势，渲染气氛，写出皇家气派，盛世气象，以及自己幸逢明时，春风得意的真实感受。"① 这一时期，应制诗人们的审美心理更为丰富，其中最明显的表现就是这一时期的应制诗中有关游春赏雪和描写山水、林泉、竹子、骏马和良弓等事物的作品大量增加。

春回大地，万物在阳气缓缓上升的催促下，大地逐渐变得生机盎然。在春天这个充满活力与喜悦的季节里，帝王与诗人们都按捺不住雀跃的诗心，不时受到外物的诱惑与吸引。于是，在诗歌中出现众多春天的花草树木、鸟兽虫鱼以及季节性活动的意象，用以表达诗人眼里的春天。在唐代，这类描写春天的应制诗以中宗朝为最盛。如组诗《奉和立春游苑迎春应制》，共有五首，涉及的诗人有崔日用、卢藏用、马怀素、阎朝隐、韦元旦五位；组诗《奉和圣制立春日侍宴内殿出剪彩花应制》，共有四首，涉及的诗人有上官婉儿、赵彦昭、刘宪、宋之问等四位；组诗《奉和春初幸太平公主南庄应制》，共有九首，涉及的诗人有沈佺期、李峤、李邕、赵彦昭、韦嗣立、李乂、苏颋、邵升、宋之问九位；组诗《奉和圣制春日幸望春宫应制》，共有六首，涉及的诗人有崔日用、阎朝隐、韦元旦、张说、薛稷、马怀素六位；组诗《奉和春日幸望春宫应制》，共有六首，涉及的诗人有李适、刘宪、苏颋、李乂、岑义、沈佺期六位；组诗《奉和春日幸望春宫》，共有两首，涉及郑愔和崔湜两位诗人。其中，最后三组应制诗应为同时所作。另如，崔日用有《奉和人日重宴大明宫恩赐彩缕人胜应制》一首，等等。下面我们略举两例中宗朝与春天有关的应制诗作简要分析。

奉和春日幸望春宫应制
唐·沈佺期
芳郊绿野散春晴，复道离宫烟雾生。
杨柳千条花欲绽，蒲萄百丈蔓初萦。
林香酒气元相入，鸟啭歌声各自成。
定是风光牵宿醉，来晨复得幸昆明。

---

① 杜晓勤：《初盛唐诗歌的文化阐释》，东方出版社1997年版，第256页。

沈佺期，字云卿，相州内黄（今属河南）人。与宋之问齐名，并称"沈宋"。高宗上元二年（675），擢进士第，时年二十，转考功郎，给事中。神龙初年，拜起居郎，修文馆直学士。历中书舍人、太子少詹事，开元初卒。沈佺期在《全唐诗》中共存诗一百五十八首，其中应制诗有三十五首，包括《幸梨园亭观打球应制》《侍宴安乐公主新宅应制》《再入道场纪事应制》《三日梨园侍宴》《安乐公主移入新宅》《守岁应制》《岁夜安乐公主满月侍宴》《兴庆池侍宴应制》《嵩山石淙侍宴应制》《九日临渭亭侍宴应制得长字》《奉和洛阳玩雪应制》《奉和圣制同皇太子游慈恩寺应制》《立春日内出彩花应制》《仙萼亭初成侍宴应制》《人日重宴大明宫赐彩缕人胜应制》《陪幸太平公主南庄诗（一作苏颋诗）》《送金城公主适西蕃应制》《红楼院应制》《晦日浐水应制》《从幸香山寺应制》《奉和立春游苑迎春应制》《奉和春初幸太平公主南庄应制》《奉和幸望春宫应制》《奉和晦日驾幸昆明池应制》《奉和圣制幸礼部尚书窦希玠宅》《扈从出长安应制》《苑中遇雪应制》《昆明池侍宴应制》《陪幸韦嗣立山庄》《初冬从幸汉故青门应制》《夜宴安乐公主宅》《白莲花亭侍宴应制》《仙萼池亭侍宴应制》《上巳日祓禊渭滨应制》《奉和幸韦嗣立山庄应制》。《奉和春日幸望春宫应制》为七言八句律诗。这首应制诗的创作风格有别于沈佺期的早期作品，一洗雍容华贵的宫廷色彩。全诗语词毫无雕琢痕迹，犹如一股清泉，明丽优美。全诗写景清新自然，描写真实之景，表达真实之意。特别是颔联"杨柳千条花欲绽，蒲萄百丈蔓初萦"一句，更是具有一种开朗明亮的春天气息，给人一种自强不息、蓬勃向上的力量。下面再分析一首苏颋的同名应制诗。

奉和春日幸望春宫应制
唐·苏颋

东望望春春可怜，更逢晴日柳含烟。
宫中下见南山尽，城上平临北斗悬。
细草偏承回辇处，轻花微落奉觞前。
宸游对此欢无极，鸟哢声声入管弦。

苏颋，字廷硕，京兆武功（今属陕西）人，唐睿宗时期宰相苏瓌之长子。苏颋自幼就聪颖过人，二十岁进士及第，授乌程尉，累迁右台监察史。唐中宗时期历官给事中，修文馆学士、中书舍人，睿宗时迁工部侍郎，袭父爵许国公。开元四年（716），与宋璟同朝为相，开元八年罢相，改任礼部尚书。苏颋工诗能文，中宗、睿宗和玄宗均颇欣赏其文采。《全唐诗》共收录其诗歌两卷，共计九十八首，其中应制诗就多达四十二首，如《侍宴桃花园咏桃花应制》《侍宴安乐公主山庄应制》《立春日侍宴内出剪彩花应制》《奉和圣制行次成皋途经先圣擒建德之所感而成诗应制》《奉和圣制登蒲州逍遥楼应制》《奉和圣制过晋阳宫应制》《奉和圣制春台望应制》《奉和圣制人日清晖阁宴群臣遇雪应制》《奉和七夕宴两仪殿应制》《奉和九日幸临渭亭登高应制得时字》《奉和送金城公主适西藩应制》《奉和圣制登骊山高顶寓目应制》《游禁苑幸临渭亭遇雪应制》《春日芙蓉园侍宴应制》《人日重宴大明宫恩赐彩缕人胜应制》《奉和初春幸太平公主南庄应制》《奉和春日幸望春宫应制》《奉和晦日幸昆明池应制》《奉和圣制幸礼部尚书窦希玠宅应制》《奉和幸韦嗣立山庄应制》《奉和圣制送张说上集贤学士赐宴得兹字》《奉和圣制经河上公庙应制》《奉和圣制答张说出雀鼠谷》《奉和恩赐乐游宴应制》《奉和圣制幸望春宫送朔方大总管张仁亶》《奉和圣制登太行山中言志应制》《奉和圣制漕桥东送新除岳牧》《奉和圣制途次旧居应制》《恩制尚书省僚宴昆明池同用尧字》《奉和圣制至长春宫登楼望稼穑之作》《扈从凤泉和黄门喜恩旨解严罢围之作》《奉和马常侍寺中之作》《奉和崔尚书增大理陆卿鸿胪刘卿见示之作》《奉和圣制过潼津关》《奉和圣制幸韦嗣立庄应制》。这首《奉和春日幸望春宫应制》为苏颋应制诗中的一首。该诗为七言八句律诗，全诗押"真""先"二韵，"真""先"二韵同用。全诗语言明丽活泼，已不见太宗、高宗朝的富丽绮靡的特点。该诗的首联写春光明媚，景色宜人，唤起皇帝出游的兴致；颔联写望春宫之所见，通过描写望春宫视野之广阔——南望，终南山尽收眼底；北望，长安城一览无余，皇城与北斗七星相互辉映，强调望春宫之高，气势巍峨。颈联采用拟人的修辞手法，彰显春意之浓烈，营造出欢快的氛围。尾联巧用典故，祝颂之旨含而不露。因此，明朝杨慎在其《升庵诗话》中云："唐自贞观到景龙，诗人之作，尽是应制……独世途'东望望春春可怜'一篇，迥出群英矣。"①

中宗、睿宗时期描写景物的应制之作还有很多，如《奉和晦日幸昆明池应制》《奉和幸新丰温泉宫应制》《奉和兴庆池戏竞渡应制》《奉和圣制登骊山瞩眺应制》《奉和圣制幸白鹿观应制》《奉和三日祓禊渭滨应制》《奉和九日幸临渭亭登高应制得深字》《奉和春日游苑喜雨应诏》《奉和人日清晖阁宴群臣遇雪应制》，等等。这些诗歌大多脱离了以往应制诗的束缚，语言清新明丽，构思巧妙，写景细腻，少了些虚意奉承，真情实感得到了更多流露，清新自然的盛唐气象日益明显。

总之，中宗、睿宗两朝既是唐代应制诗的鼎盛期，也是唐代诗歌的定型期。统治者的特殊心理、个人偏好以及他们的大力提倡，为应制诗的创作营造了相对宽松的环境，应制诗继续朝着娱情遣性的方向发展，呈现出明丽清新、自然流畅的诗艺风格。初唐时期的应制诗无论是在诗歌技巧方面，还是在诗歌艺术方面均为盛唐诗歌的全面繁荣奠定了坚实的基础。

第二节　盛唐时期的应制诗

有唐一代经过初唐近百年的发展与变革后，进入了繁荣昌盛的盛唐时期。学界一般将盛唐界定为开元元年（713）唐玄宗李隆基登基至天宝十四载（755）安史之乱爆发，共历时四十三年。这段时间，是大唐帝国的全盛期。在这四十多年的时间里，唐玄宗励精图治、专心治国，当时的经济比较发达，人民的生活相对富足，再加上这一时期国运昌盛，天下太平，促使艺术文化全面繁荣，特别是作为唐代文学的最高代表——唐代诗歌达到了鼎盛，形成了中国诗歌史上光耀千古的最高峰。"诗仙"李白、"诗圣"杜甫的出现便是这一时期诗歌繁荣的最好体现。然而，与之不同的是，唐代应制诗在经历了初唐近百年的发展与繁荣之后，进入盛唐已呈现出衰退的明显迹象。据统计，在初唐近百年的时间里，共有应制诗近六百首，约占唐代应制诗总数的76%；而在盛唐四十三年的时间里，应制诗仅有一百二十多首，约占唐代应制诗总数的17%。盛唐的

---

① （明）杨慎撰，王大厚笺证：《升庵诗话新笺证》，中华书局2008年版，第518页。

应制诗数量是远远低于初唐时期的。

在玄宗统治的盛唐时期,应制诗创作迅速走向衰落,其原因主要有四个方面:一是当时政治生态的改变。在唐代的前一百年里,残酷的宫廷争斗持续不断,从武德九年(626)李世民发动玄武门之变,诛杀太子建成和四弟齐王元吉,到开元二年(714)玄宗诛杀其姑姑太平公主,在短短八十七年的时间里,皇权九次易主(包括即位仅数月的少帝以及中宗、睿宗的复辟)。特别是中宗、睿宗因长期受武后的高压控制,对政治早已心存恐惧,心灰意冷,因此他们在执政期间,多疏于国家治理,无心政事,更多的是宴饮、消遣和游乐,这就助推了当时应制诗的发展。而经过宫廷斗争的血腥洗礼并最终掌握皇权的李隆基,登基后即改国号为"开元",立志开创大唐中兴之伟业。因此,在其统治的前期,急需改变因长期宫廷斗争而带来的政治残局。玄宗本人专心国事,励精图治,带领朝臣齐心协力治理国家,少有机会宴饮、游乐,这就大大减少了应制诗的创作场域,应制诗的创作自然也就减少了很多。

二是君臣文学创作旨趣的改变。玄宗强调文学的政教功能,重视儒术,不喜欢辞藻艳丽、风格浮华的诗文。《新唐书》载:"玄宗好经术,群臣稍厌雕篆,索理致,崇雅黜浮,气益雄浑,则燕、许擅其宗。是时,唐兴已百年,诸儒争名家。开元中,说与徐坚论近世文章,说曰:'李峤、崔融、薛稷、宋之问之文如良金美玉,无施不可。富嘉谟如孤峰绝岸,壁立万仞,浓云郁兴,震雷俱发,诚可畏也;若施于廊庙,骇矣。阎朝隐如丽服靓妆,燕歌赵舞,观者忘疲,若类之《风》《雅》,则罪人矣。'"[①] 引文中虽是张说对李峤、崔融、薛稷等应制诗人的评价,但这也从一个侧面反映了玄宗朝对明丽绮靡、无益于治国的应制诗的排斥。

三是娱乐方式的多元。唐朝发展到盛唐时期,经济繁荣,国力昌盛,与周边各国的交流更为频繁,异国的音乐、舞蹈、绘画等新奇艺术形式不断地被引入中原,这就为君臣的娱乐消遣提供了多元化的选择,而刻板浮夸的应制诗自然处于劣势地位。

四是文化重心的转移。应制诗自产生之初就被视为文人士子捞取政治利益、升官发财的重要文化资本。但唐玄宗即位后,因解决"重内轻

---

① (宋)欧阳修、(宋)宋祁:《新唐书》,中华书局1975年版,第5743页。

外"问题的需要,逐渐弱化了应制诗作为文化资本的重要性,转而重视和规范科举制度,这就使文化资本的重心由应制诗转移到了试律诗。这必然导致应制诗的创作逐渐不再被重视。

王国维先生在其《宋元戏曲史序》中指出:"凡一代有一代之文学:楚之骚,汉之赋,六代之骈语,唐之诗,宋之词,元之曲,皆所谓一代之文学,而后世莫能继焉者也。"① 而与政治关系甚为密切的应制诗,受时代因素的影响就更为明显。盛唐是中国封建社会的鼎盛期,政治较为清明,社会较为安定,经济相对繁荣,人民的生活境况也相对富足。君王与侍臣文人们的活动范围已经不再局限于宫廷禁苑这样一方小天地,他们开始走出宫廷,走向自然,甚至走向辽阔苍凉的边塞。基于此,相比于初唐,盛唐时期的应制诗无论是在题材还是在风格层面均已发生了明显的变化。

首先是玄宗时期的应制诗多有描写边塞或要塞的作品,这是初唐时期的应制诗所没有的。如组诗《奉和圣制送张说巡边》,共有十二首,涉及贺知章、崔禹锡、张嘉贞、卢从愿、宋璟、徐坚、韩休、苏晋、王光庭、徐知仁、席豫、崔日用十二位诗人;组诗《奉和圣制答张说扈从南出雀鼠谷》,共有五首,涉及赵冬曦、梁升卿、宋璟、袁晖、王光庭等五位诗人;组诗《奉和圣制早渡蒲津关》,共有两首,涉及张九龄、徐安贞两位诗人;组诗《奉和圣制答张说南出雀鼠谷》,共有两首,涉及崔翘、席豫两位诗人;组诗《奉和圣制早渡蒲津关》,共有两首,涉及徐安贞、张九龄两位诗人。另外,还有张九龄的《奉和圣制送尚书燕国公赴朔方》、张说的《将赴朔方军应制》、源乾曜的《奉和圣制送张尚书巡边》等。这些诗歌均摆脱了以往应制诗的富贵气,语言多俊爽流畅,意境较为开阔,抒发的感情亦较为真挚。试举张九龄的应制诗《奉和圣制送尚书燕国公赴朔方》为例进行分析。

奉和圣制送尚书燕国公赴朔方

唐·张九龄

宗臣事有征,庙算在休兵。

---

① 王国维:《王国维戏曲论文集》,中国戏剧出版社1984年版,第3页。

天与三台座，人当万里城。
朔南方偃革，河右暂扬旌。
宠锡从仙禁，光华出汉京。
山川勤远略，原隰轸皇情。
为奏薰琴唱，仍题宝剑名。
闻风六郡伏，计日五戎平。
山甫归应疾，留侯功复成。
歌钟旋可望，衽席岂难行。
四牡何时入，吾君忆履声。

张九龄，字子寿，号博物，韶州曲江（今广东韶关市）人。唐开元时期一代名相，政治家、文学家、诗人。景龙初年，进士及第，授校书郎。玄宗即位后，迁右补阙，后得宰相张说奖掖提拔，拜中书舍人，迁中书侍郎、同平章事，又迁中书令。张九龄才思敏捷，能诗善文，举止优雅，气宇轩昂。同时，还极富胆识与远见，秉公守则，选贤任能，不附权贵，为"开元盛世"作出了突出贡献。张九龄力推五言古诗，诗风清雅俊逸，以恬淡质朴的语言，寄托深远的人生追求，其对扫除唐初所沿习的六朝绮靡的诗风贡献尤多。张九龄共存诗一百九十七首，其中应制诗二十六首，包括《奉和圣制龙烛斋祭》《奉和圣制喜雨》《奉和圣制幸晋阳宫》《奉和圣制次成皋先圣擒建德之所》《奉和圣制赐诸州刺史以题座右》《奉和圣制送十道采访使及朝集史》《奉和圣制谒玄元皇帝庙斋》《奉和圣制瑞雪篇》《奉和圣制经孔子旧宅》《奉和圣制次琼岳韵》《奉和圣制初出洛城》《奉和圣制途次陕州作》《奉和吏部崔尚书雨后大明堂望南山》《奉和圣制早发三乡山行》《奉和圣制龙池篇》《奉和圣制南郊礼毕铺宴》《奉和圣制早渡蒲津关》《奉和圣制同二相南出雀鼠谷》《奉和圣制经河上公庙》《奉和圣制送尚书燕国公赴朔方》《奉和圣制途经华山》《奉和圣制早登太行率而言志》《奉和圣制登封礼毕洛城铺宴》《奉和圣制过王濬墓》《奉和圣制经函谷关作》《奉和圣制度潼关口号》。

张九龄这首应制诗《奉和圣制送尚书燕国公赴朔方》，为五言二十句排律，全诗押"庚"韵。该诗可分为两个部分，前一部分主要写张说赴朔方巡边的历史背景，"朔南方偃革，河右暂扬旌"一句交代朝廷是因为边境发生战事而派遣燕国公张说巡边的。"宠锡从仙禁，光华出汉京"一句写出了张说奉命出京巡边时的光辉形象。后一部分主要赞扬张说在政治方面的杰出才能，以及对他此次巡边进而建功立业的期盼。"闻风六郡伏，计日五戎平"一句形象地描写了张说的治边才能，此句夸张意味明显。"山甫归应疾，留侯功复成"一句用仲山甫和张良之功来与张说此次巡边的功劳相比，以彰显张说的杰出功绩。仲山甫和张良均是中国古代杰出的辅弼大臣，他们均辅助各自君主成就了一番伟业，作者这样作比充分地表明了作者对张说的钦佩之情。结联"四牡何时入，吾君忆履声"一句说"吾君"也盼望张说早日立功凯旋，这对张说是一种极大的激励。张九龄的这首应制诗层次分明，语言典雅，叙事与抒情实现了很好的结合，诗歌境界恢宏辽阔，极富盛唐气象。这些与以往充斥着艳词丽句、一味吹捧颂圣的应制诗相比，无疑是巨大的进步。另外，此诗还有一个值得留意的地方，就是该诗作者张九龄对唐玄宗发动战争之心有暗中讽谏之意。在唐玄宗为张说巡边而创作的饯行诗《送张说巡边》中有"命将绥边服，雄图出庙堂""鼓吹威夷狄，旌轩溢洛阳"等诗句，这表明唐玄宗有耀武扬威、意欲征服边疆之意，因此，与张九龄同时进行奉和的应制诗人之作大多顺承玄宗之意，对朝廷发动战争进行歌功颂德。而张九龄的这首应制诗却开篇明义，首句"宗臣事有征，庙算在休兵"直接指出朝廷此次派遣张说巡边不是为了发动战争，而是为了制止战争。针对唐玄宗尚战的心理，张九龄在诗中暗加讽谏，力求防微杜渐，以消除帝王好战之心。这种行为在"开元盛世"时期，实为难得。

玄宗时期的应制诗，除了诗歌主题更加多元之外，诗歌的意境风格也更加清新自然。如张九龄的《奉和圣制早发三乡山行》。

奉和圣制早发三乡山行
唐·张九龄
羽卫森森西向秦，山川历历在清晨。
晴云稍卷寒岩树，宿雨能销御路尘。
圣德由来合天道，灵符即此应时巡。
遗贤一一皆羁致，犹欲高深访隐沦。

张九龄这首应制诗为七言八句律诗，全诗押"真""淳"二韵，"真""淳"二韵同用。该诗不事雕琢，语言清新雅丽，尽显清拔灵动之气。清朝金圣叹在对该诗进行评点时曰："看他写山川，只用'历历'二字；看他写山川历历，只用在'在清晨'三字。唐初人应制诗，从来人人骂其板重，又岂悟其有如是之俊爽耶！三、四'晴云稍卷''宿雨微销'，此只谓是写清晨异样好手，初并不觉山川历历，亦已向笔墨不到之处，早自从中如画也。"① 唐玄宗时期这种诗意如画、语言明丽的写景应制诗还有很多，如张九龄的《奉和圣制喜雨》《奉和圣制瑞雪篇》，宋璟的《奉和圣制答张说扈从南出雀鼠谷》，苏颋的《奉和圣制登蒲州逍遥楼应制》《奉和圣制登太行山中言志应制》，张说的《奉和圣制义成校猎喜雪应制》《奉和圣制千秋节宴应制》，赵冬曦的《奉和圣制同二相已下群官乐游园宴》，贺知章的《奉和御制春台望》，席豫的《奉和圣制答张说南出雀鼠谷》，徐安贞的《奉和喜雪应制》《奉和圣制早渡蒲津关》，王翰的《奉和圣制同二相已下群官乐游园宴》，梁昇卿的《奉和圣制答张说扈从南出雀鼠谷》，崔翘的《奉和圣制答张说南出雀鼠谷》，袁晖的《奉和圣制答张说扈从南出雀鼠谷之作》，等等。

但真正能代表唐玄宗时期应制诗最高水平的应是"诗佛"王维。王维（701—761，一说699—761），字摩诘，号摩诘居士。河东蒲州（今山西运城市）人，祖籍祁县，唐朝著名诗人、政治家、画家。开元十九年（731），王维状元及第。历任右拾遗、监察御史、河西节度使判官等。唐玄宗天宝年间，王维拜吏部郎中、给事中。安禄山攻陷长安后，王维被迫接受伪职。长安收复后，被责授太子中允。唐肃宗乾元年间改任尚书右丞，故世称"王右丞"。王维儒释道三教皆通，参禅问道，对诗、书、画、音乐均有极深造诣，尤以诗名盛于开元、天宝年间，长于五言，更以山水田园诗为盛，同孟浩然并称"王孟"，被后人誉为"诗佛"。书画俱佳，臻于至妙，后人推其为南宗山水画的开山鼻祖。苏轼评价："味摩诘之诗，诗中有画；观摩诘之画，画中有诗。"② 王维共存诗四百余首，

---

① （清）金圣叹：《金圣叹评点唐诗六百首》，浙江古籍出版社1985年版，第29—30页。
② （宋）苏轼：《书摩诘蓝田烟雨图》，孔凡礼点校《苏轼文集》，中华书局1986年版，第2209页。

其中奉和应制之作有十四首,包括《奉和圣制登降圣观与宰臣等同望应制》《奉和圣制御春明楼临右丞相园亭赋乐贤诗应制》《奉和圣制送不蒙都护兼鸿胪卿归安西应制》《奉和圣制天长节赐宰臣歌应制》《奉和圣制赐史供奉曲江宴应制》《奉和杨驸马六郎秋夜即事》《奉和圣制玄元皇帝玉像之作应制》《奉和圣制与太子诸王三月三日龙池春禊应制》《奉和圣制上巳于春望亭观禊饮应制》《奉和圣制暮春送朝集使归郡应制》《奉和圣制重阳节宰臣及群官上寿应制》《奉和圣制十五夜然灯继以铺宴应制》《奉和圣制幸玉真公主山庄因题石壁十韵之作应制》《奉和圣制从蓬莱向兴庆阁道中留春雨中春望之作应制》。

　　王维应制诗空灵典雅、意蕴深厚,颇有盛唐气象。他的奉和应制之作《奉和圣制雨中春望》被沈德潜赞誉为杰作。可见,沈德潜对这首应制诗评价极高。

奉和圣制雨中春望
唐·王维

渭水自萦秦塞曲,黄山旧绕汉宫斜。
銮舆迥出千门柳,阁道回看上苑花。
云里帝城双凤阙,雨中春树万人家。
为乘阳气行时令,不是宸游重物华。

　　唐朝宫城在长安城的东北部,而大明宫又在宫城的偏东北位置。兴庆宫在宫城的东南角。开元二十三年(735),从大明宫向南经兴庆宫,一直到宫城东南的风景区——曲江,修筑了阁道相连。帝王后妃,可经由阁道直接前往曲江赏玩。王维的这首七言八句律诗,就是在唐玄宗途经阁道出游时在雨中春望赋诗之后的一首奉和应制之作。全诗押"麻"韵。诗中王维以画家的眼光取景布局,紧扣题目中的"望"字去写,远近结合、开合有度,勾勒出一幅完美辽阔的画面。全诗开篇点题,交代由阁道中向西北眺望时所见到的景象。视线越过繁华的长安城,将城北地区壮美的景象尽收眼底。首联"渭水自萦秦塞曲,黄山旧绕汉宫斜"的出句采用拟人的修辞手法,写渭水自由奔放、蜿蜒曲折地流过秦地;对句则描写渭水边的黄山,盘绕在汉代黄山宫的脚下。首联的出句与对句采用对偶的修辞手法,将"渭水"与"黄山"、"秦塞"与"汉宫"两两并举,一起当作长安城的衬托与背景,这样不仅使诗的意境显得格局开阔,而且还因为有"秦""汉"这样的朝代名词,使诗句带上一层浓厚的历史人文色彩。诗人从空间和时间两个维度塑造出宏阔的背景之后,开始从近处着眼,回笔写春望中的人。颔联"銮舆迥出千门柳,阁道回看上苑花"写玄宗阁道出游的场景及所见。因为阁道是架设在空中的,相当于悬空的栈道或天桥,所以行走在阁道上的皇帝车驾,就高出了宫门旁的柳树之上。在这样高的立足点上回看宫苑和长安城更是一番景象。句中的"柳"和"花"点出玄宗率众出游玩的时间为春天,特别是用一个"花"字烘托出了繁花似锦、繁荣昌盛的氛围。颈联"云里帝城双凤阙,雨中春树万人家"所描绘的仍然是在阁道中回头眺望所触目的景象。作者这样安排最为精彩,若是将此句所描绘之景紧接在一二句所构建的大背景后出现,也无不可,但经过颔联的回旋抑挫,到这里再出现,就更给人一种豁然俊朗、高峰突起、耳目为之耸动的感觉。远远望去,云雾飘荡缭绕,盘旋在繁华广阔的长安城上,云雾之中又托出一对高耸的凤阙,似要凌空飞起;在飘渺如烟的春雨中,千家万户攒聚而居,无数春树,尽享雨水的滋润,更加显得春意盎然、生机勃发。不难看出,这是一幅带着层次感的春雨长安图。烟雨蒙蒙,便使得一般的建筑在视野内变得模糊,只有高耸的凤阙显得挺拔威严,更具有飞动之感;由于春雨绵绵,满城在由雨帘构成的飞动的背景下,春树、宫阙和人家,互相映衬,更显出长安城的恢宏、壮观与昌盛。颈联不仅浓墨重彩地把诗题中的"雨中春望"写足,而且透露出春天的祥和气象:万物复苏,风调雨顺。更为过渡到下文作了积极的铺垫。尾联"为乘阳气行时令,不是宸游重物华"一句抒情达意,颂扬之意深刻。古代按季节的变化规定的关于农事的政令就叫时令。本联的意思是说,玄宗此次率众游玩曲江,是因阳气畅达,顺天道而行时令,绝非贪图享乐。这是一种高超的"寓规于颂"的颂扬方式,把皇帝的闲适春游,说成是有政治意义的祈福活动。纵观全诗,构思巧妙,对仗工整,韵律和谐,色彩明丽,与王维一般的写景诗无异。王维的应制诗中出彩的语句还有很多,如《奉和圣制降圣观与宰臣等同望应制》中的"林疏远村出,野旷寒山静。帝城云里深,渭水天边映",《奉和圣制御春明楼临右相园亭赋乐贤诗应制》中的"商山原上碧,浐水林端素。银汉下天章,琼筵承湛露",《奉和圣制送不蒙都护兼鸿胪卿归安西应制》中的"落日下河源,寒山静秋塞",《奉和圣制与太子诸王三月三日龙池春禊应制》中的"苑树浮宫阙,天池照冕旒。宸章在云表,垂象满皇州",《从岐王夜宴卫家山池应教》中的"积翠纱窗暗,飞泉绣户凉",《奉和圣制幸真公主山庄因题石壁十韵之作应制》中的"谷静泉逾响,山深日易斜",《从岐王过杨氏别业应教》中的"兴阑啼鸟换,坐久落花多",等等。

总之,唐代应制诗在经历了初唐的繁荣之后,到了盛唐,无论是应制诗的作者数还是应制诗的作品数均呈现直线下降的趋势。但盛唐应制诗因受时代精神的影响,呈现出鲜明的时代特点:诗风清新自然,诗境大气宏阔。另外,这一时期应制诗的创作技艺也日臻成熟,大部分作品对仗工稳、格律规范。总之,随着唐代诗歌鼎盛期的到来,盛唐应制诗除了带有本身歌功颂德的特质外,更具有鲜明的盛唐气象。

第三节 中晚唐时期的应制诗

由安禄山和史思明共同发起的安史之乱,是中华文明史上史无前例的一次浩劫,历时八年,席卷大唐半壁江山,导致藩镇割据形成,唐朝由此迅速转弱,并最终走向灭亡。

安史之乱爆发后,唐朝进入中晚唐时期,具体时间为唐天宝十四载(755)安史之乱爆发至唐哀帝天祐四年(907)唐朝灭亡。在这一百五十多年的时间里,奉和应制之作不足五十首。因此,中晚唐时期的应制诗,无论是在品质上,还是在数量上,均无法与初唐、盛唐相比。究其原因,可概括为以下三个方面:

一是应制诗的创作场域进一步弱化。特别是到晚唐时期,应制诗创作的现实基础几乎荡然无存。安史之乱是唐代政治、经济、文化发展的分水岭,也是唐代文学、特别是唐代诗歌发展的转折点,更是应制诗发展的分界线。初唐时期,新王朝刚刚建立,万象更新,充满朝气。再加上一代明主唐太宗的英明治理,大唐帝国的各项事业蒸蒸日上,最终出现光耀千古的"贞观之治"。这一时期的应制诗创作也随着新王朝的建立，伴随着君王的畅达心境和频繁的创作引领而得以迅猛发展。经过初唐近百年的积淀，到了盛唐时期，政治清明，社会安定，经济繁荣，国力昌盛。与之相呼应，唐代文学也极度繁荣，达到了顶峰。唐代诗坛更是人才辈出，佳作不断。应制诗创作也顺势达到了鼎盛。盛唐时期的应制诗虽然总数不如初唐，但诗歌的气象、格局浑厚宏阔，语句自然明丽，风格清新俊朗，无不彰显盛唐气象。但安史之乱爆发后的中唐时期，皇权不稳，战乱不断，国势衰微，李氏王朝昔日的辉煌已难以为继。纵观中晚唐时期，藩镇割据、朋党之争、宦官专权三者相互交织、长期存在，致使李唐政权一直在风雨中飘摇，中央政权的权威性已大大削弱，对地方的控制与管理也明显力不从心。地方节度使无视中央政权，擅自任免官吏，掌管赋税，导致中央政权的政治权威和财力大不如前。同时，这一时期，中央政权的内部，朋党之争也日益白热化，前期有陆贽和杨炎，后期有李德裕和牛僧儒。残酷的朋党之争导致政治迫害不断，朝廷上下人心惶惶，众臣谨言慎行，只求自保。唐朝的后期，宦官专权且猖獗至极，把持朝政，皇帝形同虚设。总之，中晚唐时期，应制诗创作所需要的皇权至上、歌舞升平的宫廷创作环境已荡然无存，这必然导致应制诗的衰微。

　　二是中晚唐时期应制诗的创作主体大大减少。历时八年的安史之乱给李唐王朝带来致命打击，全国上下满目疮痍，人口锐减，经济停滞，中央集权岌岌可危、摇摇欲坠。这种巨变给中晚唐文人带来巨大冲击，他们开始将目光投向残酷的社会现实，由对政治的乐观、对朝廷的盲目遵从转向怀疑、体悟与焦虑，主体忧患意识加强。这样，不表现作者主体意识而只以一味"曲意颂圣"为特质的应制诗就自然而然地随着创作主体的减少而减少。

　　三是缺少君王的倡导与引领。初盛唐时期，应制诗之所以得到发展并最终走向鼎盛，除了受历史发展大趋势的影响之外，还有一个重要的原因就是帝王的提倡与引领。而中晚唐时期，受安史之乱的影响，国势衰微，藩镇割据、朋党之争、宦官专权连绵不绝，致使国家矛盾重重，君王们根本无力、更无兴趣宴饮聚集，游山玩水。加之，中晚唐时期的君王大多懦弱昏庸，有些甚至沦为宦官专权的傀儡，根本没有活动的自由和私人空间，很难与朝臣见面聚集，更别说开展诗赋唱和了。中晚唐的应制诗创作也因为失去帝王的引领与驱动而走向暗淡。

在中晚唐一百五十多年的时间里，为数不多的数十首应制诗主要集中在个别君王的统治时期。其中，以德宗朝为盛。德宗是中晚唐时期颇有建树的一代帝王。在德宗统治的二十五年时间里，唐朝的综合国力得到一定恢复。另外，德宗还是一位诗文造诣颇深的帝王，《全唐诗》现存德宗诗歌十余首，是中晚唐十四位帝王中存诗数量最多的一位。正是由于德宗的个人喜好，以及当时国家政权和国力的恢复，使德宗时期的应制奉和之作为数较多，共有十九首，包括尚宫宋氏若昭的《奉和御制麟德殿宴百僚应制》《奉和御制麟德殿宴百官》、鲍君徽的《奉和麟德殿宴百僚应制》、李泌的《奉和圣制中和节曲江宴百僚》《奉和圣制重阳节赐会聊示所怀》、韦应物的《奉和圣制重阳日赐宴》、崔元翰的《奉和圣制三日书怀因以示怀》《奉和圣制重阳节旦日百僚曲江宴示怀》《奉和登玄武楼观射即事书怀赐孟涉应制》《杂言奉和圣制至承光院见自生藤感其得地因以成咏应制》、武元衡的《奉和圣制丰年多庆九日示怀》《奉和圣制重阳日即事》、权德舆的《奉和圣制九月十八日赐百僚追赏因书所怀》《奉和圣制九日言怀赐中书门下及百僚》《奉和圣制重阳日中外同欢以诗言志因示百僚》《奉和圣制中春麟德殿会百僚观新乐》《奉和圣制中和节赐百官宴集因示所怀》《奉和圣制重阳日即事六韵》《奉和圣制丰年多庆九日示怀》。

德宗时期，以权德舆的应制之作为数最丰，亦最能代表这一时期的应制诗的创作风格及艺术水平。权德舆（759—818），字载之，天水略阳（今甘肃秦安）人，后迁居润州丹徒（今江苏镇江市）。唐代文学家、宰相。权德舆少年早成，未冠时即以文章驰名，并受地方节度使杜佑、裴胄征辟。唐德宗听闻其博才多学，特召为太常博士，后又改迁左补阙兼知制诰，进中书舍人，历礼部侍郎，三次知贡举。德宗时期的诏令制诰多出自其手，可见德宗对其颇为赏识与器重。正是因为其显赫的政治地位，权德舆有不少机会侍奉在德宗左右，从事应制诗创作。权德舆的应制诗多为侍宴奉和应制之作。下面试举一例，简作分析。

奉和圣制九月十八日赐百僚追赏因书所怀
唐·权德舆
锡宴朝野洽，追欢尧舜情。
秋堂丝管动，水榭烟霞生。
黄花媚新霁，碧树含余清。
同和六律应，交泰万宇平。
春藻下中天，湛恩阐文明。
小臣谅何以，亦此摽华缨。

该诗为权德舆侍宴应制奉和之作，为五言十二句排律。全诗辞藻华丽，如"朝野洽""尧舜情""丝管动""烟霞生""新霁""余清""六律应""万宇平"等，无不营造一种太平盛世的景象，颂圣之意明显，特别是最后两句——"小臣谅何以，亦此摽华缨"，作者卑微自贬、颂圣谄媚之态跃然纸上。但纵观全诗，也不难发现，该诗与初盛唐应制诗相比，韵律更为和谐，对仗亦更为工整。特别是"秋堂丝管动，水榭烟霞生。黄花媚新霁，碧树含余清"四句，平仄、黏对均比较规范，对仗也特别工稳，很好地描绘出宴会现场歌舞升平的欢快场景。

与权德舆的应制诗赤裸裸地颂圣不同，中晚唐时期的一些应制诗也有写得比较出彩的。如戴叔伦的《春日早朝应制》。

春日早朝应制
唐·戴叔伦
仙仗肃朝官，承平圣主欢。
月沉宫漏静，雨湿禁花寒。
丹荔来金阙，朱樱贡玉盘。
六龙扶御日，只许近臣看。

戴叔伦（732—789），唐代诗人，字幼公（一作次公），润州金坛（今江苏常州市）人。年轻时师从萧颖士。曾任新城令、东阳令、抚州刺史、容管经略使等职。晚年上表自请出家为道士。其诗多表现隐逸生活和闲情逸致，但有些诗篇如《女耕田行》《屯田词》等对当时的民生疾苦也有所反映。其论诗主张"诗家之景,如蓝田日暖,良玉生烟,可望而不可置于眉睫之前。"① 其诗歌体裁较为丰富。戴叔伦这首应制诗为五言八句律诗,押"桓""阳"二韵,"桓""阳"二韵同用。这首诗作为应制诗自然需要颂圣,但不像权德舆《奉和圣制九月十八日赐百僚追赏因书所怀》那样浅薄卑微,令人生厌,而是给人一种清新自然、生动雅致之感。诗的颔联和颈联对仗工整,意象清新,春日早晨的清新怡人之景跃然纸上。尾联抒情表意,既写出了君王的尊严,也道出了臣子的感恩之情,但诗人没有落入应制诗的俗套——直接颂圣,而是用"只许近臣看"一句表达君主对近臣的恩宠,同时暗表臣子对君主的知恩图报之情,机智生趣。

中晚唐应制诗的题材相对狭窄,除了侍宴应制、写景之外,多为政治题材,如组诗《奉和圣制丰年多庆九日示怀》《奉和圣制重阳日中外同欢以诗言志因示百僚》《奉和圣制九日言怀赐中书门下及百僚》等。

中晚唐时期的应制诗除了德宗朝的一些作品稍微出彩之外,其他几朝均比较平庸,如武宗朝李德裕的《奉和圣制南郊礼毕诗》、宣宗朝魏谟的《和重阳赐宴御制诗》、僖宗朝秦韬玉的《奉和春日玩雪》等,均为标准的应制之作,诗艺乏善可陈。

总之,随着大唐帝国的日渐衰落,中晚唐时期的应制诗已日薄西山,再难出现初盛唐时期的辉煌与繁荣。

---

① 于民、孙通海编著:《中国古典美学举要》,安徽教育出版社 2000 年版,第 481—482 页。

第三章

唐代应制诗的语言特点与辞格选用

唐代应制诗作为唐代宫廷诗歌的一种，题材较为广泛，其对当时社会生活的诸多方面均有涉及，如宴饮游玩、山水田园、婚姻乔迁、巡边故游、岁时节令等。但因其独特的创作场域，唐代应制诗创作也受到诸多方面的限制，其题材题目、感情基调，甚至阅读受众等都是既定的，这样就使应制诗创作者的发挥余地被大大挤压，应制诗的作者像是在"戴着镣铐跳舞"。唐代应制诗创作的这些特点直接影响到唐代应制诗的创作语言，使其在修辞层面极具自身特点。

第一节 唐代应制诗的语言特点

一 物象贫乏，感情基调单一

应制诗作为奉君王之命所作的诗歌，多为组诗，题材和题目往往相同或相近。应制诗作者只能围绕一个中心或主旨进行创作，所抒发的感情也大致相同，即多为粉饰太平、歌功颂德。所以，应制诗的内容较为单一，感情基调基本雷同，缺乏诗歌原本应该拥有的"韵度"。若为奉和应制之作，那么应制诗作者进行创作时所受到的限制就更多，必须围绕君王原有作品的主旨基调进行创作，难有任何突破，所以作品的视野就更为狭窄，多陷浅陋之弊，少有创获。

应制诗作者或供职于文馆，或为皇帝身边的宠臣，大多地位显赫，集权力与荣耀于一身。他们大多身居高位，养尊处优，对朝廷之外的生活关注其少，对外面广阔社会的体悟较为肤浅，缺少深刻认识。另外，从本质上看，应制诗作品是臣子通过夸饰太平、颂扬君恩，捞取政治资本的文化产品。其形式精美规范，辞藻绮靡华丽，风格雅致清逸，这些均与宫廷的雍容华贵气象相吻合，符合君王的精神需求。应制诗作者在创作诗歌时，多数带有极强的功利目的，个人的情感与思想均被臣子的身份所桎梏，在创作过程中对王权进行妥协，甚至故意献媚，较少抒发个人的真情实感。同时，应制诗的独特创作场域，宫廷的庄严肃穆，君王的威严，均决定应制诗作者在创作时，必须谨小慎微，符合礼仪要求，特别是应符合君王当时的所思所想。他们难以放开手脚，肆意发挥。创作多为阿谀奉承之词，物象贫乏，感情单一。

据我们统计，在唐代应制诗中，花、树、柳、竹、鸟、云、月、风、雪、露等词语出现的频率较高，这些词语所涉及的事物多被应制诗作者所描写。其中，花主要涉及桃花、樱花、荷花、桂花、菊花、梅花、茱萸、芍药、槿等，鸟主要涉及燕、鹊、莺、鹤、凫、雁、雀、鸡等，多为祥瑞之物。但是，通过研究我们发现，在唐代应制诗中，这些植物、动物往往只是作为物象被描写，它们本身并不承载作者强烈的感情意识，即应制诗作者在描写这些事物时并没有融入个人的思想感情。传统诗论中"一切景语皆情语"的经典论述，在唐代应制诗作品中体现甚微。现将唐代应制诗作品中有关上述物象的描写用语列举如下：

花：飞花、吹花、天花、仙花、残花、山花、彩花、寒花、绕花、苑花、村花、松花、岩花、丛花、玉花、杂树花、花发、花飞、花寒、花落、花移、百花团、花自舞、花未落、野径朝花积、花共锦争先、玉树春花浮、花满洛阳城、泉漾满池花、骑影曳花浮、闲花开石竹、花含宿润开、桃花、荷、莲花、芙蓉、青莲、荷芰、新荷、芙蕖、桂丛、桂蕊、泛桂、菊花、岸菊、菊花浮、梅、梅芳、宫梅、茱萸、红药、兰、樱、槿，等等；

柳：殿柳、城柳、堤柳、柳色、细柳、碧柳、园中柳、柳未舒、柳未黄、柳交枝、柳条长、春迟柳暗催、闲窗凭柳暗，等等；

树：树色次、银树次、琼树、玉树、芳树、碧树、绿树、鸡树、树暗辨新丰、草树、庭树、树影、杂树花、上林树，等等；

竹：野竹、涧竹、幽林竹、竹里、竹径、潭与竹声清，等等；

其他植物：松、乔松、榆、李、桑、杏、草、萍、青苹、萝茑、藻、萝、麦、灵芝、藤薜，等等；

风：南风、北风、羌风、凉风、便风、嫩风、舜风、金风、凉风、秋风、条风、晴风、惊风、麦风、背风、入松风、风摇杂树、风烟、风迟、风定、风吹、风摇、风寻、风高、风游兑、风嘶马，等等；

云：白云、紫云、绿云、翠云、断云、风云、烟云、祥云、慈云、晓云、低云、云岫、云雾、云霞、云窦、云天、云路、云轩、云表、云偃、云归、云布、五云色、烟云涣、云稍白、云从宝思飞、同云接野烟，等等；

雪：余雪、间雪、拂雪、斗雪、雪里娇、雪里飘、雪作山、雪惊春、雪里觅芳菲、雪向舞行萦，等等；

露：寒露、玉露、雨露、尘露、露下、露初还，等等；

月：日月、风月、明月、芳月、孤月、晓月、汉月、月下、关山月、西海月、季月寒、月伴人、月去秦，等等；

烟：紫烟、晴烟、浮烟、丛烟、香烟、风烟、夕烟、烟霞、烟云、通烟、烟气、烟氛、山烟、野烟、非烟泛济浦，等等；

鸟：鹊、燕、莺、鹤、雁、凫、雀、鸡、鸟啭，等等。

　　从以上所列举的例子不难看出，应制诗人在写花时，多是简单的描述：写花的种类是荷、是菊、还是桃？写花的颜色是红、是粉、还是艳？写花的状态是盛开、还是凋落……这种描写更像是直白的说明，既难见作者细致入微的观察，更难感受到作者在描写过程中感情的倾注。同样，应制诗作者在对树、竹、风、雪、雨、露等其他物象进行描写时，亦是如此。应制诗中对鸟的描写多侧重于其鸣叫声，且多用一个"啭"字进行描绘，如"山鸟初来犹怯啭，林花未发已偷新"（沈佺期《人日重宴大明宫赐彩缕人胜应制》）、"柳陌莺初啭，梅梁燕始归"（李峤《二月奉教作》）、"苑蝶飞殊懒，宫莺啭不疏"（沈佺期《晦日浐水应制》）等。其余有关鸟的描写多是出于满足对仗的需要，为了描写而进行描写，如"危花沾易落，渡鸟湿难飞"（李峤《春日游苑喜雨应诏》）、"残红艳粉映帘中，细蝶流莺聚窗外"（上官仪《八咏应制二首之一》）、"鸟将歌合转，花共锦争鲜"（宗楚客《奉和幸上阳宫侍宴应制》）等。唐代应制诗中对鸟的描写最为出彩的应为虞世南《侍宴应诏赋韵得前字》中的"横空一鸟度，照水百花然"一句。该句将孤鸟置于辽阔的天空中进行描写，将丛花置于碧水边进行映衬，用空阔的背景衬托出主体的鲜明。同时，诗句中的两个动词"度"和"然",起到了画龙点睛的作用,有力地渲染出飞鸟的敏捷和丛花的繁盛。这两句颇受后人称赞,但是若将之与唐代其他描写花鸟的诗句进行比较就不难看出,其仍是逊色不少。如我们所熟悉的杜甫《春望》中的诗句"感时花溅泪,恨别鸟惊心",诗句中所描写的花和鸟,已不再仅仅是作者所见到的自然界普通的花鸟,而已是作者情思的一种物化,已承载作者深沉的情感与浓浓的思绪。而这种饱满的情感正是应制诗作品所缺少的。

二 用词重复,聚焦于彰显帝王华贵气象

应制诗的语言还有一个典型特征,即对一些词语会进行高频率地重复使用。这些词语多与帝王有关,多能营造出雍容华贵的帝王气象,极具排他性。这类词语主要有圣、御、仙、金、宸、瑞、睿、玉、熏、寿、臣、跸、辇、銮、舆等。这些词语在被选用时,会根据应制诗创作的具体需要,与不同成分进行组合,从而呈现出多样化的状态,如:

圣:圣主、圣皇、圣君、圣帝、圣后、圣藻、圣酒、圣寿、圣情、圣人、圣泽、圣词、圣道、圣图、圣心、圣柞、圣殡、圣草,等等;

御:御楼、御座、御筵、御酒、御杯、御辇、御桃、御房、御道、御陌、御沟、御气、御衣、御路、御旗、御躅、御苑、御慈、御赏、御词、御藻、御历、御弦、御澄、御香,等等;

仙:仙跸、仙游、仙舆、仙家、仙路、仙榜、仙歌、仙仗、仙期、仙管、仙藻、仙杯、仙盘、仙客、仙宫、仙境、仙装、仙坛、仙阁、仙史、仙石、仙乐、仙舟、仙女、仙花、仙菊、仙人、仙塔、仙槎、仙仪、仙吹、仙掖、仙歌、仙览、仙凤、仙桂、仙阶,等等;

金:金榜、金舆、金杯、金壶、金柯、金炉、金网、金堤、金英、金穴、金坛、金摩,等等;

宸:紫宸、宸恩、宸游、宸晖、宸象、宸翰、宸歌、宸心、宸极、宸握、宸襟、宸眷、宸文、宸藻、宸掖、宸赏,等等;

瑞:瑞年、瑞景、瑞雪、瑞凤、瑞塔,等等;

睿:睿奖、睿藻、睿文、睿词、睿曲、睿律、睿赏、睿览、睿神、睿德、睿情,等等;

玉:玉律、玉盘、玉碟、玉格、玉澄、玉辈,等等;

熏：熏风、熏歌、熏弦、熏琴，等等；

寿：南山寿、万年寿、千亿寿、无量寿，等等；

臣：侍臣、小臣、微臣、近臣、老臣、从臣、谋臣、忠臣、鼎臣、重臣，等等；

跸：清跸、仙跸、晨跸、天跸、御跸，等等；

辇：玉辇、轻辇、辇车、华辇，等等；

銮：税銮、鸣銮、玉銮、金銮，等等；

舆：金舆、仙舆、銮舆，等等。

从以上所列举的例子不难看出，这些词语的重复使用无不是为了凸显帝王的尊贵身份，营造雍容华贵的盛大气象，以极力彰显帝王的威严与尊荣。这些词语的频繁选用与应制诗的本质相符。

三　用典范围狭窄，多用圣君贤臣之典

选用典故是中国古典诗歌的重要特点之一，恰当的用典可以提升诗歌语言的表现力，更好地表情达意。南朝梁刘勰在《文心雕龙·事类》中曰："是以属意立文，心与笔谋，才为盟主，学为辅佐，主佐合德，文采必霸，才学偏狭，虽美少功。"[①] 刘勰认为，从事文学创作，应以"才"为主，以"学"为辅。才智超群，则文采飞扬；如果创作者才力不济，即使使用再多的典故也无济于事，只会显得文辞乏味，矫揉造作。应制诗为奉帝王之命所作的诗歌，这一本质属性决定了其典故选用的特殊性。应制诗人为了提升诗歌语言的表现力，满足颂圣需要，进而捞取更多的政治资本，多重视对相关典故的选用。被选用的典故多属于圣君名臣之典，而且这些典故被选用的频率极高，多有重复，如"熏歌""湛露""横汾""乘槎""钧天""七襄咏""五弦歌""平阳馆"等典。选用这些典故的唐代应制诗句有"轻飞传彩胜，天上奉熏歌"（苏颋《奉和圣制人日清晖阁宴群臣遇雪应制》）、"幸得欢娱承湛露，心同草树乐春天"（张说《上巳日祓禊渭滨应制》）、"皆言侍跸横汾宴，暂似乘槎天汉游"（徐彦伯《上巳日祓禊渭滨应制》）、"谁言七襄咏，重入五弦歌"

[①]（南朝梁）刘勰著，王运熙、周锋译注：《文心雕龙译注》，上海古籍出版社 1998 年版，第 340 页。

（李峤《奉和七夕两仪殿会宴应制》）、"睿作钧天响，魂飞在梦中"（李乂《奉和七夕两仪殿会宴应制》）、"庭实超王会，广乐盛钧天"（魏徵《奉和正日临朝应诏》），等等。

另外，因应制诗的创作场域比较特殊且固定，多为君臣宴饮或出游之时，这也就导致一些典故容易被重复选用，如典故"抃"。该典故出自《三国志·魏志·文帝纪·注》，书中曰："能言之伦，莫不抃舞。"①《楚辞·天问》："鳌戴山抃，何以安之？"注曰："击手曰抃"，也就是俗称的用手打节拍。如三国魏曹植《求自试表》曰："夫临博而企竦，闻乐而窃抃者，或有赏音而识道也。"不难看出，"抃"这一典故与宴饮唱和时的打节拍有关，因此，唐代应制诗中对其多有采用，如"行欣奉万岁，窃抃偶千龄"（薛克构《奉和展礼岱宗途径濮济》）、"宸极此时飞圣藻，微臣窃抃预闻韶"（崔日用《奉和人日重宴大明宫恩赐彩缕人胜应制》）、"微臣预在镐，窃抃遂无穷"（李迥秀《奉和九日幸临渭亭登高应制得风字》）、"秋风词更远，窃抃乐康哉"（樊忱《奉和九月九日登慈恩寺浮图应制》）、"天文丽辰象，窃抃仰层穹"（张锡《奉和九月九日登慈恩寺浮图应制》），等等。

四 多用数词、双声叠韵词、色彩词和叠字，极具装饰美

清朝方东树在其《昭昧詹言》中引姚薑坞语曰："字句章法，文之浅者，然神气体势，皆因之而见。"书中又云："凡文字贵持重，不可太近飒洒，恐流于轻便快利之习。故文字轻便快利，便不入古。"② 从这些语句中不难看出，遣词炼字对诗歌风格的形成以及对诗歌品格的高低至关重要。唐代应制诗作者深知此中道理，为了博得君王欢心，他们无不在应制诗的语言表达上下功夫。主要表现为以下四个方面：

首先，唐代应制诗多选用数量词。与唐代其他类型的诗歌进行比较，对数量词的大量选用可以说是唐代应制诗的典型特点之一。如：

---

① （晋）陈寿撰，（南朝宋）裴松之注：《三国志》，中华书局1982年第2版，第72页。
② （清）方东树著，汪绍楹校点：《昭昧詹言》卷一，人民文学出版社1961年版，第15页。

奉和人日宴大明宫恩赐彩缕人胜应制
唐·马怀素
日宇千门平旦开,天容万象列昭回。
三阳候节金为胜,百福迎祥玉作杯。
就暖风光偏著柳,辞寒雪影半藏梅。
何幸得参词赋职,自怜终乏马卿才。

奉和正日临朝
唐·岑文本
时雍表昌运,日正叶灵符。
德兼三代礼,功包四海图。
逾沙纷在列,执玉俨相趋。
清跸喧辇道,张乐骇天衢。
拂蜺九旗映,仪凤八音殊。
佳气浮仙掌,熏风绕帝梧。
天文光七政,皇恩被九区。
方陪瘗玉礼,珥笔岱山隅。

马怀素的应制诗为七言律诗,共选用了四个数量词,即"千""万""三""百"。岑文本的应制诗为五言排律,共选用了五个数量词,即"三""四""九""八""七"等,其中,数字"九"不避重复,被选用了两次。可见,数量词是应制诗中的高频词。如描述皇帝出游时扈从队伍之壮观,则用"九宾""千官""六官"等含有数词的词语;描写宫室之壮阔恢宏,则用"千门""九重""九阙""九曲""八埏"等含有数词的词语;颂美帝王之贤德,则用"七圣""九德""五德"等含有数词的词语;夸饰文治教化,则用"万国""万域""九区""六府""六宗""六诗"等含有数词的词语。选用此类词语的诗句如"负扆延百辟,垂旒御九宾"(颜师古《奉和正日临朝》)、"步辇千门出,离宫二月开"(杜审言《宿羽亭侍宴应制》)、"归路乘明月,千门开未央"(上官仪《奉和秋日即目应制》)、"御气三秋节,登高九曲门"(于经野《奉和九日幸临渭亭登高应制得樽字》)、"九重楼阁半山霞,四望韶阳春未赊"(韦元旦

《兴庆池侍宴应制》)、"五德生王者,千龄启圣人"(张说《奉和圣制千秋节宴应制》)、"三臣皆就日,万国望如云"(李德裕《奉和圣制南郊礼毕诗》)、"千龄逢启圣,万域共来威"(张说《奉和圣制春中兴庆宫酺宴应制》)、"天文光七政,皇恩被九区"(岑文本《奉和正日临朝》),等等。

  数量词的频繁使用,主要起到夸饰的作用,极言其大、其广、其深远。其目的是通过诗歌所营造的恢宏气势来彰显皇家的威严、高贵与典雅,维护帝王之尊,凸显皇权之神圣不可侵犯,进而实现应制诗所特有的意识形态功能;同时,应制诗作者高频率地选用数词,也是想通过构建特殊的诗歌风格来表明这一文化资本的特殊性与排他性。"表明这个团体的文学与众不同的特质,这种特质与精英团体的衣着、行为、礼仪一样,是仪式的一部分,是具有排他性的纯粹形式。"[1]

  其次,应制诗作者在创作应制诗作品时多选用双声叠韵词。汉字属于单音节文字,汉语的音节由声母、韵母和声调三个部分构成,汉语声韵调三个部分的数量相对固定,而且各自的数量亦均不多,这样难免会出现双声叠韵的现象。若两个字记录一个词时字的声母相同,被记录词即为双声词;若两个字记录一个词时字的韵母相同,被记录词即为叠韵词;若记录该词的两个字韵母声母均相同,被记录词即为双声叠韵词。广义的双声叠韵词包含双声词、叠韵词及狭义的双声叠韵词,如"参差""玲珑""辗转""逶迤""缱绻""氤氲""摇曳"等。选用双声叠韵词的唐代应制诗的诗句如"窈窕神仙阁,参差云汉间"(宗楚客《奉和人日清晖阁宴群臣遇雪应制》)、"羽骑参差花外转,霓旌摇曳日边回"(李峤《奉和初春幸太平公主南庄应制》)、"神池泛滥水盈科,仙跸纡徐步辇过"(李乂《兴庆池侍宴应制》)、"照灼晚花鲜,潺湲夕流响"(蔡文恭《奉和夏日游山应制》),等等。其实,对于双声叠韵,前人多持否定态度。宋朝张表臣在其《珊瑚钩诗话》中云:"晋宋以降,又有回文反复,寓忧思辗转之情;双声叠韵,壮连骈嬉戏之态。"[2] 宋朝葛立方《韵语阳

---

[1] 程建虎:《中古应制诗的双重观照》,人民文学出版社2010年版,第217页。
[2] (宋)张表臣:《珊瑚钩诗话》卷三,载(清)何文焕辑《历代诗话》,中华书局1981年版,第475页。

秋》中曰："皮日休《杂体诗序》曰：'《诗》云：蟏蛸在东，又曰：鸳鸯在梁，双声起于此也。'陆龟蒙《诗序》曰：'叠韵起自梁武帝《云后牖有朽柳》，当时侍从之臣皆唱和……南北朝人士多喜作双声叠韵，如谢庄、羊戎、魏收、崔岩辈，戏谑诙谐之语，往往载在史册，可得而考焉。'"[1] 从以上材料不难看出，古代诗评家一般认为双声叠韵的特点是"戏谑诙谐"和"连骈嬉戏"。诗歌创作中选用双声叠韵的词语，更多只是一种娱乐性质的文字游戏，对提升诗的品格、更好地表情达意并无多大益处。但是，不可否认的是，唐代应制诗对双声叠韵词语的频繁选用，大大地增强了诗歌的韵律美，这就使现场感极强的应制诗更富音乐上的美感，更容易吸引君王及扈从文臣的注意，进而脱颖而出。

再次，唐代应制诗惯于使用叠字。汉字单音节的特点，使应制诗作者在创作诗歌时可以有多种选择，其中运用叠字即为常见方式之一。运用叠字的唐代应制诗诗句如"溪水泠泠杂行漏，山烟片片绕香炉"（沈佺期《嵩山石淙侍宴应制》）、"年年斗柄东无限，愿挹琼觞寿北辰"（韦元旦《奉和立春游苑迎春应制》）、"往往花间逢彩石，时时竹里见红泉"（苏颋《奉和初春幸太平公主南庄应制》）、"别有祥烟伴佳气，能随轻辇共葱葱"（姚崇《奉和圣制夏日游石淙山》）、"金台隐隐陵黄道，玉辇亭亭下绛霄"（阎朝隐《奉和圣制夏日游石淙山》）、"金灶浮烟朝漠漠，石床寒水夜泠泠"（李峤《石淙》）、"蔼蔼瑶山满，仙歌始乐风"（韦承庆《寒食应制》），等等。

显然，叠字具有视觉和听觉上的美感。两个相同的字叠用，并与对句其他叠字相呼应，这样就构成一种极强的秩序感和队列感，如"往往花间逢彩石，时时竹里见红泉"一句，出句中的"往往"与对句中的"时时"相对，颇具整饬美。同时，两个字重叠就必然造成字义上的叠加，这就在增强语词表达效果的同时，营造出一种雍容和雅的氛围，这就与应制诗的创作场域高度契合，如当我们读到"金台隐隐陵黄道，玉辇亭亭下绛霄"一句时，皇帝出游时的恢宏场面就会跃然纸上，让人产生身临其境之感。另外，叠字的使用也会营造出一种肃穆感和庄严感，这就与皇权的至高无上相匹配，如"骎骎羽骑历城池，帝女楼台向晚批"

---

[1] （宋）葛立方：《韵语阳秋》卷四，上海古籍出版社1984年版，第51—52页。

一句，就通过"骎骎"二字很好地描写出皇帝出游时的戒备之森严，众多羽林军簇拥在御跸周围，皇帝"唯我独尊"的威严气势令人肃然生畏。清朝顾炎武在其《日知录》中云："诗用叠字最难"，但如果用得妙，就可以实现"复而不厌，赜而不乱"的效果。

最后，唐代应制诗在遣词造句上还有一个显著的特点，就是习惯于选用色彩词。袁行霈先生在评价温庭筠的词时指出："温庭筠的词富有装饰性，追求装饰效果，好像精致的工艺品，其中引人注目的是斑斓的色彩、绚丽的图案、精致的装潢，以及种种令人惊叹的装饰技巧……温词的美是一种装饰美，图案美、装潢美、欣赏温词有时要像欣赏工艺品那样，去欣赏那些精巧细致之处。"① 袁行霈先生对温词的评价无疑为我们对唐代应制诗的鉴赏提供了借鉴。唐代应制诗作者特别重视对色彩词的选用。通过对色彩词的选用和组配，使诗歌所构建出的意境呈现出色彩感和节奏感，进而富于装饰美，给读者带来身临其境之感。如下面一首应制诗：

奉和仪鸾殿早秋应制
唐·许敬宗
睿想追嘉豫，临轩御早秋。
斜晖丽粉壁，清吹肃朱楼。
高殿凝阴满，雕窗艳曲流。
小臣参广宴，大造谅难酬。

诗中的色彩词有"粉"和"朱"。通过用这两个词语对"壁"和"楼"进行分别修饰，仪鸾殿的温馨华丽气象就跃然纸上，极具画面感，既应景又渲染了当时的愉悦氛围。这种创作方法，唐代应制诗中多有采用，如"碧树清岑云外耸，朱楼画阁水中开"（李峤《太平公主山亭侍宴应制》）、"缀绿奇能似，裁红巧逼真"（李峤《奉和立春日侍宴内出剪彩花应制》）"黄花媚新霁，碧树含余清"（权德舆《奉和圣制九月十八日

---

① 袁行霈：《温词艺术研究》，《中国诗歌艺术研究》，北京大学出版社1987年版，第322页。

赐百僚追赏因书所怀》)、"水映红桃色，风飘丹桂香"（高士廉《五言春日侍宴次望海应制》)、"黄莺未解林间啭，红蕊先从殿里开"（武平一《奉和立春内出彩花树应制》)、"紫菊宜新寿，丹萸辟就邪"（赵彦昭《奉和九日幸临渭亭登高应制》)、"台阶好赤松，别业对青峰"（沈佺期《陪幸韦嗣立山庄》)、"青郊上巳艳阳年，紫禁皇游祓渭川"（张说《奉和三日祓禊渭滨应制》)，等等。通过统计，我们发现在唐代应制诗中，"朱""红""黄""紫"和"绿"等这些记录主色调的词语被选用的频率极高，而且它们多被对比使用，从而营造出色彩斑斓、热烈炫目的氛围，只有这样，才能烘托出帝王出游、宴饮时尊贵、豪华、祥和的皇家气派，这是与应制诗的主旨及特点相匹配的。

唐代应制诗因其性质及创作场域的特殊，导致其语言极具特点。唐代应制诗语言除了以上所论述的众多特点之外，还有一个最为显著的特点，即勤于修辞，对多种辞格均有选用，特别是对对偶和用典辞格选用的频率极高。

第二节 唐代应制诗的辞格选用

文学艺术的表达离不开修辞，这好比一件精美的艺术品，是离不开艺人巧夺天工的技艺的。优秀的文学作品总是通过完美的修辞艺术使其形式、内容与主旨得到最好的体现。有关修辞的研究与运用源远流长，中国古代最早将"修"和"辞"两个词语联系起来的当属《周易》。《周易·乾·文言》云：子曰："君子进德修业。忠信，所以进德也；修辞立其诚，所以居业也。"但是，此处的"修辞"与我们今天所讲的修辞在具体所指上并不完全相同。唐朝孔颖达在《十三经注疏》中对此进行了解释："忠信，所以进德"者，复解进德之事，推忠于人，以信待物，人则亲而尊之，其德日进。"修辞立其诚，所以居业"者，辞谓文教，诚谓诚实也。外则修理文教，内则立其诚，内外相成，则有可居，故云居业。从孔颖达的注疏中，我们不难看出，《周易》里讲的"修辞"是指"修理文教"。"文教"是指中国古代儒家所提倡的礼乐法度、文章教化，是对"君子"在政治上的一种要求。但是，修辞作为一种积极的言语活动，在中国古代典籍中多有涉及，如《论语·宪问》中曰："子曰：'为命，裨谌草创之，世叔讨论之，行人子羽修饰之，东里子产润色之。'"① "裨谌草创之"，是说先让裨谌打好草稿，"世叔讨论之"，是说再让世叔对打好的草稿仔细审读，"行人子羽修饰之"，是说将世叔修改好的稿子送给子羽修饰组织，"东里子产润色之"，是说将子羽润色好的稿子交给子产作进一步完善。子羽和子产均为对稿子言语进行润色之人。从中不难看出，古人对修辞艺术的重视程度之高。另外，从贾岛的"二句三年得，一吟双泪流"、卢延让"吟安一个字，拈断数茎须"等诗句，以及从"推敲"等典故中，也不难看出古人对修辞的重视。

可以说，所谓的修辞是指一种言语活动，就是指人们利用各种手段对语言进行加工和润色，以实现最好的表达效果。所谓诗歌修辞就是指为了提升诗歌语言的表达效果而采用的各种修辞方法或修辞手段。唐代应制诗作为一种特殊场域的文化产物，其创作者为了在君王面前脱颖而出，以便捞取更多的政治资本，他们无不重视对诗歌语言的润色，无不重视修辞。

唐代应制诗对相关辞格的选用极为丰富，对比喻、夸张、对偶、顶针、比拟、用典、借代、对比、反复、双关、反问、回环、映衬以及移就等辞格均有选用。

下面我们就逐一进行举例分析。

（一）比喻

在唐代应制诗的诗歌语言中，比喻辞格是用得最为普遍的辞格之一。比喻也就是通常所说的"打比方"。通过打比方，诗歌的语言就会变得更为生动、形象，给读者一种身临其境的感觉。如陈叔达的应诏诗《早春桂林殿应诏》，就对比喻辞格运用得十分出彩。

早春桂林殿应诏
唐·陈叔达

金铺照春色，玉律动年华。
朱楼云似盖，丹桂雪如花。
水岸衔阶转，风条出柳斜。

---

① 杨伯峻：《论语译注》，中华书局1980年版，第145页。

第三章　唐代应制诗的语言特点与辞格选用　◇　65

轻舆临太液，湛露酌流霞。

该首应诏诗为五言律诗，描写的是桂林殿的初春景象。春回大地，阳气缓缓上升，万物开始萌发出无限的生机，大千世界日益呈现出欣欣向荣的景象。诗的颔联"朱楼云似盖，丹桂雪如花"一句，运用比喻的修辞手法，将朱楼之上的祥云比作华盖，将丹桂枝头的残雪比作白色的花瓣，形象感极强，给人一种身临其境的感觉。这样不仅形象地描绘出桂林殿的恢宏与华贵，而且凸显出作者作为臣子随驾出游时的喜悦心情。另如张说的《奉和圣制温汤对雪应制》，该诗也较为巧妙地运用了比喻的修辞手法。

奉和圣制温汤对雪应制
唐·张说
瑞雪带寒风，寒风入阴琯。
阴琯方凝闭，寒风复凄断。
宫似瑶林匝，庭如月华满。
正赓挟纩词，非近温泉暖。

该首应制诗亦为五言律诗，全诗描写的是冬天的雪景。诗的颈联采用比喻的修辞手法，认为雪中的宫殿像被瑶林包围一样华丽，堆满积雪的庭堂像被似水的月光普照一样明亮。比喻奇特，极富想象力，冬日的宫中雪景跃然纸上。

以上两例均为明喻，而唐代应制诗中对比喻辞格的选用最多的应为借喻。借喻，是比喻辞格的一种，是指本体不出现，亦不用比喻词，而是直接用喻体代替本体的一种比喻方式。如宋之问的应制诗《奉和立春日侍宴内出剪彩花应制》。

奉和立春日侍宴内出剪彩花应制
唐·宋之问
金阁妆新杏，琼筵弄绮梅。
人间都未识，天上忽先开。

蝶绕香丝住，蜂怜艳粉回。
今年春色早，应为剪刀催。

该首应制诗为五言律诗，描写的是唐代立春日剪彩燕、剪春幡迎春的习俗。此诗的首联先写金阁内装饰着新剪的杏花，筵席间绽放着绮丽娇艳的梅花。颔联直抒胸臆，赞叹剪彩花之美，巧夺天工，作者直言："真是天上的春光，世间人难能识得！"颈联写彩蝶、蜜蜂惜香怜艳，受花香的诱惑，纷至沓来。因为春信一到，天气逐渐变暖，万紫千红的盛春景象就会到来，该联透露着作者喜悦的情怀。该诗的尾联最为出彩，该联采用借喻和拟人的修辞手法，将"春风"比作"剪刀"，认为今年春色之所以来得早，是因为春风的督促。诗中用"剪刀"借喻"春风"，不留痕迹，耐人玩味，相较于贺知章《咏柳》中的"二月春风似剪刀"一句所选用的明喻手法，明显略胜一筹。

唐代应制诗对比喻辞格的选用，除了明喻和借喻之外，对暗喻手法也多有选用。如薛曜的应制诗《奉和圣制夏日游石淙山》。

奉和圣制夏日游石淙山
唐·薛曜
玉洞幽寻更是天，朱霞绿景镇韶年。
飞花藉藉迷行路，啭鸟遥遥作管弦。
雾隐长林成翠幄，风吹细雨即虹泉。
此中碧酒恒参圣，浪道昆山别有仙。

该首应制诗为七言律诗，全诗记载作者夏日随驾出游石淙山的所见所感。阅读该诗后，石淙山的美景跃然纸上，让人如临其境、流连忘返。石淙山，在今河南省登封市的东南三十里，又称"平乐涧"，曲折婉转的河水在告成镇附近汇聚成深潭，潭的形状似车厢，故又被称为"车厢潭"。此处，山水相映，景色秀丽迷人，是嵩山胜景，被后世列为嵩山八景之一。武则天久视元年（700），在此建造三阳宫，同年五月十九日，武则天率领群臣来此避暑。在游览期间，武则天曾大宴群臣，并自制七言诗一首，令侍游群臣应和，薛曜奉敕正书刻石。当日参加宴会者，有太子李显（中宗）、相王李旦（睿宗），朝廷要员有武三思、狄仁杰、张易之、张昌宗、李峤、苏味道、姚崇、阎朝隐、崔融、薛曜、徐彦伯、杨敬述、于季子和沈佺期等，这是一次声势浩大的宫廷诗会。武则天在筵席间首先即兴赋诗，群臣纷纷奉和，场面热闹非凡，流传下来的诗篇，辞藻典丽，诗风富丽堂皇，充满浓浓的宫廷富贵气息。

薛曜的这首奉和应制之作，首联先写石淙山山洞之奇，以天外美景、韶光辉映相映衬。颔联着力写石淙胜景所处环境之清幽；飞花纷纷，山路更显得幽深迷茫；遥遥鸟鸣，更见幽邃静谧。此联作者采用暗喻的修辞手法，将"遥遥鸟啭"暗喻为"管弦之声"，树林中鸟鸣悠扬之声如在耳畔，令读者顿生身临其境之感。颈联写林中薄雾和烟雨，均采用了暗喻手法：将薄雾弥漫的丛林暗喻为翠色的帷幔，将微风吹拂的细雨暗喻为艳丽的彩虹，极富画面感，景色迷人，令人神往。尾联颂圣，赞美武则天为昆山之仙女。总览全诗，对景物的描写非常成功，特别是三处暗喻手法的运用极为巧妙，给人一种如睹其色、如闻其声的身临其境之感。

（二）夸张

夸张在中国古代的文艺批评中被冠以众多名称，如"增文""增语""豪句""夸饰"等，但这些名称的具体所指却大同小异。从修辞学的角度看，夸张是一种积极的修辞方式，在中国古代的诗歌语言中多被选用。概括而言，作者为了追求更好的艺术表达效果，对现实中的人或事物进行夸大或缩小描写，这种修辞方法即为夸张。夸张，根据其表现方式的不同，可分为夸大夸张和缩小夸张两类。南朝梁刘勰在其《文心雕龙·夸饰》中曰："是以言峻则嵩高极天，论狭则河不容舠，说多则子孙千亿，称少则民靡孑遗。襄陵举滔天之目，倒戈立漂杵之论，辞虽已甚，其义无害也。"① 刘勰的这段话正是将夸张分为夸大和缩小两种类型。就夸张的手法而言，学界历来说法不一，如林东海先生在其《诗法举偶》中说："艺术夸张的手法，大体可分为两种类型：一种是叙述夸张法，或者说赋法夸张；一种是描写夸张法，或者说比法夸张。"② 另如，周生亚先生在其《古代诗歌修辞》中将夸张的手法分为对比法、比较法和比喻

---

① （南朝梁）刘勰著，范文澜注：《文心雕龙注》，人民文学出版社1958年版，第608页。
② 林东海：《诗法举隅》，上海文艺出版社1981年版，第49页。

法三种类型。虽然学者们给出的具体类别及名称不同,但之间并无本质的差异。唐代应制诗作为中国古代诗歌的重要组成部分之一,具有典雅富丽的特质,导致其对夸张的修辞手法多有选用。如赵彦昭的《奉和圣制立春日侍宴内殿出剪彩花应制》。

奉和圣制立春日侍宴内殿出剪彩花应制
唐·赵彦昭
剪彩迎初候,攀条故写真。
花随红意发,叶就绿情新。
嫩色惊衔燕,轻香误采人。
应为熏风拂,能令芳树春。

立春是二十四节气之一,多在农历十二月下旬或正月上旬。春季是一年四季的开始,而立春又是孟仲季三春的第一天,换言之,这一天是新的一年中所有新事物的开始,万物开始复苏,充满无限生机与希望。在古代,特别是在唐代,立春日当天,皇帝会率领百官到京城东郊,举行迎春仪式。在游苑迎春的场景中,君臣会共饮美酒,期待天下大治,国运如日中天。立春日,还有一项重要的习俗,即剪彩燕、春幡,以呼唤春神,祈求新的一年风调雨顺。赵彦昭这首应制诗所描写的场景,即为立春日宫廷中剪彩花的场面。这首应制诗为五言律诗,全诗写剪彩花的精美绝伦,实则是强调剪彩花者手艺技巧之娴熟,呈现出绫罗花色图案的精致细腻。该首应制诗的首联点名时节,剪彩花的活动与立春的节令相契合,一根根攀援的枝条,栩栩如生。此诗的整体构思十分巧妙,入情入理,从娇艳的鲜花、生动的飞鸟入笔。锦绫面上一朵朵怒放的鲜花,一只只振翅欲飞的小鸟,活灵活现,呼之欲出,可以以假乱真。该诗最出彩的地方应为颈联——"嫩色惊衔燕,轻香误采人"。这两句诗巧妙地运用了夸张的修辞手法,极力凸显锦绫面上彩花的形象之逼真,嫩绿的色彩使燕子受到惊吓,花的清香让采花人以假为真。该联通过夸张的想象,虚设情景,不仅增添了春色,而且弥漫着醉人的春意。唐代应制诗对夸张辞格的选用,另如沈佺期的《奉和春初幸太平公主南庄应制》。

第三章　唐代应制诗的语言特点与辞格选用　◇　69

奉和春初幸太平公主南庄应制
唐·沈佺期
主家山第早春归，御辇春游绕翠微。
买地铺金曾作埒，寻河取石旧支机。
云间树色千花满，竹里泉声百道飞。
自有神仙鸣凤曲，并将歌舞报恩晖。

在唐代，皇亲国戚多热衷于修建园林，以供游玩筵请。就园林修建的地理位置而言，皇家园林多修建于长安城与骊山温泉之间，个中缘由，大概是因为此处接近皇宫，灞浐二水又在此交流，有"三辅"盛地之称。唐高宗之女太平公主，唐中宗之女长宁公主、安乐公主，以及唐玄宗的几个儿子和女婿在此均建有园林。因为太平公主的特殊身份，其所建造的园林规模最为宏大。韩愈的《游太平公主南庄》云："公主当年欲占春，故将台榭押城闉。欲知前面花多少，直到南山不属人。"从韩愈的诗中不难看出，太平公主气势之盛和营造的园林规模之大。唐中宗景龙三年（709）二月十一日中宗御驾太平公主南庄，君臣多有唱和，作有组诗《奉和春初幸太平公主南庄应制》，共九首，写作者有沈佺期、宋之问、邵昇、苏颋、韦嗣立、李邕、李峤、李乂和赵彦昭等九人。沈佺期的这首七言律诗即为其中之一。此诗前半部分赞美太平公主南庄春光早到，皇上乘兴而来，于春日乘坐御辇到山庄游览。颔联"买地铺金曾作埒，寻河取石旧支机"，写太平公主南庄的奢华，买下景色优美之地，并用金子铺成界限；探寻河流的源头，拾取彩石作为地基。此处用六朝之典，说明南庄园林假山石材之名贵。颈联"云间树色千花满，竹里泉声百道飞"两句，运用夸张的修辞手法，前一句"千花满"凸显花之多、之艳，写云雾中朦胧树色处堆满了千层花朵；后一句"百道飞"写追寻竹林里传来的声响，发现眼前飞扬起百重泉水，极言泉水之密、之盛。诗人运用夸张的修辞手法，将太平公主南庄塑造得宛若仙境，令人流连忘返。

（三）对偶

对偶是中国古代诗歌语言中极为重要的一种修辞格式。日本僧人遍照金刚在其《文镜秘府论》中援引南朝梁萧绎的话说："作诗不对，本是吼文，不名为诗。"① 一般来说，对偶就是将结构相同，字数相等，意义相关的两个词或两个句子并列地放在一起的一种修辞格式。之所以说"一般来说"，是因为在对偶产生的早期，格式要求还不像目前这么严谨。

对偶辞格强调得更多的是外在的形式美，人类对这一形式美的追求根源于日常生活。南朝梁刘勰《文心雕龙·丽辞》曰："造化赋形，支体必双，神理为用，事不孤立。夫心生文辞，运裁百虑，高下相须，自然成对。"② 在中国古代社会里，人们早就发现在自然界中，存在众多的对称现象。当然对称不等于对偶，但不可否认，对偶是对称的一种。最初，对称只是人们根据直觉观察所形成的一种概念，后来才逐渐地把这种认识或是审美追求应用到建筑、美术、音乐和文学创作等领域。

在中国古代的诗歌语言里，对偶辞格具有极强的修辞效果。产生对偶辞格的心理基础是联想。对偶通过匀齐对称的形式，表达较凝练深刻的内容，使读者读后，易于感知、联想和记诵。同时，对偶所构建的那种和谐的节奏带给人一种美的享受。袁行霈先生对此有一段精辟的论述，他说："对偶是连续意象的一座很好的桥梁，有了它，意象之间虽有跳跃，而读者心理上并不感到是跳跃，只觉得是自然顺畅的过渡。中国古代的诗人常常打破时间和空间的局限，在广阔的背景上自由地抒发自己的情感。而对偶便是把不同时间和空间的意象连接起来的一种很好的方法。"③

从不同的角度，可将对偶辞格分为不同的类别。南朝梁刘勰《文心雕龙·丽辞》曰："故丽辞之体，凡有四对：言对为易，事对为难，反对为优，正对为劣。言对者，双比空辞者也；事对者，对举人验者也；反对者，礼殊趣合者也；正对者，事异义同者也。"④ 不难看出，刘勰将对偶分为四类，即言对、事对、反对和正对。但是，我们也不难发现，刘勰在对对偶的类型进行划分时，所持的标准不够统一。"言对"和"事对"是从用不用典的角度来划分的，不用典的对偶为"言对"，用典的对

---

① ［日］遍照金刚著，周维德校点：《文镜秘府论》，人民文学出版社1975年版，第140页。
② （南朝梁）刘勰著，范文澜注：《文心雕龙注》，人民文学出版社1958年版，第588页。
③ 袁行霈：《中国诗歌艺术研究》，北京大学出版社1987年版，第73页。
④ （南朝梁）刘勰著，范文澜注：《文心雕龙注》，人民文学出版社1958年版，第588页。

偶为"事对"。而"反对"和"正对"是从意义异同的角度来划分的，意义相反而旨趣相合的对偶为"反对"，事物虽不同而意义相同的对偶为"正对"。目前，学界一般从内容和形式两个角度来给对偶辞格分类。对偶从内容的角度进行划分，可以分为正对、反对和串对三类；从形式的角度进行划分，可分为本句对、邻句对和隔句对三类。

唐代应制诗中对对偶辞格的选用极为常见，如"柳色迎三春，梅花隔二年"（李百药《奉和初春出游应令》）、"鱼戏芙蓉水，莺啼杨柳风"（张说《三月二十日诏宴乐游原赋得风字》）、"雨洗亭皋千亩绿，风吹梅李一园香"（张说《奉和圣制春日出苑应制》）、"石泉石镜恒留月，山鸟山花竞逐风"（姚崇《奉和圣制夏日游石淙山》）、"云飞北阙轻阴散，雨歇南山积翠来"（李憕《奉和圣制从蓬莱向兴庆阁道中留春雨中春望之作应制》）、"波摇岸影随桡转，风送荷香逐酒来"（武平一《兴庆池侍宴应制》）、"百草香心初罥蝶，千树嫩叶始藏莺"（郑愔《奉和春日幸望春宫》）、"杨柳千条花欲绽，葡萄百丈蔓初萦"（沈佺期《奉和春日幸望春宫应制》），等等。

唐代应制诗多为律诗，所以，像一般的律诗一样，应制诗除尾联少见对偶外，其他三联多为对偶句。如李峤的《奉和人日清晖阁宴群臣遇雪应制》："三阳偏胜节，七日最灵辰。行庆传芳蚁，升高缀彩人。阶前蓂候月，楼上雪惊春。今日衔天造，还疑上汉津。"该首诗为五言律诗，除尾联外，其他三联均为标准的对偶句。另如宗楚客的同题诗："窈窕神仙阁，参差云汉间。九重中叶启，七日早春还。太液天为水，蓬莱雪作山。今朝上林树，无处不堪攀。"亦是如此。当然，也有一些应制诗是全首皆用对偶辞格的，著名的如王维的《奉和圣制从蓬莱向兴庆阁道中留春雨中春望之作应制》："渭水自萦秦塞曲，黄山旧绕汉宫斜。銮舆迥出千门柳，阁道回看上苑花。云里帝城双凤阙，雨中春树万人家。为乘阳气行时令，不是宸游玩物华。"该首诗，首联出句中的"渭水""自萦""秦塞曲"，分别与该联对句中的"黄山""旧绕""汉宫斜"相对；颔联出句中的"銮舆""迥出""千门柳"，分别与该联对句中的"阁道""回看""上苑花"相对；颈联出句中的"云里""帝城""双凤阙"，分别与该联对句中的"雨中""春树""万人家"相对；尾联出句中的"行时令"，与该联对句中的"玩物华"相对。该首应制诗，基本做到了联联对偶。

（四）顶针

顶针，又叫顶真或连环，就是处于上句末尾部分的词、语、句与下一句开头部分的词、语、句完全相同的一种修辞手法。就诗歌语言而言，由于顶针修辞手法使用了连环节，即相同的词、语、句，这样就使得诗的上下句首尾蝉联、上递下接，造成一种循环无穷的诗歌韵味，从而使诗人的情感可以一贯而下地抒发出来，进而更容易使读者产生强烈的共鸣。根据连环节在诗句中所处的位置，我们可以把顶针辞格分为两种类型：一是句内顶针，二是句外顶针。

唐代应制诗作为辞藻华丽、重视形式美的代表诗歌类型之一，对顶针辞格多有选用，如"映水轻苔犹隐绿，绿堤弱柳未舒黄"（马怀素《奉和立春游苑迎春应制》）一句中的连环节为"绿"，其中，出句中的"绿"作"隐"的宾语，对句中的"绿"作"堤"的定语，此例为联内顶针；"瑞雪带寒风，寒偶入阴琯。阴琯方凝闭，寒风复凄断"（张说《奉和圣制温汤对雪应制》）的连环节为"阴琯"，其中，上联对句中的"阴琯"作"入"的宾语，下联出句中的"阴琯"作"凝闭"的主语，该例为联外顶针。两例均为顶针类型中的句外顶针。在唐代应制诗中，未见句内顶针。

（五）比拟

在中国古代的诗歌语言中，比拟也是一种用得十分广泛的修辞手法。所谓比拟，就是把甲类事物当作乙类事物来描写刻画、来对待的一种修辞手法。如果把无生命的事物当作有生命的事物，或把动物当作人来进行描写，这就叫作拟人；相反，如果把有生命的事物当作无生命的事物，或把人当作动物来描写，这就叫作拟物。所以，比拟辞格是兼含拟人和拟物两个小类的一种修辞格。比拟辞格在中国古典诗歌的语言中具有极强的修辞效果，恰当地使用比拟辞格，可以使诗歌语言变得更为鲜明、生动，富于情趣，有助于气氛的渲染和情感的抒发，进而给读者构建更大的想象空间，达到更好的诗歌表达效果。

在唐代应制诗的诗歌语言中，比拟手法多有被选用，如武平一的应制诗《兴庆池侍宴应制》。

兴庆池侍宴应制

唐·武平一

銮舆羽驾直城隈，帐殿旌门此地开。
皎洁灵潭图日月，参差画舸结楼台。
波摇岸影随桡转，风送荷香逐酒来。
愿奉圣情欢不极，长游云汉几昭回。

该首应制诗为七言律诗。颈联"波摇岸影随桡转，风送荷香逐酒来"两句中的动词"送"和"逐"用得极为巧妙。这两个动词的主语一般均应为人，这里却分别是"风"和"荷香"两个非人的事物，显然，这里是把"风"和"荷香"拟人化了，也就是常说的把事物"写活了"，这种手法的运用，无疑增添了诗歌语言的情趣与生机。

唐代应制诗中比拟手法的运用，另如"春光催柳色，日彩泛槐烟"（虞世南《奉和献岁宴宫臣》）、"御柳遥随天仗发，林花不待晓风开"（李乂《奉和圣制从蓬莱向兴庆阁道中留春雨中春望之作应制》）、"风来花自舞，春入鸟能言"（宋之问《春日芙蓉园侍宴应制》）、"落日下桑榆，秋风歇杨柳。"（马怀素《九日幸临渭亭登高应制得酒字》）、"石泉石镜恒留月，山鸟山花竞逐风"（姚崇《奉和圣制夏日游石淙山》）、"皇雨向洛阳，时雨应天行"（魏知古《奉和春日途中喜雨应诏》），等等。唐代应制诗对比拟手法的选用多为拟人。

（六）用典

用典是中国古典诗歌语言中比较常见的一种修辞手法。凡是引用历史上的典故，或引用已有诗词或散文作品中的词、语、句的，都可以称为用典。用典虽然在诗歌语言和散文作品中都可以被使用，但是它们各自所起的功能却不尽相同。在散文作品中，用典是为提升论证的说服力服务的。通过用典，可以更好地阐发作者的观点。而在诗歌语言中，情况却不同。诗歌作品中的用典，并不是为了增加论据，强化对观点的说明，而是为了塑造一首诗的整体形象。一首诗，如果选用了典故，那么它所承担的信息量就会大大增加，阅读后，会使人产生丰富的联想，进而挖掘出更多的信息。古典诗歌中的用典一般可分为两类：事典和语典。

古人视用典为"蹈袭"或"偷"是不正确的。恰当的用典可以增强诗句的感染力和趣味性。用典的根本目的是增强表现力，而不是"掉书袋"，故作高深莫测，使诗歌语言晦涩难懂。因此，所选择的典故，应是一般人所熟悉的，尽量避免选用生僻之典。关于用典的问题，清朝袁枚在其《随园诗话》中有一段精彩的论述，他说："用典如书中著盐，但知盐味，不见盐质。用僻典如请生客入座，必须问名探姓，令人生厌。"①可见，上乘的用典，应该是让读者但知"盐味"，而不见"盐质"的。

唐代应制诗是奉帝王之命现场所作，是臣子表现自我的绝佳机会，他们为了在诗艺竞赛中脱颖而出，捞取更多的政治资本，无不竭尽全力。而恰当地用典无疑是他们尽显诗才的绝佳方式。如魏徵的应制诗《奉和正日临朝应诏》。

奉和正日临朝应诏
唐·魏徵
百灵侍轩后，万国会涂山。
岂如今睿哲，迈古独光前。
声教溢四海，朝宗引百川。
锵洋鸣玉珮，灼烁耀金蝉。
淑景辉雕辇，高旌扬翠烟。
庭实超王会，广乐盛钧天。
既欣东日户，复咏南风篇。
愿奉光华庆，从斯亿万年。

魏徵是初唐著名的政治家、史学家，也是唐代有名的诤臣，以敢于直言进谏而闻名，其《谏太宗十思疏》《十渐疏》等，议谏真切，文风质朴，被后人奉为讽谏类文本之楷模。魏徵的这首应制诗为五言排律，诗风一改质朴之风格，多处采用典故。如诗中典故"涂山"，出自《左传》。

---

① （唐）司空图、（清）袁枚著，郭绍虞集解、辑注：《诗品集解　续诗品注》，人民文学出版社1963年版，第151页。

《左传·哀公七年》："禹合诸侯于涂山，执玉帛者万国。"① 晋朝杜预注："涂山，在寿春东北。"史书记载，大禹曾于涂山会合诸侯，后来就被用作咏皇帝临朝的典故。诗中选用该典，即是咏唐太宗正日临朝，颂圣之意明显。

诗中另一个典故"钧天"，出自《史记》。《史记·赵世家》："赵简子疾，五日不知人，大夫皆惧……居二日半，简子寤。语大夫曰：'我之帝所甚乐，与百神游于钧天，广乐九奏万舞，不类三代之乐，其声动人心。'"② 传说"钧天"为天帝的居所，常作为"钧天广乐"的缩略语。春秋时，晋卿赵简子梦游钧天，领略了天上神曲。后世用作咏天上仙乐的典故，也常用作对宫廷音乐的美称。该诗选用"钧天"典，即是将宫中音乐赞美为仙乐。典故"钧天"，在唐代应制诗中被选用的频率极高，如"圣文飞圣笔，天乐奏钧天"（胡元范《奉和太子纳妃太平公主出降三首》其三）、"献图开益地，张乐奏钧天"（张说《奉和圣制暇日与兄弟同游兴庆宫作应制》）、"微臣从此醉，还似梦钧天"（苏味道《初春行宫侍宴应制》），等等。

魏徵这首应制诗中还有一个典故为"南风"，又写作"熏风""薰风""南薰""虞薰""解愠""薰琴"等，出自《礼记》。《礼记·月记》记载："昔者舜作五弦之琴以歌《南风》。"③ 《史记·乐书》曰："以歌《南风》。"南朝宋裴骃《史记集解》曰："王肃曰：'《南风》，育养民之诗也。其词曰'南风之薰兮，可以解吾民之愠兮。'"唐朝司马贞《史记索隐》曰："此诗之词出《尸子》及《家语》。"传说舜作五弦琴，唱《南风》歌。后世用该典代指帝王之歌，并用作咏帝王体恤百姓的典故。该诗选用"南风"典，是把唐太宗比作舜帝，颂圣之意明显。据我们统计，在唐代的应制诗中，"南风"典被选用的频率极高，如"湛露飞尧酒，熏风入舜弦"（宗楚客《奉和幸上阳宫侍宴应制》），这里是用"熏风"典喻指皇帝所作的诗；"为奏薰琴唱，仍题宝剑名"（张九龄《奉和圣制送尚书燕公赴朔方》），诗句中的燕公即为张说，这里用"薰琴唱"

---

① 韩路主编：《四书五经》，沈阳出版社1996年版，第966页。
② （汉）司马迁撰，梁绍辉标点：《史记》，甘肃民族出版社1997年版，第372页。
③ 《周礼·仪礼·礼记》，陈戍国点校，岳麓书社1989年版，第343页。

喻指唐玄宗所作的《送张说巡边》;"汉酺歌圣酒,韶乐舞薰风"(张九龄《奉和圣制登封礼毕洛城酺宴》),该句用"薰风"典,是将当时的皇帝同圣君舜帝相比。另外,如"应为熏风拂,能令芳春树"(赵彦昭《奉和圣制立春日侍宴内殿出剪彩花应制》)、"轻飞传彩胜,天上奉薰歌。"(苏颋《奉和圣制人日清晖阁宴群臣遇雪应制》)、"还将西梵曲,助入南薰弦"(李峤《闰九月九日幸总持寺登浮图应制》)、"运广薰风积,恩深湛露晞"(许敬宗《奉和守岁应制》)、"山花添圣酒,涧竹绕薰琴"(李适《侍宴长宁公主东庄应制》)、"早荷承湛露,修竹引薰风"(韦安石《梁王宅侍宴应制同用风字》),等等。

　　用典可以说是唐代应制诗的典型特征之一,几乎每一首应制诗都对典故有所选用。如李适的应制诗《侍宴安乐公主新宅应制》中的诗句:"若见君平须借问,仙槎一去几时来?"该句选用的是神仙之典。严君平名遵,汉时蜀地人,传说他每日在成都街头卖卜,赚足了钱便闭门研读《老子》。据《洞天集》记载,严君平的仙槎(木筏)经常可以自由地在空中飞来飞去。这两句诗是说,如果你遇到了擅占卜的严君平,请帮我问问来往于大海与银河之间的仙槎,何时会再来呢?该句所表达的意思是,安乐公主的新宅美如仙境,希望能再有机会前往游玩。另如,陈叔达应制诗《早春桂林殿应诏》中的诗句:"轻舆临太液,湛露酌流霞。"该句选用的典故为"湛露"。典故"湛露"出自《诗经》。《诗经·小雅·湛露·序》曰:"《湛露》,天子宴诸侯也。"《左传·文公四年》曰:"昔诸侯朝正于王,王宴乐之,于是乎赋《湛露》,则天子当阳,诸侯用命也。"[1]《湛露》本为帝王宴饮诸侯或臣子时演奏的乐章,后用作咏帝王宴饮的典故。再如,许敬宗应制诗《奉和元日应制》中的诗句:"发生同化育,播物体陶钧。"该句选用的典故为"陶钧"。典故"陶钧"出自《史记》。《史记·鲁仲连邹阳列传》曰:"邹阳从狱中上书:'是以圣王治世御俗,独化于陶钧之上,而不牵于卑乱之语,不夺于众多之口。'"[2]南朝宋裴骃《史记集解》引《汉书音义》曰:"陶家名模下圆转者为钧,以其能制器为大小,比之于天。"唐朝司马贞《史记索隐》曰:"崔浩云:

---

[1] 韩路主编:《四书五经》,沈阳出版社1996年版,第1073页。
[2] (汉)司马迁撰,梁绍辉标点:《史记》,甘肃民族出版社1997年版,第640页。

'以钧制器万殊，故如造化也。'""陶钧"本为古代制作陶器的转轮，汉代人用以比喻控制政局的朝廷大权，也用以比喻左右乾坤的造物者。

（七）借代

在古代的诗歌语言中，同用典辞格一样，借代辞格也是被选用的频率较高的一种修辞方法。所谓借代，是指对于一种事物，不用其本来的名称，而是用另一种与之相关的名称来代替的一种修辞方式。借代可以使诗歌语言更为生动、鲜明，避免用语重复，给读者以新鲜感，亦易于激发读者更多的联想和想象，进而深化对诗意的理解。借代辞格的具体类型十分丰富，可以分为以特征代替本体、以属性代替本体、以数量代替本体、以行为代替本体等十多个小类。

唐代应制诗对借代手法选用的频率也极高，如武平一的《侍宴安乐公主新宅应制》。

侍宴安乐公主新宅应制
唐·武平一
紫汉秦楼敞，黄山鲁馆开。
簪裾分上席，歌舞列平台。
马既如龙至，人疑学凤来。
幸兹联棣萼，何以接邹枚。

该首应制诗为五言律诗，描写的是作者在安乐公主新宅侍宴时的所见所闻。颔联"簪裾分上席，歌舞列平台"一句中的"簪裾"，本义是指古代达官贵人所穿的服饰，这里是代指皇帝身边的达官贵人。此例是以服饰代替本体。

唐代应制诗对借代手法的运用，另如张说的《三月三日诏宴定昆池宫庄赋得筵字》。

三月三日诏宴定昆池宫庄赋得筵字
唐·张说
凤凰楼下对天泉，鹦鹉洲中匝管弦。
旧识平阳佳丽地，今逢上巳盛明年。

舟将水动千寻日，幕共林横两岸烟。
不降玉人观禊饮，谁令醉舞拂宾筵。

该首应制诗为七言律诗，描写的是作者在定昆池宫庄侍宴的情景。定昆池为韦后最幼之女安乐公主所造，据《旧唐书·外戚列传》记载："主，韦后所生男女中最小。初，中宗迁于房州，欲达州境，生于路次。性惠敏，容姿秀觉。中宗、韦后爱宠日深，恣其所欲，奏请无不允许，恃宠横纵，权倾天下，自王侯宰相已下，除拜多出其门。所营第宅并造安佛寺，拟于宫掖，巧妙过之，令杨务廉于城西造定昆池于其庄，延袤数里。出降之时，以皇后仗发于宫中，中宗与韦后御安福门观之，灯烛供拟，彻明如画。延秀拜席日，授太常卿，兼右卫将军、驸马都尉，改封恒国公，实封五百户。废休祥宅，于金城坊造宅，穷极壮丽，帑藏为之空竭。崇训子数岁，因加金紫光禄大夫、太常卿同正员、左卫将军，封镐国公，赐实封五百户，以嗣其父。公主产男满月，中宗韦后幸其第，就第放赦，遣宰臣李峤、文士宋之问、沈佺期、张说、阎朝隐等数百人赋诗美之。"[①] 另据《新唐书·诸帝公主》记载："主营第及安乐佛庐，皆宪写宫省，而工致过之。尝请昆明池为私沼，曰：'先帝未有以与人者。'主不悦，自凿昆明池，延袤数里。定言可抗訏之也。"[②] 可见，定昆池是一个带有浓厚政治色彩的人工池塘。《全唐诗》中，现存与定昆池相关的奉和应制之作仅有两首，两首均为张说所作，一首为《三月三日定昆池奉和萧令得潭字韵》，另一首即为上面所列举之诗。该首应制诗的首联"凤凰楼下对天泉，鹦鹉洲中匝管弦"，是赞美定昆池宫庄景色之优美，歌赞安乐公主宅第精雕细琢、歌舞升平。该联中的"凤凰楼"和"鹦鹉洲"，均不是确指，它们均是代指风景名胜。严格来讲，"凤凰楼"又称"凤楼"，典出南朝陈江总的《箫史曲》，书中载："弄玉秦家女，箫史仙处童。来时兔月照，去后凤楼空。"后世因以"凤楼"作为咏公主宅院的典故。"鹦鹉洲"在湖北省武汉市，为武昌西南川中之岛名，唐朝崔颢在其《黄鹤楼》中有名句云："晴川历历汉阳树，芳草萋萋鹦鹉洲。"

---

① （五代）刘昫等：《旧唐书》，中华书局1975年版，第4734页。
② （宋）欧阳修、（宋）宋祁：《新唐书》，中华书局1975年版，第3654页。

此例是以部分指代全体。

（八）对比

所谓对比，就是将内容相反或相关的两个或两种事物放在一起相互比较、相互对照地来陈述或描写。修辞学上的"对比"，不必仅仅局限于两种事物或一个事物的两个方面在性质或内容方面相互对立，只要内容相关，虽然不具有对立性质的两种事物，或一个事物的两个方面，只要作者是将其作为对立物，对照着来写、来描述，都可以称之为"对比"手法。在诗歌语言中，对比手法的运用，可以使人物形象或事物的性质、状态或特征更为鲜明。对比手法是揭示诗歌主题的有效手段之一。如许敬宗的应制诗《奉和七夕宴悬圃应制二首之二》。

奉和七夕宴悬圃应制二首之二
唐·许敬宗
婺闺期今夕，娥轮泛浅潢。
迎秋伴暮雨，待暝合神光。
荐寝低云鬓，呈态解霓裳。
喜中愁漏促，别后怨天长。

许敬宗的该首应制诗为五言律诗。该首应制诗诗题中的"悬圃"，有时写作"玄圃"，是仙传中的神仙乐园之一，在此代指君臣游乐之境。"悬圃"典出《淮南子》。《淮南子·坠形篇》云："悬圃、凉风、樊桐在昆仑阊阖之中，是其疏圃。"[1] 古人认为，昆仑为天帝在地上的都城，其境内除了有不死药、长生树之外，还有兼具花园和菜圃功能的美丽"悬圃"。"悬圃"被认为是中国园林模型的最早形态。在唐代诗人的园林生活追求里，希望通过外在的建筑实体来充盈和实现内心的桃花源情结。在这样一种文化框架里，诗题中的"七夕宴悬圃"就成为了以道教为国教的李唐王朝一种具有象征性与娱乐性的节令活动。许敬宗的这首应制诗，效法高宗原作的写作脉络，铺叙出牛郎、织女两仙相会的动、静态场景。尾联"喜中愁漏促，别后怨天长"一句，采用对比的修辞手法，

---

[1] 张双棣：《淮南子校释》（增订本），北京大学出版社2013年第2版，第450页。

将"喜中"与"别后"相对、将"漏促"与"天长"相对，鲜明地表现了作者对良辰美景易逝的惆怅。

有关唐代应制诗对对比手法的运用，另如沈佺期的应制诗《立春日内出彩花应制》。

立春日内出彩花应制
唐·沈佺期
合殿春应早，开箱彩预知。
花迎宸翰发，叶待御筵披。
梅讶香全少，桃惊色顿移。
轻生承剪拂，长伴万年枝。

沈佺期的该首应制诗为五言律诗。该首诗描写的是立春日剪彩花的习俗。立春，标志着春天的到来，宫内送出剪彩花赏赐给群臣，取迎春、送春之意。该首诗构思巧妙，立意新颖。此诗从开箱剪彩，预知春天已到来，可见人们思春之喜悦。再写春花、春叶均充满活力。彩花迎着皇帝的翰藻，绿叶在筵席间舒展开去。诗句所营造的画面感十足。诗的颈联"梅讶香全少，桃惊色顿移"一句，较为出彩。诗句采用对比的手法，将自然界散发清香的梅花与所剪的彩花进行对比，反倒是真的梅花骤感逊色；将自然界的桃花与所剪的彩花进行对比，自然界的桃花却顿感失色。诗意情趣跃然纸上。

（九）反复

为了强调某一事物，凸显某层意思，增强某种感情色彩，故意将诗歌中的某些词、语或句子进行重复使用的一种修辞手法，就叫反复。反复辞格的运用，可以起到增强语势、加深印象、激发情感和突出主题的作用。反复辞格在古代诗歌的语言里属于一种积极辞格，其对作者表情达意具有强化的作用。但需要明确的是，反复不同于简单的重复，反复是修辞的需要，是为了更好地表情达意，而重复只是语言的累赘，要坚决避免。根据反复单位的不同，反复辞格可以细分为三类，即词的反复、语的反复和句子的反复。

在唐代应制诗中，对反复辞格也多有选用。如阎朝隐的《奉和圣制

第三章　唐代应制诗的语言特点与辞格选用　◇　81

夏日游石淙山》。

奉和圣制夏日游石淙山
唐·阎朝隐
金台隐隐陵黄道，玉辇亭亭下绛雾。
千种冈峦千种树，一重岩壑一重云。
花落风吹红旳历，藤垂日晃绿蓝葺。
五百里内贤人聚，愿陪阊阖侍天文。

该首应制诗为七言律诗，所描写的是作者跟随皇帝游玩嵩山胜景之一——石淙山的场景。此首诗的首联和颔联均采用了反复的修辞手法。其中，首联"金台隐隐陵黄道，玉辇亭亭下绛雾"两句，采用了词的反复。"隐隐"写金台远远望去，若隐若现，宛若仙境；"亭亭"写皇帝所乘坐的御车华丽典雅，凸显游人身份之尊贵。颔联"千种冈峦千种树，一重岩壑一重云"两句，采用短语的反复，成功地刻画出石淙山之壮美与景色之多变。其中，该联的出句将"千种"进行反复，是为了凸显石淙山之层峦叠嶂与草木丰茂；对句将"一重"进行反复，是为了强调石淙山之千沟万壑、雨雾飘渺。

唐代应制诗中有关反复辞格的运用，另如姚崇的《奉和圣制夏日游石淙山》。

奉和圣制夏日游石淙山
唐·姚崇
二室三涂光地险，均霜揆日处天中。
石泉石镜恒留月，山鸟山花竞逐风。
周王久谢瑶池赏，汉主惭愧玉树宫。
别有祥烟伴佳气，能随轻辇共葱葱。

姚崇的该首应制诗亦为七言律诗，与前文阎朝隐的应制诗为同一组诗。该首诗的颔联和尾联均有对反复手法的运用。特别是颔联"石泉石镜恒留月，山鸟山花竞逐风"两句。该联的出句和对句均为句内反复，这样不但描绘出石淙山的环境之美，而且构建出诗歌语言应有的节奏美。

唐代应制诗中对反复修辞手法的运用，还有"肃肃皆鹓鹭，济济盛簪绅"（颜师古《奉和正日临朝》）、"蔼蔼瑶山满，仙歌始乐风"（韦承庆《寒食应制》）、"三月重三日，千春续万春"（阎朝隐《三日曲水侍宴应制》）、"往往花间逢彩石，时时竹里见红泉"（苏颋《奉和初春幸太平公主南庄应制》）、"愿陪九九辰，长奉千千历"（薛稷《九日幸临渭亭登高应制得历字》），等等。

（十）双关

双关是中国古代诗文中经常采用的一种修辞方式。所谓双关，就是在叙述、议论或描写中，不直接陈述本意，而是借助谐音或谐义的方式将原意暗示出来的一种修辞格式。双关在古代诗歌语言中也属于积极辞格。选用双关修辞手法，可以使诗歌语言更加含蓄、深邃，饶有风趣，进而增强诗歌语言的表现力。根据构成双关的语音、语义条件，双关辞格一般被分为谐音双关和谐义双关两类。

在中国古典诗歌里，双关多被选用在古体诗中，特别是在近乎民歌的作品中，双关被选用的频率极高，如无名氏《西洲曲》："置莲怀袖中，莲心彻底红"一句中的"莲"，"莲"谐音"怜"，"莲心"谐音"怜心"，"怜"为"爱"之意。这两句诗表面是说"莲""莲心"，而实际上是说"爱"和男女之间"相爱之心"。另如无名氏《读曲歌》中的"登店买三葛，郎来买丈余。合匹与郎去，谁解断粗疏"，句中的"匹"表面为布匹之"匹"，实际为匹配之"匹"。

在近体诗中双关辞格被选用的频率不高，即便被选用，也多半为谐义类，而很少采用谐音类。南宋洪迈在其《容斋随笔》中云："自齐梁以来，诗人作乐府《子夜四时歌》之类，每以前句比兴引喻，而后句实言以证。"[①] 同时，洪迈还列举例子："高山种芙蓉，复经黄檗坞。未得一莲时，流离婴辛苦。"[②] 其实，洪迈这里所说的"引喻"，就是指双关辞格。在唐代的诗歌语言中，除李商隐的诗歌多用双关之外，双关辞格被选用的频率并不高。

---

① （宋）洪迈撰，孔凡礼点校：《容斋随笔》，中华书局2005年版，第625页。
② （宋）洪迈撰，孔凡礼点校：《容斋随笔》，中华书局2005年版，第625页。

第三章 唐代应制诗的语言特点与辞格选用 ◇ 83

双关辞格在唐代应制诗的诗歌语言中也偶被选用,如宋之问的《奉和春初幸太平公主南庄应制》。

奉和春初幸太平公主南庄应制
唐·宋之问
青门路接凤凰台,素浐宸游龙骑来。
涧草自迎香辇合,岩花应待御筵开。
文移北斗成天象,酒递南山作寿杯。
此日侍臣将石去,共欢明主赐金回。

宋之问的该首应制诗为七言律诗。诗的开篇以"凤凰台"比拟"太平公主南庄",将公主比作仙人。"素浐"一词表明山庄地点近临浐水。皇帝带领群臣前来游玩,可见嘉宾亦非凡夫俗子。三四句写景,静中有动,动静结合,并巧妙地选用了双关的修辞手法。第三句"涧草自迎香辇合"中的"合"字,不但指涧草水边丛生,而且指列队迎接皇帝御驾到临的使臣;第四句"岩花应待御筵开"中的"开"字,不但指岩花盛开,还指君臣铺开筵席,即将举杯痛饮。这两句诗,构思极为巧妙,通过采用双关手法,用有限的语言不但写出了太平公主南庄的美景,还写出了此次出游君臣同欢的热闹景象。此处采用的均为谐义双关。

唐代应制诗对双关辞格的选用,另如苏颋的《奉和幸韦嗣立山庄应制》。

奉和幸韦嗣立山庄应制
唐·苏颋
掫金寒野霁,步玉晓山幽。
帝幄期松子,臣庐访葛侯。
百工征往梦,七圣扈来游。
斗柄乘时转,台阶捧日留。
树重岩籁合,泉迸水光浮。
石径喧朝履,璜溪拥钓舟。
恩如犯星夜,欢拟济河秋。

不学尧年隐，空令傲许由。

该首应制诗以韦嗣立山庄为描写对象。在唐代，别墅庄园又叫山庄、别业、水亭、山亭、池亭、草堂、田居等。韦嗣立山庄就是韦嗣立所建造的别墅。唐中宗时期，韦嗣立曾拜兵部尚书，同中书省门下三品。韦嗣立所营建的别墅位于骊山鹦鹉谷。该山庄因中宗临幸、命制而闻名一时。纵观全诗，该诗将写景与叙事相结合，兴感述怀。在唐代道教兴盛的大背景下，有关游仙的思想及道教活动的众多场面，自然而然地在作者笔端流露出来。诗的前半幅从随驾出游时威仪之盛写起，锣鼓喧天，热闹非凡。郊外雨雾散落，清寒明朗，趁着清晨的曙光，漫步于藏有美玉的幽静山谷之中，宛如步入仙境。此处，以美玉比喻山庄主人之品德，石蕴玉而山藏辉，步玉而山幽既，明示韦嗣立有德、有位、有才华，也暗示来游者之身份。"帝幄期松子，臣庐访葛侯"两句，写皇帝在帷幄中，期待赤松子仙人驾临，群臣侍驾访求山中诸葛，透露出怀仙、仕隐的意识，并明确点明所处之境为深山幽境。这两句还选用三顾茅庐之典，写君臣相遇乃可喜可贺，内心存着"平一宇内，跻致生民"的鸿鹄大志，此处是写韦嗣立之贤，对其钦慕之情显而易见。"斗柄乘时转，台阶捧日留"两句写天象，其中，对句中的"日"采用了双关的修辞手法，表面上是指"太阳"，实际上是指"皇帝"，凸显皇帝的中心地位，颂圣之意显见。

（十一）反问

反问也叫反诘，是以反问句的形式来表达肯定内容的一种修辞手法。如古诗《生年不满百》中的诗句"昼短苦夜长，何不秉烛游！"句中"何不秉烛游"就是应当秉烛游的意思。另如无名氏《古绝句四首》："无情尚不离，有情安可别？"句中的"有情安可别"，就是有情人不可轻别离的意思。由以上例子不难看出，反问辞格的构成极其简单：否定句加上反问语气，表达的是肯定的内容；肯定句加上反问语气，表达的是否定的内容。这也就是我们平时所说的：否定加否定（反问语气），等于肯定；肯定加否定（反问语气），等于否定。反问辞格在古代诗文中用得相当广泛。由于反问辞格是较曲折地表达肯定或否定的内容，所以，反问辞格的修辞作用主要是使诗歌语言更富于变化，避免直来直去。

有关反问辞格的类型，一般是根据其在诗歌中所处位置的不同来划分的，通常将其分为诗首反问、诗中反问和诗尾反问三种。就唐代应制诗的实际情况而言，其所选用的反问，多为诗尾反问，如李适的应制诗《安乐公主移入新宅》。

安乐公主移入新宅
唐·李适
星桥他日创，仙榜此时开。
马向铺钱埒，箫闻奏玉台。
人疑卫叔美，客似长卿才。
借问游天使，谁能取石回？

该首应制诗为五言律诗，所描写的是安乐公主搬入新宅之事。据史书记载，安乐公主是一位热衷于建造豪宅的人。据《旧唐书·外戚传》记载："废休祥宅，于金城坊造宅，穷极壮丽，帑藏为之空竭。"[1]从中不难看出，安乐公主对营建新宅特别重视。有关歌颂她新宅的奉和应制之作为数不少，有五言和七绝两种形式。其中，五言之作，以武平一和李适的作品最为出彩。李适的这首应制诗，咏安乐公主的新宅似仙境般华丽。首联写天上的星桥，他日已创建；人间的仙榜，此时刚开启。颔联写车马向铺着金钱的界沟穿越，缥缈的箫声像自箫史弄玉的凤凰台上传来。颈联写主人公安乐公主的美貌以及侍游群臣的文才：人像卫叔卿一样俊美，来宾像司马相如一样博学多才。尾联借问游天河的人，有谁能将天上的支机石搬回人间，盖起这样美丽的新宅？该联采用反问的修辞手法，强调除了安乐公主之外，谁都没有这样的能力。颂圣之意，跃然纸上。

选用反问辞格的唐代应制诗句还有一些，如"将举青丘缴，安访白霓裳？"（杨师道《奉和圣制春日望海》）、"荷生无以谢，尽瘁竟何酬？"（许敬宗《奉和圣制登三台言志应制》）、"天文徒可仰，何以厕琳球？"（虞世南《奉和至寿春应令》）、"岁岁无为化，宁知乐九宫？"（张九龄

---

[1] （五代）刘昫等：《旧唐书》，中华书局1975年版，第4734页。

《恩赐乐游园宴应制》)、"徒歌虽有属,清越岂同年?"(张九龄《奉和吏部崔尚书雨后大明朝堂望南山》)、"不知周勃者,荣幸定何如?"(宋璟《奉和御制璟与张说源乾曜同日上官命宴都堂赐诗应制》)、"空谈马上曲,讵减凤楼思?"(张说《奉和圣制送金城公主适西蕃应制》),等等。从所列举的诗句看,唐代应制诗对反问辞格的选用多为诗尾反问。至于像"示威宁校猎?崇让不陈鱼"这样的诗中反问,在唐代应制诗中少之又少。

(十二) 回环

有关回环辞格,王希杰在《汉语修辞学》中将其界定为:"就是重复前一句的结尾部分,作为后一句的开头部分,又回过头来用前一句开头部分作后一句结尾部分。"他还解释说:"汉语的单音节基本上都有意义,语素的组合十分灵活,而且没有形态,这是回环产生的语言基础。""这种修辞方式通过回环往复的形式,表现两种事物的相互依存或者相互排斥的辩证关系,以加深读者、听者对客观事物的认识和理解。"[①] 根据以上解释,我们不难看出,回环辞格的作用即为强调。但是,若从形式的角度来看,回环辞格也构建出一种循环往复之美。

在唐代应制诗的诗歌语言中,对回环辞格的选用不是很多,但为数不多的例子却颇具特色,如武平一的《奉和正旦赐宰臣柏叶应制》。

奉和正旦赐宰臣柏叶应制
唐·武平一
绿叶迎春绿,寒枝历岁寒。
愿持柏叶寿,长奉万年欢。

武平一的该首应制诗为五言绝句,描述的是正旦日皇帝赐柏叶于群臣的场景。在唐代,众多习俗沿袭六朝,在正旦日的朝会上,君臣会饮柏叶酒称寿,或皇帝恩赐臣下柏叶以示恩泽。"绿叶迎春绿"和"寒枝历岁寒"均使用了回环的修辞手法。特别是出句中的"绿"字,带有动词的意味,营造出一种正在滋生、蔓延和变化的动态美。以"绿"字开头,

---

[①] 王希杰:《汉语修辞学》(修订本),商务印书馆2004年版,第272页。

又用"绿"字收尾,构成一个闭环,强调了春天的主色调——绿色。对句以"寒"字起头,又以"寒"字收尾,强调了树枝久经寒冬的考验。两句连起来理解,不难发现,两处回环手法的运用,将万物受春风的吹拂后所显现出的生机盎然的新意,表现得更为具体和鲜明。

(十三) 映衬

所谓映衬辞格,就是为了更好地突出主体的人物或事物,而用客体的人物或事物去作陪衬的一种修辞手法。映衬辞格在古代诗歌语言中应用的频率比较高。映衬辞格的主要修辞效果就在于通过客体人物或事物的衬托,使主体的人物或事物变得更为突出,这对进一步凸显诗歌的主题及作者所要表达的思想感情具有重要作用。俗话说"红花也要绿叶衬",再好的"红花",也需要"绿叶"来陪衬。好的"绿叶"会使"红花"更为娇艳动人。根据主客体内容相关或相反的不同,映衬辞格一般可分为两类,即正衬和反衬。所谓正衬,就是客体的人或事物从正面去衬托主体的人物或事物。正衬这一辞格有的书将之称为"旁衬"或"烘托",等等。就诗歌中的正衬而言,若细分,又可以分为人事衬托和景物衬托两个小类。所谓反衬,就是用客体的人物或事物从反面去衬托主体的人物或事物的一种修辞手法。诗歌中的反衬,也可以细分为两小类,即人事衬托和景物衬托。

在唐代应制诗中,映衬手法多有被选用。如沈佺期的《白莲花亭侍宴应制》。

白莲花亭侍宴应制

唐·沈佺期

九日陪天仗,三秋幸禁林。
霜威变绿树,云气落青岑。
水殿黄花合,山亭绛叶深。
朱旗夹小径,宝马驻清浔。
苑吏收寒果,饔人膳野禽。
承欢不觉暝,遥响素秋砧。

该首应制诗为五言排律,是以宫中白莲花亭为写作地点的作品。该诗主题是写随驾侍宴的热闹场景，但全诗却未见直接描写筵席的字句，映衬手法被运用得极为巧妙。

"白莲花亭"位于禁宫的北苑，是长安城内皇宫里最著名的景点之一。根据释觉岸《释氏稽古略》卷三引《宝积经》载："南天竺国沙门达摩流之。此云法希。初，高宗闻其风。开耀元年，因西域使者诏敦请之。至是来长安。太后诏见，改为其名菩提流志，此云觉爱。敕于佛授记寺译经，帝亲笔受。睿宗景云元年，帝复于北苑白莲花亭别开宝积会首，帝亦亲躬笔受。"另外，唐开元年间，西崇福寺沙门智昇所撰写的《续古今译经图纪》一书也提到"白莲花宫"。可见，在唐代，白莲花宫是一个重要的皇家宗教场所。

作者在该首应制诗中，先交代侍驾出游的时间与地点。在禁苑丛林之中，由于季节的更迭变化，春夏时节的满眼翠绿，已转变为黄花满地与霜叶浸染。皇帝出游时，仪仗队中飒爽英姿的宝马与迎风飘扬的旗幡，点缀着四周的景物，营造出宜人的景致。傍晚时分，直到听到远处隐隐传来的捣衣砧杵之声，才惊觉时刻已晚。全诗采用映衬的修辞手法，极力渲染宴饮之乐，凸显"乐而忘返"的饮者情怀。该例是景物衬托。

唐代应制诗中采用人物衬托手法的例子亦有许多，如苏颋的《奉和初春幸太平公主南庄应制》。

奉和初春幸太平公主南庄应制
唐·苏颋
主第山门起灞川，宸游风景入初年。
凤凰楼下交天仗，乌鹊桥头敞御筵。
往往花间逢彩石，时时竹里见红泉。
今朝扈跸平阳馆，不羡乘槎云汉边。

该首应制诗为七言律诗，所描述的是初春时节作者随驾游览太平公主南庄一事。太平公主为高宗与武后所生，颇受高宗与武后溺爱。太平公主甚爱修建私人别墅，太平公主南庄即为公主私人建造的园林，该园林位于长安城南的乐游原上。苏颋这首应制诗，开篇点名太平公主南庄的所在地，即临近灞水。灞水在长安城的南面，发源于秦岭，临近灞川的府邸，显然正是公主的南庄。时节正值初春，皇帝顿生游幸之雅趣，带领群臣同游公主南庄之风景胜地。首联采用的是白描手法，平铺直叙，未见新意。颔联"凤凰楼下交天仗，乌鹊桥头敞御筵"两句，采用映衬的修辞手法。通过写凤凰楼下陈列着好似天上神仙的仪仗队，鹊桥边展开着皇帝的筵席，映衬皇帝出游场面之恢宏，筵席贵宾身份之脱俗。特别是典故"乌鹊桥"的运用，更衬托出南庄主人身份之高贵。典故"乌鹊桥"，出自汉朝应劭《风俗通》，书中曰："织女七夕当渡河，使鹊为桥。"传说织女与牛郎本是一对夫妇，因王母娘娘的干涉，两人每年只能于七夕之夜相见一次，届时喜鹊会在天上为他们搭起一座鹊桥，方便他们越过天河相会。此处织女牛郎这对夫妇应是衬托太平公主及其丈夫定王。该处为人物衬托。该诗的颈联"往往花间逢彩石，时时竹里见红泉"是写南庄之景，在繁花之中可见彩石，在翠竹之中可觅红泉。"红泉"是指飘满落花的溪水。此处是写南庄景物都是今日亲眼所见，使人应接不暇，那么太平公主南庄的奢华也就不言而喻了！这里用的是景物衬托。尾联"今朝扈跸平阳馆，不羡乘槎云汉边"写今日陪侍皇帝游赏这如平阳馆一般华丽的公主南庄，实在不用再羡慕那来往于天上与人间的木筏子了。此处，亦是通过用典进行衬托。平阳侯韩筹是汉武帝的姐夫，这里显然是用来衬托太平公主的丈夫定王。这里用的是人物衬托。至于典故"乘槎"，出自晋代张华《博物志》，书中曰："旧说云天河与海通，近世有人居海渚者，年年八月有浮槎去来不失期。乘槎而去……奄至一处……遥望宫中多织妇，见一丈夫牵牛，渚次饮之。牵牛乃惊问曰：'何由至此？'……此人问：'此是何处？'答曰：'君还至蜀郡，访严平，则知之。'竟不上岸，因还如期。后至蜀，问君平，曰：'某年月日有客星犯牵牛宿。'计年月，正是此人到天河时也。"[①] 这里是利用了对比的修辞手法。

（十四）移就

移就作为一种积极辞格，在中国古代诗歌的语言中多被选用。如"怒水忽中裂，千寻坠幽泉"（韩愈《送灵诗》）将用于人的"怒"移用于水。"明月重寻石头路，醉鞍谁与共联翩"（陆游《过采石有感》）将

---

① （晋）张华撰，范宁校证：《博物志校证》，中华书局2014年版，第111页。

用于人的"醉"移用于鞍。从以上例子不难看出，所谓移就，就是根据事物之间的联系，把适用于甲事物的词语有意地应用于乙事物，从而起到更好的修饰或陈述作用的一种辞格。移就辞格具有积极的修辞效果，它是把人的情绪、状态同物联系，重在表现人。这种辞格是以汉语词义变化为依据，充分利用心中联想、句法变化等条件，为读者构建更大的想象空间，从而使诗歌的语言表达更加鲜明、诗的主旨更加鲜活灵动。根据结构关系的不同，移就辞格可以细分为两个小类，即修饰性移就和陈述性移就。

唐代应制诗作为中国古代诗歌的重要组成部分之一，对移就辞格也有选用。如马怀素的《九日幸临渭亭登高应制得酒字》。

九日幸临渭亭登高应制得酒字
唐·马怀素
睿赏叶通三，宸游契重九。
兰将叶布席，菊用香浮酒。
落日下桑榆，秋风歇杨柳。
幸齐东户庆，希荐南山寿。

该首应制诗为五言律诗，诗歌所描述的是重阳节作者随驾登临渭亭时的所见所感。首联点题，交代节令为重阳节。颔联交代重阳节的重要习俗——喝菊花酒。颈联写景，其中对句采用了移就的修辞手法。句中"歇"本用于人，这里移用于"杨柳"，从而赋予杨柳以灵动感，增加了诗歌语言表达的生动性。杨柳因秋风而休歇，表现了作者对重阳节秋风的赞美之情。唐代应制诗采用移就修辞手法的诗句，还有"节晦蓂全落，春迟柳暗催"（宋之问《奉和晦日幸昆明池应制》）、"桃花欲落柳条长，沙头水上足风光"（刘宪《上巳日祓禊渭滨应制》），等等。

总之，通过以上分析，我们不难看出，唐代应制诗十分重视对修辞手法的运用，这是与应制诗的本质特点高度契合的。

第三节　唐代应制诗辞格选用的规律

唐代应制诗对辞格的选用有其自身的特点，这是由唐代应制诗的独有特质所决定的。应制诗为受帝王之命所作，极具现场感，臣子在创作应制诗作品时，均具有极强的政治目的，无不是将诗歌作为自身升迁的政治资本进行认真打造的，所以，唐代应制诗作者在诗歌语言的构建以及颂圣主题的抒发上无不竭尽全力，从而导致他们在辞格的选用上颇具特点。

第一，是对能凸显语言形象性的辞格多有选用，如勤于选用比喻、比拟等辞格。比喻、比拟辞格可以使诗歌语言更加形象、生动，会给读者一种身临其境的感觉，利于提高诗歌语言的表现力。如苏颋的应制诗《游禁苑幸临渭亭遇雪应制》。

游禁苑幸临渭亭遇雪应制
唐·苏颋
平明敞帝居，霙雪下凌虚。
写月含珠缀，从风薄绮疏。
年惊花絮早，春夜管弦初。
已属云天外，欣承霈泽余。

该首应制诗为五言律诗。诗歌描写的是诗人随驾游赏渭亭时所见到的雪景。颔联"写月含珠缀，从风薄绮疏"两句，采用比喻的修辞手法，将飘雪比作珍珠、薄绮，形象地描写出雪花飞扬、随风飘落的状态。颈联"年惊花絮早，春夜管弦初"的出句也采用了比喻的修辞手法，将瑞雪比作初春的花絮，强调瑞雪降临之早。该首应制诗，字斟句酌，描写细腻，特别是几处比喻辞格的运用，使诗歌语言生动活泼，营造出清新自然的游玩氛围。另如宗楚客的《奉和人日清晖阁宴群臣遇雪应制》。

奉和人日清晖阁宴群臣遇雪应制
唐·宗楚客
窈窕神仙阁，参差云汉间。

九重中叶启，七日早春还。
　　太液天为水，蓬莱雪作山。
　　今朝上林树，无处不堪攀。

　　该首应制诗为五言律诗，描写的是景龙三年正月七日，中宗于清晖阁宴群臣时遇雪的情景。据《唐诗纪事》载："清晖阁登高遇雪，宗楚客诗云：'蓬莱雪作山'是也。"① 该首应制诗的颈联"太液天为水，蓬莱雪作山"两句，将天比作太液池中的水，将雪比作蓬莱山。该联通过对比喻辞格的运用，将清晖阁的雪景描绘得多姿多彩，美不胜收，令人产生身临其境之感。

　　比拟辞格在唐代应制诗的语言中也多被选用。通过选用比拟辞格，可以使诗歌语言更加鲜明、生动，富有情趣和生机，有助于气氛的营造和情感的渲染，从而给读者构建出更大的想象空间。如宋之问的《奉和立春日侍宴内出剪彩花应制》。

奉和立春日侍宴内出剪彩花应制
唐·宋之问
　　金阁妆新杏，琼筵弄绮梅。
　　人间都未识，天上忽先开。
　　蝶绕香丝住，蜂怜艳粉回。
　　今年春色早，应为剪刀催。

　　宋之问的该首应制诗为五言律诗，描写的是立春日剪彩花的习俗。据《天中记》卷四"剪彩花"条云：景龙中，中宗孝和帝以立春日宴别殿，内出剪彩花令学士赋之。诗人无不盛赞剪彩花之艳丽逼真。该首诗的颈联"蝶绕香丝住，蜂怜艳粉回"两句，采用比拟的修辞手法，通过"绕"和"怜"两个动词，将蝶和蜂赋以人格特征。生动地凸显出剪彩花形象之逼真。另如李峤的《奉和人日清晖阁宴群臣遇雪应制》。

---

① （宋）计有功辑撰：《唐诗纪事》，上海古籍出版社2008年第2版，第114页。

第三章　唐代应制诗的语言特点与辞格选用　◇　93

奉和人日清晖阁宴群臣遇雪应制
唐·李峤
三阳偏胜节，七日最灵辰。
行庆传芳蚁，升高缀彩人。
阶前蓂候月，楼上雪惊春。
今日衔天造，还疑上汉津。

该首应制诗为五言律诗，描写的是作者于人日在清晖阁随驾侍宴时偶遇下雪的场景。诗人对雪景的描写颇为精彩。诗的颈联"阶前蓂候月，楼上雪惊春"两句，采用比拟的修辞手法，写蓂"候"月，写雪"惊"春，将"蓂"和"雪"均赋以情感，语言生动、活泼，飘雪时多姿多彩的场景，跃然纸上。

第二，是重视对凸显诗歌语言生动性的辞格的选用。如唐代应制诗多选用夸张和移就两种辞格。夸张是一种积极的修辞方式，恰当的夸张就是对现实生活中的人或事物进行艺术的处理，提升诗歌语言的生动性，进而让人感觉更真实、更形象。唐代应制诗作为现场创作的诗歌作品，竞争性是其显著特点之一，应制诗作者为了在诗歌竞赛中脱颖而出，无不重视对诗歌语言生动性的打磨。如李峤的《奉和韦嗣立山庄侍宴应制》。

奉和幸韦嗣立山庄侍宴应制
唐·李峤
南洛师臣契，东岩王佐居。
幽情遗绂冕，宸眷属樵渔。
制下峒山畔，恩回灞水舆。
松门驻旌盖，薜幄引簪裾。
石磴平黄陆，烟楼半紫虚。
云霞仙路近，琴酒俗尘疏。
乔木千龄外，悬泉百丈余。
崖深经炼药，穴古旧藏书。

树宿抟风鸟,池潜纵壑鱼。
宁知天子贵,尚忆武侯庐。

该首应制诗为五言排律,描写的是作者随驾游览韦嗣立山庄时的所见、所闻和所感。此首诗的诗题虽为应制,其实已赋予了浓厚的写景色彩,是晋宋以来山水诗的另一种形态。韦嗣立为唐中宗朝之重臣。中宗时,韦嗣立不仅官至中书令,而且因与韦皇后为同姓远亲,"特令编入属籍,由是顾赏尤重"。韦嗣立山庄坐落于骊山,山庄规模宏大,奇花异草、乔木飞瀑、亭台楼榭,随处可见。纵览该诗,全诗记游、写景、叙事,主要是以山庄大自然的景物为描写对象,诗境生动而鲜明。特别是"乔木千龄外,悬泉百丈余"与"树宿抟风鸟,池潜纵壑鱼"四句,均采用了夸张的修辞手法。"乔木千龄外"一句,写韦嗣立山庄树木树龄之长,颇有道教意味;"悬泉百丈馀"一句,写山庄中的飞瀑极高;"树宿抟风鸟"一句,写山庄中的树木之高大;"池潜纵壑鱼"一句,写山庄中的池沼之宽阔。四句句句夸张,洋溢着动趣与生机,韦嗣立山庄的恢宏气象,跃然纸上。另如李峤的《奉和天枢成宴夷夏群僚应制》。

奉和天枢成宴夷夏群僚应制
唐·李峤
辙迹光西崦,勋庸纪北燕。
何如万方会,颂德九门前。
灼灼临黄道,迢迢入紫烟。
仙盘正下露,高柱欲承天。
山类丛云起,珠疑大火悬。
声流尘作劫,业固海成田。
帝泽倾尧酒,宸歌掩舜弦。
欣逢下生日,还睹上皇年。

该首应制诗为五言排律,诗歌记录的是武则天在天枢铸成后宴饮百官的盛况。武则天为了颂扬自己的功德,曾广征天下铜铁铸天枢。天枢铸成之后,百官献诗祝贺。《大唐新语》卷八载:"长寿三年,则天征天下铜五十万余斤，铁三百三十余万，钱二万七千贯，于定鼎门内铸八棱铜柱，高九十尺，径一丈二尺，题曰：'大周万国述德天枢'，纪革命之功，贬皇家之德。天枢下置铁山，铜龙负载，狮子、麒麟围绕。上有云盖，盖上施盘龙以托火珠，珠高一丈，围三丈，金彩荧煌，光侔日月。武三思为其文，朝士献诗者不可胜计，唯峤诗冠绝当时。"① 该诗不同于传统的应制诗，其没有片面地追求辞藻的华丽，而是以极简约的笔法从大处着眼，其中"灼灼临黄道，迢迢入紫烟""仙盘正下露，高柱欲承天"两联，均采用夸张的修辞手法，从整体上赞美天枢之高大，颇具气势。

移就辞格作为一种积极辞格，能够使诗歌语言更生动、诗歌主题更鲜明。在唐代应制诗中，移就辞格选用的频率也挺高，如"和风泛紫若，柔露濯青薇"（李峤《二月奉教作》）、"早荷承湛露，修竹引薰风"（韦安石《梁王宅侍宴应制同用风字》），等等。

第三，唐代应制诗特别重视诗歌本身的外在形式美，注重诗歌语言的整齐与对称。因此，唐代应制诗除了多选用叠字外，还特别重视对对偶辞格的选用。对偶就是以相等的字数，或相同的词组，或相同的结构，在两个句子中表达意义相关、相类或相反的一种修辞方式。对偶辞格从语句结构上看，它们是成双成对的形式。对偶通过外在整齐的形式，可以表达凝练的内容，从而使读者易于感知、联想和记诵，特别是和谐的节奏给人一种美的享受。对偶作为一种积极修辞，颇受唐代应制诗作者的喜爱，如张说的《三月三日诏宴定昆池宫庄赋得筵字》。

三月三日诏宴定昆池宫庄赋得筵字
唐·张说
凤凰楼下对天泉，鹦鹉洲中匝管弦。
旧识平阳佳丽地，今逢上巳盛明年。
舟将水动千寻日，幕共林横两岸烟。
不降玉人观禊饮，谁令醉舞拂宾筵。

---

① （唐）刘肃等：《大唐新语（外五种）》，上海古籍出版社2012年版，第73页。

该首应制诗为七言律诗，诗歌描写的是作者在定昆池侍宴奉和之事。全诗四联，每联均采用了对偶辞格，诗歌结构整齐。每一联的上下句句意呼应融通，很好地描绘出安乐公主定昆池宫庄的华丽景致，其精雕细琢的建筑和歌舞升平的气象跃然纸上，让读者浮想联翩。再如李峤的《奉和七夕两仪殿会宴应制》。

奉和七夕两仪殿会宴应制
唐·李峤
灵匹三秋会，仙期七夕过。
查来人泛海，桥渡鹊填河。
帝缕升银阁，天机罢玉梭。
谁言七襄咏，重入五弦歌。

该首应制诗为五言律诗，诗歌记录的是作者在两仪殿侍宴时的所见所感。诗共四联，其中前三联均采用了对偶的修辞手法。作者巧妙地将典故化用在对偶之中，紧扣七夕主题，力求通过将牛郎织女一年仅相聚一次的悲情转移到相聚之乐，进而暗合君臣宴饮时的欢快场面。

第四，唐代应制诗重视诗歌语言的变化性，对借代、顶针、反问等辞格多有选用。借代就是用一个与事物相关的名称来代指事物本身。借代可以使诗歌语言更加生动、鲜明，富于变化，给读者以新奇感，易于激发读者的联想与想象，实现更好的诗歌表达效果。如"想小楼，终日望归舟，人如削"（张元干《满江红·自豫章阻风吴城山作》）几句，用"小楼"代指小楼中的佳人，这种表达既委婉又新奇，词的情趣跃然纸上，毫无呆滞之感。唐代应制诗对借代手法多有选用，如武平一的《侍宴安乐公主新宅应制》。

侍宴安乐公主新宅应制
唐·武平一
紫汉秦楼敞，黄山鲁馆开。
簪裾分上席，歌舞列平台。
马既如龙至，人疑学凤来。

幸兹联棣萼，何以接邹枚。

该首应制诗为五言律诗，描写的是作者在安乐公主新宅侍宴时所见到的欢快场面。诗的颔联"簪裾分上席，歌舞列平台"采用借代的修辞手法，用"簪裾"代指参加筵席的达官幸臣。借代手法的运用使诗歌语言的典雅性顿显。

唐代应制诗对借代手法的运用，另如李峤的《立春日侍宴内殿出剪彩花应制》。

立春日侍宴内殿出剪彩花应制
唐·李峤

早闻年欲至，剪彩学芳辰。
缀绿奇能似，裁红巧逼真。
花从筐里发，叶向手中春。
不与时光竞，何名天上人。

该首诗极力描写剪彩花的技艺之高超，彩花盛放宛如真花一样。全诗气度恢宏，庄严典雅，透露出浓浓的升平气象。该首诗的颔联"缀绿奇能似，裁红巧逼真"两句，采用借代的修辞手法，用色彩词"绿"代指"彩花的绿叶"，用色彩词"红"代指"红色的彩花"。

为追求诗歌语言形式上的变化，唐代应制诗作者多重视对顶针辞格的选用。所谓顶针，就是处于上句结尾部分的词、语与下一句的开头部分完全相同的一种修辞手法。顶针辞格使诗句的首尾相连、上递下接，形成一种循环往复的形式美。同时，顶针辞格的运用，还可以使诗意一贯而下，给读者带来更强的艺术冲击力。如马怀素的《奉和立春游苑迎春应制》。

奉和立春游苑迎春应制
唐·马怀素

玄箓飞灰出洞房，青郊迎气肇初阳。
仙舆暂下宜春苑，御醴行开荐寿觞。

映水轻苔犹隐绿，绿堤弱柳未舒黄。
唯有裁花饰簪鬓，恒随圣藻狎年光。

该首应制诗为七言律诗。诗歌描写的是作者于立春日随驾游苑迎春时的所见所感。诗的颈联"映水轻苔犹隐绿，绿堤弱柳未舒黄"采用顶针的修辞手法，该联出句的结尾为"绿"，对句的首字亦为"绿"，这样就很好地抓住了春天的典型特点——绿！"绿"是无数诗人表达春天形象的最佳用字，无论是对春天的描绘，或是对春意、春光的赞叹，还是对春情、春思的抒发，"绿"与其他色彩或字眼相比，它的意象，都更具有丰富的想象空间和无限的季节魅力。

采用顶针修辞手法的应制诗另如张说的《奉和圣制温汤对雪应制》。

奉和圣制温汤对雪应制
唐·张说
瑞雪带寒风，寒风入阴琯。
阴琯方凝闭，寒风复凄断。
官似瑶林匝，庭如月华满。
正赓挟纩词，非近温泉暖。

该首应制诗为五言律诗，主要描绘的是冬日的雪景，全诗营造出冬日苦寒的气象。首联的最后和颔联的开头均为"阴琯"一词，此为顶针修辞手法。"阴琯"一词为定中结构，"琯"的修饰语为"阴"，凸显"琯"的阴冷性质。此处顶针手法的运用，很好地营造出隆冬的严寒感觉。

反问修辞手法，是指用反问句的形式来表达肯定内容的一种辞格。其不仅可以改变传统肯定内容只用肯定形式表达的死板，使表达更富变化，而且可以强化对语义的表达，促使读者去主动思考，使诗的意蕴更为深刻。而反语的修辞作用主要是巧妙地表达不愿或不便说明的内容或情感，借助正话反说或反话正说的形式把要表达的内容或情感表达出来，这样可以使诗的语言含蓄而有力。唐代应制诗对反问修辞手法的选用，例如李适的《安乐公主移入新宅》。

第三章 唐代应制诗的语言特点与辞格选用

安乐公主移入新宅

唐·李适

星桥他日创，仙榜此时开。

马向铺钱坼，箫闻奏玉台。

人疑卫叔美，客似长卿才。

借问游天使，谁能取石回？

该首应制诗为五言律诗，全诗赞颂安乐公主新宅犹如仙境般华丽：天山的星桥，他日已建造。人间的仙榜，此时正开启。车马向铺着金钱的界沟穿越，缥缈的箫声像自箫史弄玉的凤凰台上传来。主人安乐公主的美貌与侍游群臣的文才均无与伦比。人像卫叔卿一样俊美，来宾像司马相如一样博学多才。尾联采用反问的修辞手法，借问游天河的人，有谁能将天上的支机石搬回人间，盖起这样美丽的新宅？此联强调除了安乐公主之外，谁都没有这样的能力。诗歌颂圣之意，不言而喻。

第五，唐代应制诗重视对抒情性辞格的选用，如多选用反复、对比等修辞手法。诗歌创作的目的是抒情达意，特别是唐代应制诗为现场创作，其对抒情效果的要求就更高。而反复和对比辞格对情感的抒发均具有较好的修辞效果。所谓反复，就是为突出或强调某种思想或情感，而故意使一些词语或句子重复出现的一种辞格。如"捕蝗捕蝗谁家子，天热日长饥欲死"（白居易《捕蝗》）两句中的"捕蝗"被重复了一次，这样不仅是为了满足七言诗形式上的需要，更是为了突出蝗灾下百姓的疾苦之深重，表达作者对受灾百姓的怜悯之情。唐代应制诗对反复辞格的选用，如阎朝隐的《奉和圣制夏日游石淙山》。

奉和圣制夏日游石淙山

唐·阎朝隐

金台隐隐陵黄道，玉辇亭亭下绛雾。

千种冈峦千种树，一重岩壑一重云。

花落风吹红的历，藤垂日晃绿荫荫。

五百里内贤人聚，愿陪阊阖侍天文。

该首应制诗为七言律诗,诗歌描写的是作者跟随武则天出游石淙山时的所见所感。诗歌的颔联"千种冈峦千种树,一重岩壑一重云"两句,采用反复的修辞手法,将"千种"和"一重"两个数量词进行了反复使用,强调旅游胜地——石淙山千沟万壑、树木丛生、云雾缭绕,宛如人间仙境,盛赞其景色之优美,表达了君臣同游时的欢快情感。另如许敬宗的《侍宴延庆殿集同赋得花间鸟一首应诏》。

侍宴延庆殿集同赋得花间鸟一首应诏
唐·许敬宗
落花飞禁菀,时鸟哢芳晨。
飘香入绮殿,流响度天津。
千笑千娇切,一啭一惊新。
方知物华处,偏在上林春。

该首应制诗为五言律诗,是作者对唐太宗《延庆殿集同赋花间鸟》的应和之作。全诗紧扣主题,着力描写花的娇艳芬芳和鸟鸣的婉转欢快。特别是诗的颈联"千笑千娇切,一啭一惊新"通过采用反复的修辞手法,形象地刻画出鲜花的娇艳多姿和鸟鸣的清脆悦耳,将寓情于景的创作手法运用得炉火纯青,君臣同欢的场景跃然纸上。

对比作为一种积极辞格,在诗歌语言的运用中可以使人物的形象或事物的状态、性质、特征等更加鲜明突出,利于抒发作者的思想感情。所谓对比,就是将相反或相关的两种事物放在一起相互比照、相互比较进行描写的一种辞格。如"朱门酒肉臭,路有冻死骨"(杜甫《自京赴奉先县咏怀五百字》)两句,作者把两种相反的景象和心情放在一起进行描写,借助对比手法,把唐代上层统治者的奢华腐朽和下层劳动者的极度贫困进行鲜明的对比,从而深刻地揭露出安史之乱前夕日已存在的尖锐的社会矛盾,使人们认识到唐代社会的不公和潜在的巨大危机。这种对比,鲜明、深刻、强烈,带给读者的震撼力极强。选用对比修辞手法的唐代应制诗,如许敬宗的《奉和七夕宴悬圃应制二首之二》。

第三章　唐代应制诗的语言特点与辞格选用　◇　101

奉和七夕宴悬圃应制二首之二
唐·许敬宗
婺闺期今夕，娥轮泛浅潢。
迎秋伴暮雨，待暝合神光。
荐寝低云鬓，呈态解霓裳。
喜中愁漏促，别后怨天长。

　　该首应制诗为五言律诗，描写的是作者七夕节于"悬圃"侍宴的情景。诗题中的"悬圃"，亦作"玄圃"，是仙传中的乐园之一，此处代指君臣行乐的场所。在道教盛行的唐朝，园林生活已是诗人的一种理念，归隐"悬圃"已成为一种文人情结。"七夕悬圃宴"也已成为信奉道教的李唐王朝一个相当重要的节日活动。许敬宗的该首应制诗是对唐高宗《七夕宴悬圃二首》的应和之作，原则上应与高宗的诗一脉相承，先铺排出牛郎、织女二仙相会时的动、静态场景，再归并出"长婴离恨多"，以及"愁漏促""怨天长"的负面情绪，这在一般以期望、颂扬作结的唐代应制诗的创作里，是极为罕见的。在诗的尾联，作者采用对比的修辞手法，将牛郎织女欢聚之时与离别之后的不同心情进行强烈的对比，凸显了二仙不能长期团聚的浓浓哀愁。此处为联内对比。

　　唐代应制诗作者在采用对比修辞时，除了采用联内对比的形式之外，有时还采用句内对比的形式，如马怀素的《奉和幸安乐公主山庄应制》。

奉和幸安乐公主山庄应制
唐·马怀素
主家台沼胜平阳，帝幸欢娱乐未央。
掩映雕窗交极浦，参差绣户绕回塘。
泉声百处传歌曲，树影千重对舞行。
圣酒一沾何以报，唯欣颂德奉时康。

　　该首应制诗描写的是皇帝幸临安乐公主山庄之事。诗歌首联直接点题，描写公主山庄的灵台池沼，并将其与平阳公主的豪奢进行对比，通过一个"胜"字，鲜明地凸显出安乐公主山庄的恢宏与奢华。

第六，唐代应制诗在辞格的选用上，还有一个突出的特点，即重视用典。通过对典故的大量选用，可以极大地提升诗歌语言的含蓄性，使诗歌语言所蕴含的意义更为丰富，给读者构建更为辽阔的想象空间。可以说，诗歌作品里的用典，并不仅仅是为了强化作者的观点或增强作者对情感的表达，更多的是为了塑造一首诗的整体形象。在诗歌语言中，凡是引用历史故事或引用已有诗歌、散文等艺术作品中的词、语、句的，都可以称为用典。如"黄犬空叹息，绿珠成衅仇"（李白《古风》其十八），句中的"黄犬"和"绿珠"均为用典。其中，"黄犬"典出自《史记·李斯列传》。原文曰："二世二年七月，具斯五刑，论腰斩咸阳市。斯出狱，与其中子俱执，顾谓其中子曰：'吾欲与若复牵黄犬俱出上蔡东门逐狡兔，岂可得乎？'"后来就以"黄犬"代指获罪被杀，而死前有所悔恨。典故"绿珠"出自《晋书·石崇传》。拒载，"绿珠"本为晋朝富豪石崇的歌妓，貌美如花，倾国倾城。当时司马伦的宠臣孙秀欲求绿珠，石崇不许。加上孙秀和石崇原本就积怨很深，所以后来孙秀就借司马伦之手把石崇给杀了，绿珠也跳楼自杀。两例典故的选用，使诗句意蕴顿增。

有关应制诗善于用典的特点，古人已多有论述。如宋葛立方在《韵语阳秋》中云："应制诗非他诗比，自是一家句法，大抵不出于典实富艳尔……皆典实富艳有余，若作清癯平淡之语，终不近尔。"[①] 这段话明确指出应制诗"典实富艳"的特点。唐代应制诗作为中国古代应制诗的重要组成部分之一，这一特点尤为明显，如李邕的《奉和初春幸太平公主南庄应制》。

奉和初春幸太平公主南庄应制
唐·李邕

传闻银汉支机石，复见金舆出紫微。
织女桥边乌鹊起，仙人楼上凤凰飞。
流风入座飘歌扇，瀑水侵阶溅舞衣。
今日还同犯牛斗，乘槎共逐海潮归。

---

① （宋）葛立方：《韵语阳秋》卷二，上海古籍出版社1984年版，第28页。

该首应制诗为七言律诗，描写的是唐中宗景龙三年（709）二月十一日中宗御幸太平公主南庄之事。全诗四联，其中有三联选用了典故。首联"传闻银汉支机石，复见金舆出紫微"选用了"支机石"和"紫微"两例典故。其中，"支机石"也就是古代织布机上用来压布匹的石条。据《太平广记》卷八引《集林》记载："昔有一人寻河源，见妇人浣纱以问之，曰：'此天河也。'乃与一石。而归问严君平云：'此织女支机石也。'"南朝梁宗懔《荆楚岁时记》记载："张骞寻河源，得一石，示东方朔。朔曰：'此是天上织女支机石。'""支机石"传说是天上织女所用，诗文中常用作咏天河、七夕和石头的典故。李邕这首应制诗选用此典，是喻指太平公主南庄园林假山石材之名贵。"紫微"，即"紫微宿""紫微宫"，传说是天上宫殿的所在地，此处极写人间如仙境。颔联"织女桥边乌鹊起，仙人楼上凤凰飞"化用牛郎织女七夕相会之典，此处是喻指皇帝车驾临幸公主南庄。尾联"今日还同犯牛斗，乘槎共逐海潮归"中的"犯牛斗""乘槎"均为用典。晋代张华的《博物志》卷十载："旧说云天河与海通。近世有人居海渚者，年年八月有浮槎去来，不失期，人有奇志，立飞阁于槎上，多赍粮，乘槎而去。十余日中犹观星月日辰，自后茫茫忽忽亦不觉昼夜。去十余日，奄至一处，有城郭状，屋舍甚严。遥望宫中多织妇，见一丈夫牵牛渚次饮之。牵牛人乃惊问曰：'何由至此？'此人具说来意，并问此是何处，答曰：'君还至蜀郡访严君平则知之。'竟不上岸，因还如期。后至蜀，问君平，曰：'某年月日有客星犯牵牛宿。'计年月，正是此人到天河时也。"[①] 晋代传说，有人乘槎从海上到达天河，见到牛郎织女后，又返回人间。此处选用该典是点明群臣觐见太平公主之意，可见公主权势之重，作者谄媚之意不言自明。

用典较多的唐代应制诗另如宋之问的《奉和晦日幸昆明池应制》。

奉和晦日幸昆明池应制
唐·宋之问
春豫灵池会，沧波帐殿开。

---

① （晋）张华撰，范宁校证：《博物志校证》，中华书局2014年版，第111页。

舟凌石鲸度，槎拂斗牛回。
节晦蓂全落，春迟柳暗催。
象溟看浴景，烧劫辨沉灰。
镐饮周文乐，汾歌汉武才。
不愁明月尽，自有夜珠来。

该首应制诗为七言排律。诗歌描写的是作者于景龙三年（709）春天，随驾游历昆明池的所见所感。诗题中所涉及的昆明池，故址在今天西安市西南丰水与滈水之间，汉武帝元狩三年（前120）为训练水军和解决长安缺水的困境而开凿，周围四十里。全诗选用了有关天河、晦日、皇帝、昆明池等典故。宋诗第一联中的"灵池""沧波"均指昆明池。第二联中的"槎拂斗牛回"一句，选用了有关天河的典故，将昆明池比作天河，暗指游玩之人身份之高贵。第三联中的"节晦蓂全落"一句，化用"尧蓂"之典。据今本《竹书纪年·帝尧陶唐氏》载："又有草荚阶而生，月朔始生一荚，月半而生十五荚，十六日以后日落一荚，及晦而尽，月小则一荚焦而不落，名曰'蓂荚'，一曰'历荚'。"[①] 另据《汉书·王莽传》载："莽帅群臣奏言：'……今幸赖陛下德泽，间者风雨时，甘露降，神芝生，蓂荚、朱草、嘉禾，休征同时并至。'"传说唐尧之时生长一种草，可据以记日，被视为祥瑞之兆。后世被用作日历的代称，或作为歌颂帝王之圣德的典故。诗中言"蓂全落"，可见应为月末，即晦日，紧扣诗题。同时，通过采用此典，将唐中宗与帝尧相媲美，颂圣之意明显。第四联中的"烧劫辨沉灰"一句，直接采用昆明池之典。晋朝干宝《搜神记》载："汉武帝凿昆明池，极深，悉是灰墨，无复土，举朝不解，以问东方朔。朔曰：'臣愚不足以知之，试问西域人。'至后汉明帝时，西域道人来洛阳，时有忆朔言者，乃试以武帝时灰墨问之，道人云：'经云，天地将尽则劫烧，此劫烧之余灰也。'"[②] 此典凸显昆明池之

[①] 转引自范之麟、吴庚舜主编《全唐诗典故辞典》（增订本），湖北辞书出版社2001年版，第583页。

[②] 转引自范之麟、吴庚舜主编《全唐诗典故辞典》（增订本），湖北辞书出版社2001年版，第1031页。

奇。第五联"镐饮周文乐，汾歌汉武才"化用周武王建镐京，宴饮群臣之典。这是史上第一例有关君臣宴饮的记载。该诗选用此典，是将唐高宗比作周王、汉武。镐饮本为周武王之事，但因对偶的需要，为了避免与对句中的"汉武"之"武"重复，便将周武王改成了周文王。最后一联中的"自有夜珠来"一句，化用有关汉武帝的典故。据传说，汉武帝曾经救过一条大鱼，后来汉武帝在昆明池畔获得两颗巨大的夜明珠，是大鱼为报答他的救命之恩所送的礼物。作者选用此典，颂圣之意明显。通过分析可见，宋之问的该首应制诗除了第一联之外，其他各联联联用典，完全体现了应制诗"典实富丽"的特点。

与普通诗歌相比，唐代应制诗不但用典较多，而且多选用与帝王有关的典故，如"湛露""横汾""钧天""大风""南风""熏风""熏琴""柏梁""瑶台""瑶池""悬圃""舜弦""舜琴"等。选用这些典故的诗句如"酒杯浮湛露，歌曲唱流风"（薛曜《正夜侍宴应诏》）、"故发前旬雨，新垂湛露诗"（张说《奉和圣制花萼楼下宴应制》）、"横汾宴镐欢无极，歌舞年年圣寿杯"（李适《帝幸兴庆池戏竞渡应制》）"圣图恢宇县，歌赋小横汾"（苏颋《奉和圣制登骊山高顶寓目应制》）、"献图开益地，张乐奏钧天"（张说《奉和圣制暇日与兄弟同游兴庆宫作应制》）、"君赋大风起，人歌湛露濡"（张说《奉和圣制爰因巡省途次旧居应制》）、"幸听熏风曲，方知霸道差"（刘宪《奉和幸长安故城未央宫应制》）"山花添圣酒，涧竹绕熏琴"（李适《侍宴长宁公主东庄应制》）、"喜承芸阁宴，幸奉柏梁杯"（张说《春晚侍宴丽正殿探得开字》）、"瑶台半入黄山路，玉槛旁临玄霸津"（岑羲《奉和立春游苑迎春应制》）、"周王久谢瑶池赏，汉主悬惭玉树宫"（姚崇《奉和圣制夏日游石淙山》）、"今朝出豫临悬圃，明日陪游向赤城"（崔融《嵩山石淙侍宴应制》）、"谬参西掖沾尧酒，愿沐南薰解舜琴"（奉和圣制春日幸望春宫应制），等等。此类典故的大量选用，体现了唐代应制诗热衷于颂圣的特质。

第七，唐代应制诗重视对映衬辞格的选用，而且多选用"红""绿""黄"等表示主色调的色彩词进行衬托。所谓映衬就是为了突出主体的人物或事物，而选用客体的人物或事物去作衬托。映衬辞格对加强诗歌主题和强化诗歌的审美效果具有重要的作用。唐代应制诗是对君王所作诗歌的现场应和或是奉君王之命现场所作,诗歌鲜明的主题和华丽的审美效果就显得极为重要。应制诗作者通过采用彰显浓墨重彩的色彩词,可以强化视觉上的冲击力,从而给诗歌的评判者以感官刺激,激起他们对作品的关注,从而使自己的作品脱颖而出。如"花落风吹红的历,藤垂日晃绿葴蕠"(阎朝隐《奉和圣制夏日游石淙山》),选用"红"和"绿"两个色彩词分别修辞"的历"和"葴蕠",从而正面衬托出石淙山景色之美。"紫汉秦楼敞,黄山鲁馆开"(武平一《侍宴安乐公主新宅应制》),选用"紫汉"和"黄山"两个带有色彩词的词语,衬托出安乐公主新宅之宏伟。"朱城待凤韶年至,碧殿疏龙淑气来"(李适《人日宴大明宫恩赐彩缕人胜应制》),两句均以色彩词开头,上句写在朱红的楼城等待像凤凰神鸟般的贤明君王;金碧辉煌的宫殿之上,雕琢着龙饰,祥瑞之气降临人间。全句渲染出大明宫恩赐彩缕人胜时的祥和氛围。

唐代应制诗自身的特殊性决定了其对辞格的选用颇具特点,均采用积极辞格,注重从正面进行描写,对个人情感的抒发少有掩饰,颂圣之意较为浓烈且直接。应制诗作者在选用辞格时,注重对诗歌形式美的建构,力求将应制诗这一政治资本的价值发挥到最大。

第四章

唐代应制诗的修辞心理

修辞心理是修辞产生的深层机制，其受到众多主客观因素的影响。吴礼权在其修辞学著作《修辞心理学》中将"修辞心理"界定为："是人脑对客观世界（主要是指说写所关涉的事物、事件等）的积极反映，以及在此基础上根据交际目的充分利用语言（包括语言的记录符号体系——文字）的一切可能性对语言进行有意识的、创造性的自我调节。它是人类心理发展与语言发展达到一定水平的产物，具有自觉的能动性，但要受到社会历史规律的制约。因为修辞的凭借——语言——是一种社会现象，它是随着社会的发展而发展变化的，自然要受社会历史规律的制约。"[1] 修辞主体进行修辞实践时的修辞心理，不但受到创作现场微观因素的影响，同时也受修辞主体所处时代的政治、经济、文化等宏观因素的制约。

唐代应制诗作为唐代诗歌的重要组成部分之一，必然受到当时政治、经济、文化等因素的影响。唐代应制诗更因其创作场域的特殊，导致其创作主体的修辞心理极具特色。我们结合唐代应制诗发展的实际情况，分初唐、盛唐和中晚唐三个阶段对唐代应制诗的修辞心理进行深入探讨。

第一节 初唐应制诗的修辞心理

自从明朝高棅在其《唐诗品汇》中将唐代诗歌分为初唐、盛唐、中唐和晚唐四个时期以来，历代的唐诗研究者多秉承这一传统。学界一般

---

[1] 吴礼权：《修辞心理学》（修订版），暨南大学出版社2013年版，第3页。

认为，初唐是指自唐开国之时的武德元年（618）至唐玄宗时期的开元元年（713），历时近百年。就这一时期诗歌发展的实际情况而言，宫体诗一直是诗歌发展的主流，而其中又以应制诗为最盛。因此，明代诗评家杨慎在其《升庵诗话》中曾云："唐自贞观至景龙，诗人之作，尽是应制。"[①] 就初唐应制诗的创作主体而言，均为宫廷文人，而且这一创作群体绵延相继，从武德时期的秦府十八学士，到高宗时期的弘文馆学士，再到武后时期的珠英殿学士，直到中宗朝的景龙学士，涉及初唐时期的大多数重要诗人。可以说，这一时期应制诗的创作水平直接决定了初唐诗歌的文学史地位。应制诗作者为了提高所作诗歌的艺术水平，均特别重视修辞，而众多修辞手法的运用无不受到这一时期特定的政治、经济、历史、文化等因素的影响。可以说，正是这一特定历史时期诸多因素的影响促成了当时应制诗作者的独特修辞心理，进而使该时期的应制诗修辞呈现出独特的艺术风格。具体而言，初唐时期的应制诗又可以细分为三个时期，即太宗朝应制诗，高宗、武后朝应制诗，以及中宗、睿宗朝应制诗。

一 太宗朝应制诗的创作背景及修辞心理的特点

从武德元年（618）大唐开国，到贞观末年（649）唐太宗驾崩，太宗朝应制诗创作共历时三十余年。在这一时期，几乎所有的应制诗创作均与唐太宗相关。唐太宗作为一代雄主，在灭隋建唐的历史进程中起到了至关重要的作用。隋作为一个短命的王朝，国祚仅仅延续了三十年左右。在这一短暂的历史时期内，隋朝的两代帝王无法真正实现国家的全面统一，特别是实现南北文化的深度融合。因此，在唐朝建立之初，实现政治统一、经济繁荣，特别是推动民族和文化的全方位融合，就成为唐代统治者亟须解决的问题。而贞观时期应制诗的大量出现，就是这一时期南朝与北朝文学从对立走向融合的直接产物。在唐朝建立之始，唐高祖采取了和隋文帝相类似的文化政策，即对山东旧族文化、江左士族文化，特别是对他们的诗歌艺术传统均采取打压、否定和批判的态度。但是，到了唐太宗执掌政权之后，统治阶级内部已认识到之前文化政策

---

① （明）杨慎撰，王大厚笺证：《升庵诗话新笺证》，中华书局2008年版，第518页。

的偏颇,并进行了积极的修正,这极大地促进了南北诗风的融合,有力地推动了应制诗的发展。初唐名臣魏徵在其《隋书·文学传序》中曰:"江左宫商发越,贵于清绮,河朔词义贞刚,重乎气质。气质则理胜其词,清绮则文过其意。理深者便于时用,文华者宜于咏歌。此其南北词人得失之大较也。若能掇彼清音,简兹累句,各去所短,合其两长,则文质斌斌,尽善尽美矣。"① 魏徵鲜明地指出了南朝和北朝诗歌风格的不同特点:南朝诗风重视声律辞藻之美,"贵于清绮",但流于纤弱轻艳;北朝诗歌风格真挚厚重,"重乎气质",但在表现形式上却理胜其辞。南北诗风均有优点和不足。因此,魏徵主张用南朝声律文辞之美去抒发大唐初建之时的恢宏气象和蓬勃向上的刚健情思。他的这一主张得到了当时统治者的认同。

贞观年间,国家逐渐统一,北方突厥的长期侵扰也被消除。据《旧唐书·太宗本纪》记载,贞观四年的米价,每斗不过三四钱,社会安定,秩序井然,已达到"外户不闭,行旅不赍粮"的地步。同年,全国被判处死刑的犯人仅有二十九人。史书上的这些记载,难免有些溢美,但太宗朝的政绩定然远在水准之上。更为重要的是,这种记载所反映出的时代心理,恰与应制诗的盛行有着异曲同工之妙,它们都植根于人们所期盼的宣扬大唐盛世、赞美军事胜利、谱写国势昌盛、歌颂天下太平的精神需求,这正应合了文学史上所谓"治世之音安以乐,其政和;乱世之音怨以怒,其政乖;亡国之音哀以思,其民困"②,以及"时运交移,质文代变……歌谣文理,与世推移……故知文变染乎世情,兴废系乎时序"③ 的发展规律。当时,由于国势日盛,政治、经济、文化日益繁荣,日本、高句丽、新罗等国纷纷派使者来唐访问、学习。就唐太宗本人而言,除自身雅好吟咏外,更能招贤纳谏,不拘一格,网罗天下英才。在用人方面,唐太宗能让诸多贤才各尽所长、各逞其才,从而开启了济济多士、百卉竞芳的初唐诗坛。可以说,太宗朝君臣所作的唱和诗,正是在饱尝征战之苦、经历开国艰辛之后,所唱出的胜利的赞歌,是君臣心

---

① (唐)魏徵等:《隋书》,中华书局1973年版,第1730页。
② 《诗经》,《十三经注疏》(上),浙江古籍出版社1998年版,第269—270页。
③ (南朝梁)刘勰著,范文澜注:《文心雕龙注》,中华书局1958年版,第675页。

理的集中反映。

　　唐太宗作为一代雄主和应制诗创作的主导者，他的诗歌理论主张和诗歌创作实践对贞观时期应制诗的发展至关重要。总体来看，唐太宗的诗歌理论主张和他的诗歌创作实践是存有一定矛盾的。作为亲历建国之艰辛的一代明君，他极力倡导诗歌的政教作用，重视诗歌的政教功能和现实意义，并希望通过君臣的共同努力，建立起新的、可以反映大唐时代风尚和昂扬气质的诗歌审美潮流。唐太宗的这一诗歌主张在其《帝京篇》中有明确的阐释："予以万机之暇，游息艺文，观列代之皇王，考当时之行事。予追百王之末，驰心千载之下，慷慨怀古，想彼哲人。庶以尧舜之风，荡秦汉之弊，用咸英之曲，变烂漫之音。"[①] 太宗通过对历代君王兴衰的历史进行梳理，认为他们的奢靡浮艳是导致灭亡的直接诱因。因此，他希望在自己统治期间，"以尧舜之风，荡秦汉之弊，用咸英之曲，变烂漫之音"。他的这一艺术主张，得到了当时朝臣的大力支持，这对当时诗坛上沿袭六朝的绮靡之风起到了极大的遏制作用。所以，与六朝相比，贞观时期的诗歌创作，无论是在诗歌主题的选取上，还是在意境的创建上，均在一定程度上摆脱了齐梁绮靡浮华的诗风，在继承与革新中艰难前行。

　　但就个人的审美情趣和诗歌创作的实践来看，太宗对诗歌特有的审美情趣和娱乐功能却始终抱有非常浓厚的兴趣，再加上其所处的宫廷环境，导致其沉溺于诗歌华丽辞藻的美学魅力中难以自拔，在其诗歌的创作实践中经常对齐梁诗风进行仿效，导致其所创作的诗歌题材较为狭窄，多为咏物写景、娱情遣性之作。"上有所好，下必甚焉！"为了迎合太宗的诗歌审美情趣，贞观诗坛的应制诗人自然又向南朝的绮靡诗风回归。特别值得注意的是，在贞观时期的宫廷诗人中，许多人为六朝遗老，深受齐梁诗风的影响，他们在诗歌创作中会不自觉地沿袭绮丽浮艳之风。

　　总之，贞观时期的应制诗是在继承与革新中蓬勃发展的，既有能凸显北方质朴豪壮气息的遒劲之作，又有极富齐梁格物细微、辞藻绮丽的娱情之作。

　　太宗朝的应制诗共有五十余首，如《奉和正日临朝应诏》《奉和夏日

[①]（清）彭定求等编，陈尚君补辑：《全唐诗》，中华书局2018年版，第38页。

晚景应诏》《奉和行经破薛举战地应制》《奉和圣制春日望海》《奉和圣制登三台言志应制》《奉和圣制送来济应制》《奉和过旧宅应制》《奉和初春登楼即目应制》《奉和仪鸾殿早秋应制》《奉和登陕州城楼应制》《奉和喜雪应制》《奉和咏雨应制》《奉和秋暮言志应制》《奉和宴中山应制》《奉和山夜临秋》《奉和元日应制》《奉和春日望海》《奉和入潼关》《奉和咏日午》《奉和咏弓》等。在体现太宗朝君臣唱和的二十九组应制诗中，诗歌的主题十分广泛，有征战抒怀之作，如《奉和行经破薛举战地应诏》《奉和宴中山应制》《奉和登陕州城楼应制》等；有抒发怀念旧情之作，如《奉和过旧宅应制》；有讴歌太平盛世、天下咸宁之作，如《奉和正日临朝应诏》；有歌颂大好江山之作，如《奉和入潼关》；另外，还有写景咏物之作，如《奉和喜雪应制》《奉和咏雨应制》《奉和咏弓》等。应制诗主题的多样化，正是太宗朝国家安宁、政治开明、经济繁荣的体现。

在这一气象恢宏的时代背景下，应制诗作者的修辞心理是积极向上的。他们通过对相关修辞手法的大量选用，极力渲染宏大昂扬的气氛，以歌颂明主、讴歌盛世。下面我们就通过对《奉和正日临朝应诏》这一应制诗组诗进行分析，来厘清这一时期应制诗作者的修辞心理。《全唐诗》中保存的奉和太宗《正日临朝》的应制诗共有六首，其中以《奉和正日临朝应诏》命名的有三首，以《奉和正日临朝》命名的有两首，以《奉和元日应制》命名的有一首。

奉和正日临朝应诏

唐·魏徵

百灵侍轩后，万国会涂山。
岂如今睿哲，迈古独光前。
声教溢四海，朝宗引百川。
锵洋鸣玉珮，灼烁耀金蝉。
淑景辉雕辇，高旌扬翠烟。
庭实超王会，广乐盛钧天。
既欣东日户，复咏南风篇。
愿奉光华庆，从斯亿万年。

奉和正日临朝应诏
唐·李百药
化历昭唐典,承天顺夏正。
百灵警朝禁,三辰扬旆旌。
充庭富礼乐,高宴齿簪缨。
献寿符万岁,移风韵九成。

奉和正日临朝应诏
唐·杨师道
皇猷被寰宇,端扆属元辰。
九重丽天邑,千门临上春。

奉和正日临朝
唐·岑文本
时雍表昌运,日正叶灵符。
德兼三代礼,功包四海图。
蹄沙纷在列,执玉俨相趋。
清跸喧辇道,张乐骇天衢。
佛蜺九旗映,仪凤八音殊。
佳气浮仙掌,熏风绕帝梧。
天文光七政,皇恩被九区。
方陪瘗玉礼,珥笔岱山隅。

奉和正日临朝
唐·颜师古
七府璿衡始,三元宝历新。
负扆延百辟,垂旒御九宾。
肃肃皆鹓鹭,济济盛簪绅。
天涯致重译,日域献奇珍。

第四章 唐代应制诗的修辞心理 ◇ 113

奉和元日应制
唐·许敬宗
天正开初节，日观上重轮。
百灵滋景祚，万玉庆惟新。
待旦敷玄造，韬旒御紫宸。
武帐临光宅，文卫象钩陈。
广庭扬九奏，大帛丽三辰。
发生同化育，播物体陶钧。
霜空澄晓气，霞景莹芳春。
德辉覃率土，相贺奉还淳。

唐太宗《正日临朝》的原诗为：

正日临朝
唐·李世民
条风开献节，灰律动初阳。
百蛮奉遐赆，万国朝未央。
虽无舜禹迹，幸欣天地康。
车轨同八表，书文混四方。
赫奕俨冠盖，纷纶盛服章。
羽旄飞驰道，钟鼓震岩廊。
组练辉霞色，霜戟耀朝光。
晨宵怀至理，终愧抚遐荒。

正日，也就是元日，是指每年的一月一日。该天作为一年的开始，预示着万物复苏、万象更新，给人们带来新的希望，而在初唐的宫廷里，每逢此日，帝王总是利用这一时机，带领群臣一起迎接这美好的开始。太宗这首诗歌所记录的即是这一场景：在明媚春光的照耀下，放眼望去，群臣们冠盖服章、俨然耀盛，霞光映照着霜戟，羽旄飞驰于道；钟鼓之声震荡岩廊，不由让人意兴风发，神采飞扬，由此生发出天下一统、万国来朝的盛世气象。纵览全诗，诗歌立意恢宏高远，但在语词的运用上，南朝雕金镂凤的气息仍然较为明显。而作为该诗的奉和应制之作必然接续这一风格。

魏徵是太宗朝的诤臣,以敢于犯颜直谏而著名,深得太宗器重。作为山东士族的典型代表,充满干进热情,功名意识极为强烈,丰富的说教是其应制诗的典型特点之一。他的《奉和正日临朝应诏》采用了对偶、夸张、用典等众多修辞手法,特别是"百灵""万国""四海""百川""万年"等数量词语的大量运用,营造出宏大壮阔的昌盛气象,表达了对唐太宗及大唐帝国的由衷赞美。对"会涂山""盛钧天""东日户""南山篇"等歌颂圣君、盛世的历史典故的运用,进一步烘托出太宗朝的升平气象。全诗通过对修辞手法的恰当选用,使诗的风格典雅、劲健,让作者的思想感情得到了充分的展现。通览全诗,不难发现,该首应制诗内容的教化性,语言的璞真性,结构的程式性,以及辞藻的渲染性,与齐梁绮靡之风还是存有极大的差异的。特别是作者对儒家教化的遵从,使其在诗歌的最后"愿奉光华庆,从斯亿万年"两句中,在利用夸张的修辞手法对皇帝的英明进行赞美的同时,也表达出对帝王的规劝,巧妙地将对明主的知遇之恩与个人的功名意识和忧国忧民的情怀实现了有机的结合。

李百药,字重规,定州安平(今属河北)人,隋名臣李德林之子。聪慧博学,七岁能文。李百药原仕隋朝,后入唐,官至中书舍人、太子右庶子,颇受唐太宗赏识。因人生阅历丰富,李百药的诗文呈现出多样化的风格。特别是李百药作为关陇贵族集团中的一员,他在充分继承关陇雄深雅健诗风的同时,能主动对江左士人的清绮之风进行借鉴和整合,从而创造出一种刚健质朴而又不失清丽典雅的诗艺风格。李百药的该首应制诗采用了对偶和夸张的修辞手法,诗脉疏朗,意蕴融通,营造出歌舞升平、恢宏盛大的繁荣气象,这是与他意欲夸饰太平的修辞心理相统一的。

杨师道,字景猷,弘农华阴(今属陕西)人。隋朝宗室,隋灭入唐,先为李渊的禁卫,后娶桂阳公主,历任礼部侍郎、太常卿,封安德郡公。贞观四年(630),拜侍中,参与朝政。杨师道生性缜密,又富有才思,颇受太宗倚重。杨师道的《奉和正日临朝应诏》为五言绝句,全诗采用对偶和夸张的修辞手法,开篇直抒胸臆,颂圣之意尽显,不失刚健质朴之风；以写景收尾，气象恢宏。这体现了作者宏大的精神气象。

　　岑文本，字景仁，生于隋开皇十五年（595），南阳棘阳（今河南新野）人，为隋朝虞部侍郎岑之象之子。经史皆通，健谈善文。隋末萧铣在荆州建立割据政权时，召岑文本为中书侍郎。隋灭亡后，岑文本接受唐太宗的招募，历任太宗朝中书舍人、中书侍郎等职。岑文本的诗作重视礼乐教化，多表达出对儒家道德标准的遵从。岑文本的《奉和正日临朝》作为对唐太宗诗作的奉和之作，完全承接了太宗的诗意与风格：夸饰太平，辞藻华美。作者在颂圣这一修辞心理的推动下，采用了工稳的对偶、宏大的夸张和歌颂盛世的典故。如"德兼三代礼，功包四海图"两句，采用对偶和夸张的修辞手法，颂扬了太宗朝恩泽之浩荡；"清跸喧辇道，张乐骇天衢"两句，采用对偶和夸张的修辞手法，渲染出皇帝正日临朝时的宏大场面；"佳气浮仙掌，熏风绕帝梧"两句，运用对偶和用典的修辞手法，将太宗朝与舜帝时相比，颂圣之意明显。总体来看，全诗雄阔宏远，颇能体现作者深厚的儒家正统意识。

　　颜师古，名籀，字师古，雍州万年（今陕西西安）人，其祖父颜之推为北齐黄门侍郎。父亲颜所鲁，以儒学知名。颜师古少传家学，聪颖博学，尤精训诂，善于作文。作为历史上著名的经学家、史学家和文学家，颜师古的诗风自然平实。该首应制诗《奉和正日临朝》为五言律诗，诗的四联均采用了对偶的修辞手法，全诗结构谨严，形式上尽显整饬之美。总体来看，全诗以质朴的语言，描写出了正日临朝时的所见所感，气势质朴雄健。这与作者质朴的修辞心理是相一致的。

　　许敬宗，字延族，生于隋开皇十二年（592），杭州新城（今浙江富阳）人，隋名臣礼部侍郎许善心之子。许敬宗二十岁科举及第，曾任通事舍人。隋灭亡后，许敬宗被李世民囊入彀中，名登十八学士之列，深得太宗器重。在唐初，宫廷诗人因各自性情的不同，他们的诗风呈现出多样化特点：虞世南的诗，多表现出儒家的道统观念；褚亮多写情感真挚的哀伤诗；杨师道擅长于描写景物；陈叔达崇尚对雅致诗风的追求。而许敬宗作为唐初年辈较晚的诗人，是前后两代诗人之间的过渡人物。与唐太宗前期的第一代诗人虞世南、褚亮相比，许敬宗小约三十岁；与唐太宗后期的第二代诗人上官仪相比，许敬宗则又年长二十岁。许敬宗的诗歌因而呈现出承前启后的重要性，他的诗歌题材多集中于宫廷应酬场合，勤于堆砌艳辞丽语，雕琢章句，善于使用意象，作品多浸染富贵之气。他的这一诗风对上官仪的影响较深。许敬宗的这首应制诗《奉和元日应制》，以庆祝元日、夸饰太平、歌颂圣君为旨归。正是在这一修辞心理的驱动下，作者选用了对偶、夸张、拟人、比喻、用典等众多修辞手法。全诗开篇明义，从"一年开始，万物生发"进行发挥，再咏颂今圣与苍天合德，故有"武帐临光宅，文卫象钩陈"的天人相应的吉祥之兆，最后以期许建立安和昌平、淳朴祥瑞的王朝作结。诗意开阔大气。

能体现太宗时期自信昂扬、崇尚恢宏博大修辞心理特质的应制诗，还有许多，如组诗《奉和行经破薛举战地应制》。该组应制诗共有两首：

奉和行经破薛举战地应制
唐·许敬宗

混元分大象，长策挫修鲸。
于斯建宸极，由此创鸿名。
一戎乾宇泰，千祀德流清。
垂衣凝庶绩，端拱铸群生。
复整瑶池驾，还临官渡营。
周游寻曩迹，旷望动天情。
帷宫面丹浦，帐殿瞩宛城。
虏场栖九穗，前歌被六英。
战地甘泉涌，阵处景云生。
普天沾凯泽，相携欣颂平。

奉和行经破薛举战地应诏
唐·褚遂良

王功先美化，帝略蕴戎昭。
鱼骊入丹浦，龙战起鸣条。
长剑星光落，高旗月影摇。
昔往摧勍寇，今巡奏短箫。
旌门丽霜景，帐殿含秋飙。
河池水未结，官渡柳初凋。

边烽夕雾卷，关陈晓云销。
鸿名兼辙迹，至圣俯唐尧。
睿藻烟霞焕，天声宫羽调。
平分共饮德，率土更闻韶。

以上两首应制诗是对唐太宗《经破薛举战地》诗的应和之作。扶风之战发生于义宁元年（617）的十二月，此次战役是李唐开国前的关键一战，战况极为惨烈。李世民当时年仅十八岁，英姿飒爽，豪气冲天，统领大军与薛举在陕西扶风展开殊死决战，最终李氏军队大获全胜。此次胜利为之后荡平占据山西北部地区的刘武周，扫平割据河南的王世充，消灭统治两湖的萧铣等军阀，均具有决定性的意义。唐太宗在执掌大权、实现天下一统之后，旧地重游，回首往事，豪情高涨，诗兴大发，随即创作了这首脍炙人口的诗篇。纵观全诗，诗风雄放刚健，颇见动感与力度，尽显一代雄主的豪迈气质。

许敬宗和褚遂良所作的两首应制诗，作为对唐太宗诗歌的奉和之作，风格紧紧依从原作，对仗工稳，意境宏大，典故富赡，辞藻华丽，对太宗的颂美之情跃然纸上。这种颂圣和夸饰的修辞心理导致两首诗均重视对修辞手法的运用，如许诗"一戎乾宇泰，千祀德流清"两句，采用夸张的修辞手法，强调太宗扶风之战胜利的意义之重大；褚诗"昔往摧勍寇，今巡奏短箫"两句，采用对比的修辞手法，通过将昔时"摧勍寇"的征战场面与当下"奏短箫"的太平盛世进行对比，彰显唐太宗的丰功伟绩；再如许诗"战地甘泉涌，阵处景云生"两句，通过选用有关古代名将和圣君的典故，表达对唐太宗的赞颂之情。

概括而言，太宗朝应制诗的修辞心理是宏大豪迈、充满自信昂扬气息的，这是与大唐开国之时的雄伟气象相统一的。

二 高宗、武后朝应制诗的修辞心理

文学是时代的产物，文学作品的精神面貌会因其所处时代的政治、经济、文化等因素的制约，呈现出相应的不同特点。贞观时期，新王朝刚刚建立，君臣意气风发，焕发出昂扬生机，朝野上下政治清明，国运亨通，整个社会充溢着积极向上的氛围。生活在这种社会环境中的应制诗诗人，是自信和充满活力的。加之太宗对儒学道统思想的重视，使得这一时期的应制诗诗风呈现出颂圣、致用和讽谏相结合的特点。但到了高宗、武后时期，政治、经济、文化以及应制诗的创作主体均发生了巨大变化，这就使中宗、武后时期的应制诗作者拥有独特的修辞心理，进而使他们所创作的应制诗呈现出不同于前朝的特点。

到了高宗、武后时期，应制诗诗人的构成主体已经发生根本改变，贞观时期的勋臣故旧均已相继离世，而通过科举跻身于朝廷的新进士逐渐成为当之无愧的诗坛主角。在高宗登基之初，其与顾命大臣之间的关系尚且融洽，但自永徽五年（654）之后，高宗为摆脱贞观朝老臣的束缚，开始大开杀戒，导致"中外以言为讳，无敢逆意直谏"。特别是武后参政以来，为扫除异己，培养忠实于自己的新生力量，开始对关陇贵族和山东士族势力进行全力打压。同时，武后还通过对科举制度进行大刀阔斧的改革，使大批出身于寒门的才能之士脱颖而出，并得以进入朝廷执掌政权。这些寒族文士在进入朝廷执掌政权之后，多道德沦落、利欲熏心，为了保住他们的既得利益，多阿谀奉承，极尽谄媚之能事。从政教文化的角度看，唐高宗一反太宗朝重视儒教的传统，推行"尚文轻儒"的文化政策，据《旧唐书·儒学》记载："高宗嗣位，政教渐衰，薄于儒术，尤重文吏。于是醇醲日去，华竞日彰，犹火销膏而莫之觉也。及则天称制，以权道临下，不吝官爵，取悦当时。其国子祭酒，多授诸王及驸马都尉，准贞观旧事。祭酒孔颖达等赴上日，皆讲《五经》题。至是，诸王与驸马赴上，唯判祥瑞按三道而已。至于博士、助教，唯有学官之名，多非儒雅之实。是时复将亲祠明堂及南郊，又拜洛，封嵩岳，将取弘文国子生充斋郎行事，皆令出身放选，前后不可胜数。因是生徒不复以经学为意，唯苟希侥幸。二十年间，学校顿时隳废矣。"[1] 这一社会氛围的影响导致整个社会的道德水平下降。比如，在太宗朝，因品格低下而不被重用的许敬宗，在高宗即位后不久，就借助"废王立武"的机会飞黄腾达。许敬宗贪婪无度，生活腐化堕落，为了个人利益，毫无道德底线，献媚邀功，谋害忠良。同时期，凭借荐举入仕的李义府，与许敬宗为一丘之貉。高宗时期，应制诗人这种薄德谄媚的品性，构建出他们

---

[1] （五代）刘昫等：《旧唐书》，中华书局1975年版，第4942页。

第四章 唐代应制诗的修辞心理 ◇ 119

相应的修辞心理，多注重诗歌外在的形式美，雕章镂句，语词富贵秾艳，颂圣手法浅俗直白，毫无含蕴之美。如许敬宗的应制诗《奉和过慈恩寺应制》。

奉和过慈恩寺应制
唐·许敬宗
凤阙邻金地，龙旂拂宝台。
云楣将叶并，风牖送花来。
月宫清晚桂，虹梁绚早梅。
梵境留宸瞩，揿发丽天才。

全诗对仗工稳，辞藻浮艳华丽。诗歌主题虽为过慈恩寺应制之作，但诗人在创作的过程中，并未将佛教作为写作的重点，而仅是堆砌了"金地""宝台""梵境"等三个与佛教相关的术语，对寺院的环境进行了简单的描写。诗的首联采用对偶的修辞手法，将"凤阙"与"龙旂"相对，描绘出皇帝出游时仪仗之华丽。颔联在采用对偶修辞手法的同时，还采用了拟人的修辞手法，云楣并叶，风牖送花，渲染出高宗身份之尊贵。尾联直接对高宗的此次出游进行颂扬：正是因为皇帝的临幸，佛教圣地才顿生光彩。诗人的谄媚之态，跃然纸上。再如许敬宗同时期的另外一首应制诗《奉和宴中山应制》。

奉和宴中山应制
唐·许敬宗
飞云旋碧海，解网宥青丘。
养贤停八骏，观风驻五牛。
张乐临尧野，扬麾历舜州。
中山献仙酤，赵媛发清讴。
塞门朱雁入，郊薮紫麟游。
一举氛霓静，千龄德化流。

该首应制诗与前一首相似，镶金嵌玉，用词华美。通过大量采用对偶辞格，营造出整秩的外在形式美；通过高频率地采用"八骏""五牛""尧野""舜州"等与贤君圣主相关的典故，极力赞颂唐高宗；特别是对"碧海""青丘""朱雁""紫麟"等包含色彩意象词语的选用，营造出华丽耀眼的景象。最后两句"一举氛霓静，千龄德化流"选用夸张的修辞手法，极尽歌功颂德之能事。

  武后以女主身份临朝听政、执掌大权，这在男尊女卑、法度森严、等级分明的封建社会可谓是"冒天下之大不韪"。武后为了向天下证明自己统治的合理性、合法性，采取了众多措施：首先，她怂恿谄媚弄权之臣大搞封建迷信，以证明其执掌政权乃是天意为之。她先是从《大云经》里寻找证据，宣扬其为经文故事中的女主降世，给自己增添神秘的宗教色彩。接着是大力宣扬"拜洛受图"事件。该事件实际上是武承嗣为讨好武则天而伪造。武承嗣派人伪造瑞石，并在石上绘制"圣母临人，永昌帝业"八个大字。武承嗣将该图进献给朝廷后，武则天对其中之真假虽心知肚明，但圣心大悦，于是改图为"天授圣图"，并举行了声势宏大的受图仪式，苏味道、李峤、牛凤及等人对此事件均有赋诗。其次，在政治上，武则天大开杀戒，对李唐的后代进行疯狂的屠杀；同时，她还重用周兴、来俊臣等酷吏，制造众多冤假错案，戕害贤臣良吏，朝野上下笼罩在恐怖的氛围之中。无论是功勋显赫的宿将，还是新晋的文士，无不惶惶不可终日，他们只有投武则天之所好，对武则天所刻意举行的一些政治、文化活动大加赞扬。最后，武则天在对李唐势力，特别是对关陇集团进行打压的同时，还极力通过改革科举考试制度，大力选拔和起用新人。这些从寒族跻身于朝野的新贵，无不对武则天感恩戴德。当时的沈佺期、宋之问、"文章四友"等均为其中之代表。当然，我们也应看到，武则天作为中国历史上唯一一位女皇帝，他所推行的一些政治策略对当时社会的政治、经济、文化的发展还是起到很大的促进作用的，对此，武则天本人也是自信满满，因此，她对臣子的歌功颂德也是乐意接受和大为鼓励的。

  通过以上分析，我们不难看出，武后时期的宫廷诗人，无论是因武后的威势所逼，还是被武后的知遇之恩所折服，抑或是对武后好大喜功品性的附和，颂圣谄媚的心理仍是他们的主流。这种心理在应制诗创作中就必然转化为相应的修辞心理，这就使这一时期的应制诗呈现出典丽华美、气势宏大、歌功颂德、阿谀谄媚的特点。如李峤的应制诗《奉和拜洛应制》。

奉和拜洛应制
唐·李峤
七萃銮舆动，千年瑞检开。
文如龟负出，图似凤衔来。
殷荐三神享，明禋万国陪。
周旗黄鸟集，汉幄紫云回。
日暮钩陈转，清歌上帝台。

该首应制诗为五言律诗。全诗紧扣"受图"这一政治主线，选用大量的华丽词语，着力营造神秘、庄严的氛围。首联采用对偶和夸张的修辞手法，营造出宏大的气势，把读者带入极具神圣感的受图现场。颔联采用对偶和用典的修辞手法，特别是对"龟负图"和"凤衔书"两例极富祥瑞色彩的典故的选用，衬托出"受图"的吉祥之兆，这在提升诗歌文化内涵的同时，更加强化了对武后的赞颂之意。颈联采用对偶和借代的修辞手法，描写旌旗飘扬、祥云缭绕的现场，极力渲染出受图现场场面之宏大。尾联直接描写，写日暮降临，武后在雅乐声中接受臣子的恭贺。纵览全诗，紧扣"受图"这一政治场景，用语华丽，典意祥瑞，将粉饰太平与歌颂武后实现了高度的统一。

武后为宣扬自己的功德，曾广征天下铜铁铸造天枢一座，天枢喻指"天下中枢"，是武后朝昌盛的标志。据《大唐新语》卷八载："长寿三年，则天征天下铜五十万余斤，铁三百三十余万，钱二万七千贯，于定鼎门内铸八棱铜柱，高九十尺，径一丈二尺，题曰：'大周万国述德天枢'，纪革命之功，贬皇家之德。天枢下置铁山，铜龙负载，狮子、麒麟围绕。上有云盖，盖上施盘龙以托火珠，珠高一丈，围三丈，金彩荧煌，光侔日月。武三思为其文，朝士献诗者不可胜纪，唯峤诗冠绝当时。"[1]武后的这一举动，在当时影响很大，朝中大臣多赋诗歌颂。其中，李峤

---

[1] （清）彭定求等编：《全唐诗》，中华书局1960年版，第724—725页。

的应制诗《奉和天枢成宴夷夏群僚应制》，当时所获评价最高。

奉和天枢成宴夷夏群聊应制
唐·李峤
辙迹光西崦，勋庸纪北燕。
何如万方会，颂德九门前。
灼灼临黄道，迢迢入紫烟。
仙盘正下露，高柱欲承天。
山类丛云起，珠疑大火悬。
声流尘作劫，业固海成田。
帝泽倾尧酒，宸歌掩舜弦。
欣逢下生日，还睹上皇年。

该首应制诗为五言排律，全诗记录了天枢铸成后，武则天宴饮前来朝贺的万国使臣时的盛大场景。"何如万方会，颂德九门前"两句，利用夸张的修辞手法，写皇恩浩荡、万国来朝的盛况。"灼灼临黄道，迢迢入紫烟。仙盘正下露，高柱欲承天"四句，运用对偶和夸张的修辞手法，从整体层面描写天枢之高大。"山类丛云起，珠疑大火悬"两句，运用对偶和比喻的修辞手法，对天枢的局部形态进行描写，凸显天枢外形之雄伟，颇具天朝气象。"帝泽倾尧酒，宸歌掩舜弦"两句，运用对偶和用典的修辞手法，暗示武后功勋之卓著，颂圣之意极浓。结尾"欣逢下生日，还睹上皇年"两句，卑躬屈膝地颂圣，表达对圣主——武则天的诚挚颂扬与深深依恋。纵观全诗，作者的修辞心理仍为应政治之景，依从君主之意，营造宏大氛围，颂扬君主圣德。

最能体现武后时期应制诗作者修辞心理特点的诗作应为宋之问的《龙门应制》。

龙门应制
唐·宋之问
宿雨霁氛埃，流云度城阙。
河堤柳新翠，苑树花先发。

洛阳花柳此时浓，山水楼台映几重。
群公拂雾朝翔凤，天子乘春幸凿龙。
凿龙近出王城外，羽从琳琅拥轩盖。
云罕才临御水桥，天衣已入香山会。
山壁崭岩断复连，清流澄澈俯伊川。
雁塔遥遥绿波上，星龛奕奕翠微边。
层峦旧长千寻木，远壑初飞百丈泉。
彩仗蜺旌绕香阁，下辇登高望河洛。
东城宫阙拟昭回，南阳沟塍殊绮错。
林下天香七宝台，山中春酒万年杯。
微风一起祥花落，仙乐初鸣瑞鸟来。
鸟来花落纷无已，称觞献寿烟霞里。
歌舞淹留景欲斜，石关犹驻五云车。
鸟旗翼翼留芳草，龙骑骎骎映晚花。
千乘万骑銮舆出，水静山空严警跸。
郊外喧喧引看人，倾都南望属车尘。
嚣声引飐闻黄道，佳气周回入紫宸。
先王定鼎山河固，宝命乘周万物新。
吾皇不事瑶池乐，时雨来观农扈春。

全诗描写的是作者随驾出游龙门时的盛况。诗的前四句运用对偶的修辞手法，介绍此次出游的背景：夜雨过后，天气初晴，祥云在城阙之上浮动，河堤旁的嫩柳生发出翠绿的新芽，宫苑里的花树已开放。此处景物描写衬托出君臣出游时心情之喜悦。紧接着，作者运用对偶、夸张和用典等修辞手法，铺排出出游场面之宏大，极具盛世之气象。诗的最后两句反用"瑶池"之典，直接颂圣。纵览全诗，诗脉畅达，辞藻华丽，极尽铺排之能事。作者频繁地运用对偶、夸张、用典等修辞手法，将出游时的宏大场面，帝都的繁华景象，君臣宴饮时歌舞升平的气象，以及对武后的赞扬实现了完美的结合。这是与作者追求形式之整饬华丽、诗境之宏大阔达的修辞心理相统一的。

总体而言，武后朝的应制诗作者，多迎合武则天好大喜功、追求华美宏阔心理的特点,多注重对对偶、夸张、比喻、用典等辞格的运用,注重对诗歌语言形式美的追求,重视对宏大诗境的营造。

三 中宗、睿宗朝应制诗创作修辞心理的特点

唐代应制诗发展到中宗、睿宗时期,又有了新的变化。这种变化是由当时的政治、经济、文化,特别是皇帝的个性特点所决定的。

唐代的政治、经济、文化,在经历太宗、高宗和武后三朝的发展之后,到了中宗、睿宗时期已十分发达。在武后参政和执掌政权期间,虽然政局几经变动,但这些均发生在宫廷之内,并未殃及全国,所以,在此期间,唐代社会仍然是向前发展的。但就中宗本人而言,其长期目睹武后对李氏勋臣的残酷迫害和对他自己的冷酷打压。中宗在执掌政权之前,曾被武后贬谪于房州,提心吊胆,惶惶不可终日,因此,在其登基之后,抱着急切的补偿心理,疏于朝政,醉心于奢华的享受,热衷于率领群臣出游、宴饮,且"有所感即赋诗,学士皆属和"。

据《新唐书·文艺》记载:"初,中宗景龙二年,始于修文馆置大学士四员、学士八员,直学士十二员,象四时、八节、十二月。于是李峤、宗楚客、赵彦昭、韦嗣立为大学士,李适、刘宪、崔湜、郑愔、卢藏用、李乂、岑羲、刘子玄为学士,薛稷、马怀素、宋之问、武平一、杜审言、沈佺期、阎朝隐为直学士,又召徐坚、韦元旦、徐彦伯、刘允济等满员。其后被选者不一。凡天子飨会游豫,唯宰相及学士得从。春幸梨园,并渭水祓除,则赐细柳圈辟疠;夏宴蒲萄园,赐朱樱;秋登慈恩浮图,献菊花酒称寿;冬幸新丰,历白鹿观,上骊山,赐浴汤池,给香粉兰泽,从行给翔麟马,品官黄衣各一。帝有所感即赋诗,学士皆属和。当时人所歆慕,然皆狎狻佻佞,忘君臣礼法,惟以文华取幸。若韦元旦、刘允济、沈佺期、宋之问、阎朝隐等无它称,附篇左云。"[①] 在中宗所营造的这一文化氛围的影响下,不但应制诗的数量大增,而且应制诗作者受君臣礼法所束缚的颂圣心理日趋平和,文化心态变得相对开阔,逐渐呈现出有容乃大的美学特征。杜晓勤在其《初盛唐诗歌的文化阐释》中认为:这一时期的诗歌"已经不像龙朔诗人那样主要靠辞藻的繁缛、富丽来粉

---

① (宋)欧阳修、(宋)宋祁:《新唐书》,中华书局1975年版,第5748页。

饰太平，歌功颂德，而是开始直接面对具体场景，注重气势，渲染气氛，写出皇家气派，盛世气象，以及自己幸逢明时，春风得意的真实感受"①。

总体来看，在中宗和睿宗统治的七年里，应制诗作者的创作心理是相对轻松的，他们的修辞心理也是灵动的。武后时期的恐怖统治已不复存在，应制诗创作与政治的结合度日益降低，君臣宴饮、出游时的礼仪相对弱化，这样，应制诗作者就可以把更多的才情投放到所描绘事物的本体上来，从而使诗歌作品呈现出自然、明丽、灵动的特点，减少了以往的华贵气息。

这一时期的应制诗作品多关注与政治无关的春、雪、林、泉、寺观、山庄等自然或人文景观，从而冲淡了宫廷应制诗的庄严感和富贵气，这就回归了中国古典诗歌重视对山水情致表达的传统，应制诗作者的修辞心理亦较为恬静、平和。中宗朝的此类应制诗有宗楚客的《奉和圣制喜雪应制》、宋之问的《奉和九日幸临渭亭登高应制得欢字》、崔湜的《奉和登骊山高顶寓目应制》、李峤的《奉和人日清晖阁群臣遇雪应制》、阎朝隐的《奉和立春游苑迎春应制》、韦元旦的《奉和登骊山应制》、苏颋的《奉和晦日幸昆明池应制》和《奉和春日幸望春宫应制》、张说的《奉和圣制幸白鹿观应制》、李乂的《奉和九月九日登慈恩寺浮图应制》、武平一的《奉和幸韦嗣立山庄侍宴应制》等；睿宗朝的此类应制诗有沈佺期的《奉和圣制同皇太子游慈恩寺应制》等。以下就试举两例详作解读。一首为苏颋的《奉和春日幸望春宫应制》。

奉和春日幸望春宫应制
唐·苏颋

东望望春春可怜，更逢晴日柳含烟。
宫中下见南山尽，城上平临北斗悬。
细草偏承回辇处，轻花微落奉觞前。
宸游对此欢无极，鸟呼声声入管弦。

---

① 杜晓勤：《初盛唐诗歌的文化阐释》，东方出版社1997年版，第256页。

该首应制诗为七言律诗。中宗朝君臣同乐的轻松氛围，使应制诗作者的修辞心理较为平和、自然。这就使诗歌的语言较为自然、明丽，不再有典故的堆砌和丽词艳语的铺排。在结构上，层层推进，很难见到太宗、武后朝应制诗中常见的"三部式"结构。诗的首联，写景与抒情相结合，写春回大地，万物复苏，生机勃勃的初春景象诱发君臣出游的兴致。颔联写站在望春宫上之所见，利用远观视角，从大处着眼，凸显望春楼之高。从望春楼南望，南山尽收眼底；而从望春楼回望长安城，皇城与北斗七星交相辉映。颈联是对近景的描写，细草轻抚辇道，轻花微落舸前，君臣和谐、欢乐的景象如在眼前。尾联巧用典故，以君臣同乐之景含蓄颂圣，武后朝应制诗的浅俗诡媚之态全无。纵观全诗，作者在愉快、恬静的修辞心理的驱动下，采用了对偶、用典等修辞手法。景物描写细腻，语言清新自然，以简练生动的笔触描绘出一幅君臣同乐的春游图。另如崔湜的《奉和幸韦嗣立山庄侍宴应制》。

奉和幸韦嗣立山庄侍宴应制
唐·崔湜

丞相登前府，尚书启旧林。
式闾明主睿，荣族圣嫔心。
川狭旌门抵，岩高蔽帐临。
闲窗凭柳暗，小径入松深。
云卷千峰色，泉和万籁吟。
兰迎天女佩，竹碍侍臣簪。
宸翰三光烛，朝荣四海钦。
还嗟绝机叟，白首汉川阴。

该首应制诗为五言排律。这首诗虽为应制诗，但诗歌的语言却平实、素朴，没有华丽的辞藻和富赡的典故。诗歌运用对偶、夸张和用典等修辞手法，营造出清新雅致的自然景观，抒发了作者细腻而丰富的审美情感。诗的首句，点明地点和身份。"式闾"和"荣族"两句蕴含作者的颂美之意，颇具儒家思想。"川狭"和"岩高"两句描绘出山庄之宏阔和幽深。紧接着几句中的"柳""松""云""泉""兰""竹"等物象，不但表明了作者的情怀与兴致，一种放荡不羁、超然脱俗的品性，而且凸显了山水丛林的自然之美，诗情画意融为一体。"宸翰"和"朝荣"两句是说帝王的笔墨与日月星辰相辉映，朝廷的荣光令四海钦佩。作者将对皇室的颂美与抒发个人情怀相结合，而所抒发的情怀是羡慕徜徉于山林之间的隐居生涯。结合《庄子·天地》中抱瓮灌园之事，说明山庄的主人——韦嗣立摒弃技巧，返璞归真，深得隐者之乐。同时，作者又将皇帝带领群臣畅游园林时的祥和喜悦之气尽显笔端。

总体来看，中宗、睿宗两朝应制诗作者的修辞心理是较为平和闲适的。在这短暂的七年时间里，君臣频繁的游赏活动，给宫廷诗人们提供了丰富的体察自然的机会，他们将多彩的自然之美融入应制诗创作之中，春花秋月、夏荷冬雪、行云流水、山石林木尽显笔端。同时，辽阔的天地也拓展了诗人的视野和格局，他们逐渐以更为豁达的心态、更加细腻的审美心理去感知世界、描摹世界。他们用心去观察、体悟自然，所以诗歌的语言就灵动雅致；他们内心恬静舒畅，所以他们所描摹的景物就明媚靓丽。在这种清新诗风日益昌盛的情况下，应制诗对君王的奉承虚美已被精致的景物刻画所取代，就连其呆板的体制也逐渐被打破。

第二节　盛唐及中晚唐应制诗的修辞心理

一　盛唐应制诗的修辞心理

唐代应制诗在经历了中宗、睿宗时期的鼎盛之后，走进了盛唐。所谓盛唐，一般是指从开元元年（713）到天宝十四载（755）这段时间，共历时四十三年。这一时期，唐代诗歌进入了全面繁荣期，各种诗体全面成熟且均取得了极高的艺术成就，名家辈出，佳作不断，最终形成了中国诗歌史上的最高峰。但与唐代诗歌总体进入繁荣期不同的是，唐代应制诗却在这一时期逐渐走向了没落。概括而言，导致盛唐应制诗衰落的原因有两个：一是君主的关注重心发生了改变，应制诗的创作场域减少。唐玄宗在执政之初，一改中宗、睿宗时期大搞君臣宴饮、赋诗唱和的习惯，集中精力于治国理政，这样应制诗的创作场域就大为减少。唐玄宗和他的曾祖父——唐太宗李世民一样，是通过发动宫廷政变才最终掌握政权的，并凭借个人的胆略权谋巩固了其帝位。至此，唐代宫廷内部长达几十年的权力之争和宫廷政变才彻底告一段路，唐朝才真正进入短暂的全面繁荣期——开元盛世。这一时期，君臣同心协力、励精图治，很少举行娱情遣性性质的宴饮或游览活动。二是诗歌的创作重心下移，文化资本的承载方式发生了改变。开元初年，因为政治斗争的需要，大批朝廷官员被流放地方，宫廷应制诗的创作主体大为削减。玄宗即位后，重点解决了"重内轻外"的问题，应制诗作为文化资本的重要性被大大削弱。特别是随着科举制度的进一步巩固和完善，同为文化资本的应试诗的重要性得到了极大的提高，而应制诗的重要性却相对降低。

文学是时代的产物，时代的变迁必然对文学作品的创作产生巨大的影响。作为和政治结合最为紧密的诗歌样式——应制诗，其受时代和统治者的影响最大。盛唐时期，中国封建社会进入鼎盛期，社会安定繁荣、百姓安居乐业、国运昌盛亨通。很多臣子的脚步已不再拘泥于宫廷之内，他们开始跳出宫廷的束缚，走向边塞，去领略塞外的大美风光。这种思潮助推了唐朝边塞诗派的形成。盛唐时期，边塞诗成就极高，而同时期的应制诗作者就吸收了这一时代风格，创作出众多以边塞为题材的应制诗作品，如崔日用的《奉和圣制送张说巡边》、张九龄的《奉和圣制送尚书燕国公赴朔方》、宋璟的《奉和圣制同二相南出雀鼠谷》、苏颋的《奉和圣制登太行山中言志应制》、张说的《奉和圣制行次成皋应制》《奉和圣制度蒲关应制》等。

盛唐时期，是中国封建社会的鼎盛期，应制诗作者的修辞心理是豁达和充满豪情的，诗风古朴雅致、宏阔大气。在诗歌的语言层面，洗去了以往雕琢的艰涩，变得质朴自然。如张九龄的《奉和圣制送尚书燕国公赴朔方》。

奉和圣制送尚书燕国公赴朔方
唐·张九龄

宗臣事有征，庙算在休兵。
天与三台座，人当万里城。
朔南方偃革，河右暂扬旌。

宠锡从仙禁，光华出汉京。
山川勤远略，原隰轸皇情。
为奏薰琴唱，仍题宝剑名。
闻风六郡伏，计日五戎平。
山甫归应疾，留侯功复成。
歌钟旋可望，衽席岂难行。
四牡何时入，吾君忆履声。

该首应制诗为五言排律，以欢送尚书燕国公张说远赴北方边陲巡察为主题。诗歌采用对偶、夸张、用典等修辞手法，以苍劲的笔力和动人心弦的形象语言，展现了巡边主人公——张说出将入相、定国安邦的英雄气概。语言古朴典雅，诗风恢宏大气，展现了盛唐气象。

张说作为玄宗时期的重要诗人之一，创作了大量的应制诗作品，如《奉和圣制赐诸州刺史应制以题座右》《奉和圣制送宇文融安辑户口应制》《奉和圣制过晋阳宫应制》《奉和圣制行次成皋应制》《奉和圣制温汤对雪应制》《奉和圣制初入秦川路寒食应制》《奉和圣制义成校猎喜雪应制》《奉和同皇太子过慈恩寺应制二首》《奉和圣制同玉真公主过大哥山池题石壁应制》《奉和圣制赐王公千秋镜应制》《奉和圣制经邹鲁祭孔子应制》《奉和圣制同刘晃喜雨应制》《奉和圣制观拔河俗戏应制》《奉和圣制途次陕州应制》《奉和圣制野次喜雪应制》《奉和圣制温泉言志应制》《奉和圣制赐崔日知往潞州应制》《奉和圣制花萼楼下宴应制》《奉和圣制度蒲关应制》等，总量接近四十首。受盛唐宏大气象以及唐诗总体繁荣的影响，张说这一时期的修辞心理亦是较为旷达、昂扬的，其这一时期的应制诗作品与其在中宗朝创作的相比，诗艺更为成熟，诗的意境更为宏大。如《奉和圣制度蒲关应制》。

奉和圣制度蒲关应制
唐·张说
蒲坂横临晋，华芝晓望秦。
关城雄地险，桥路扼天津。
楼映行宫日，堤含官树春。

　　　　黄云随宝鼎，紫气逐真人。
　　　　东咏唐虞迹，西观周汉尘。
　　　　山河非国宝，明主爱忠臣。

　　该首应制诗为五言排律，全诗采用了对偶、拟人、用典等修辞手法，语言质朴醇厚，虽有用典，但不见雕琢的痕迹。对景物的描写多从远景、大处着笔，诗境宏阔，作者开阔的胸襟于此可见，盛唐昂扬的气象也被淋漓尽致地表现了出来。

　　盛唐应制诗除了昂扬、宏大的主流风格之外，还有清新雅致、灵动活泼的风格，而这一风格的代表人物为王维。王维作为盛唐最伟大的诗人之一，他的应制诗作品代表了唐玄宗时期应制诗的最高水平。根据我们对《全唐诗》的统计，王维在玄宗朝共创作应制诗十三首，具体诗名为：《奉和圣制登降圣观与宰臣等同望应制》《奉和圣制御春明楼临右丞相园亭赋乐贤诗应制》《奉和圣制送不蒙都护兼鸿胪卿归安西应制》《奉和圣制天长节赐宰臣歌应制》《奉和圣制赐史供奉曲江宴应制》《奉和圣制玄元皇帝玉像之作应制》《奉和圣制与太子诸王三月三日龙池春禊应制》《奉和圣制上巳于望春亭观禊饮应制》《奉和圣制暮春送朝集使归郡应制》《奉和圣制重阳节宰臣及群官上寿应制》《奉和圣制十五夜然灯继以酺宴应制》《奉和圣制幸玉真公主山庄因题石壁十韵之作应制》《奉和圣制从蓬莱向兴庆阁道中留春雨中春望之作应制》。在王维的这十三首应制诗中，被后人评价最高的应为《奉和圣制从蓬莱向兴庆阁道中留春雨中春望之作应制》。清人沈德潜在《唐诗别裁》中认为："应制诗应以此篇为第一"。

　　　　奉和圣制从蓬莱向兴庆阁道中留春雨中春望之作应制
　　　　　　　　　唐·王维
　　　　渭水自萦秦塞曲，黄山旧绕汉宫斜。
　　　　銮舆迥出千门柳，阁道回看上苑花。
　　　　云里帝城双凤阙，雨中春树万人家。
　　　　为乘阳气行时令，不是宸游玩物华。

该首应制诗为七言律诗。全诗对仗工稳，韵律和谐，诗意清新自然，难觅应制诗常有的雕琢痕迹和谄媚颂圣之态。诗歌呈现出的这一特点，是与作者恬静的修辞心理相统一的。在王维的其他应制诗作品中也有这种静谧清新的特点，如："林疏远村出，野旷寒山静。帝城云里深，渭水天边映"（《奉和圣制降圣观与宰臣等同望应制》）、"御柳疏秋景，城鸦拂曙烟"（《奉和圣制重阳节宰臣及群官上寿应制》）、"落日下河源，寒山静秋塞"（《奉和圣制颂不蒙都护兼鸿胪卿归安西应制》）、"杨花飞上路，槐色荫通沟"（奉和圣制暮春送朝集使归郡应制》）"积翠纱窗暗，飞泉绣户凉"（《从岐王夜宴卫家山池应教》）等。

总之，盛唐时期应制诗作者的修辞心理是平和豁达的，这就使当时的应制诗作品呈现出清新自然、开阔大气的风格。总体而言，当时的应制诗作品随着唐诗高潮的来临变得更加接近于时代现实，更加倾向于抒发作者的真实情感。

二 中晚唐应制诗的修辞心理

安史之乱是唐代社会由盛转衰的分水岭。安史之乱之后，唐朝历史进入中晚唐时期，这一时期的具体起止时间为天宝十四载（755）到朱温篡唐、唐朝灭亡（907年）。这一时期的应制诗创作，与初盛唐应制诗的发展和繁荣相比，少之又少，几近绝迹。在这一百五十多年的时间里，应制诗作品的总量不足五十首。

应制诗是与其所处时代的政治、经济、文化联系最为紧密的一种诗体。安史之乱之后，唐代政权处在风雨飘摇之中，藩镇割据、朋党之争、宦官专权，多种矛盾相互交织且长期存在。唐代社会的繁荣景象已荡然无存，李唐王朝的中央集权已名存实亡，应制诗创作失去了其所需的昌盛祥和的现实基础。安史之乱前后唐代政治、经济、文化发展水平的巨大落差，给中晚唐文人带来沉痛打击。在目睹生灵涂炭、满目疮痍的衰败景象和亲历摇摇欲坠的朝廷统治之后，他们失去了以往歌功颂德的信心，开始关注残酷的现实，由对政治的盲目乐观变得开始焦虑和怀疑。应制诗创作主体的积极性减弱。中晚唐时期，国势衰微、朝政腐败、危机四伏，应制诗歌功颂德的政治、经济基础已不复存在，君王也难有兴致去提倡应制诗创作。另外，中晚唐时期的帝王多懦弱无能，疏于朝政，有些甚至被宦官长期辖制，失去了人身自由，和大臣接触的机会基本没有，开展君臣唱和根本没有可能。这一时期，应制诗创作的核心推动力已严重弱化，近乎消失。

在中晚唐一百五十多年的时间里，共历经十多位皇帝，其中以唐德宗较有建树。在其统治的二十五年时间里，他励精图治，消除叛乱，中央政权得到一定巩固，社会的政治、经济、文化也得到一定程度的发展。德宗喜欢诗文，是中晚唐时期存诗最多的皇帝。因社会的发展和德宗个人的喜好，这个时期的应制诗创作相对有些起色，共有十九首，包括宋若昭的《奉和御制麟德殿宴百僚应制》《奉和御制麟德殿宴百官》、鲍君徽的《奉和麟德殿宴百僚应制》、李泌的《奉和圣制中和节曲江宴百僚》《奉和圣制重阳节赐会聊示所怀》、韦应物的《奉和圣制重阳日赐宴》、崔元翰的《奉和圣制三日书怀因以示怀》《奉和圣制重阳节旦日百僚曲江宴示怀》《奉和登玄武楼观射即事书怀赐孟涉应制》《杂言奉和圣制至承光院见自生藤感其得地因以成咏应制》、武元衡的《奉和圣制丰年多庆九日示怀》《奉和圣制重阳日即事》、权德舆的《奉和圣制九月十八日赐百僚追赏因书所怀》《奉和圣制九日言怀赐中书门下及百僚》《奉和圣制重阳日中外同欢以诗言志因示百僚》《奉和圣制中春麟德殿会百僚观新乐》《奉和圣制中和节赐百官宴集因示所怀》《奉和圣制重阳日即事六韵》《奉和圣制丰年多庆九日示怀》。

通过对以上应制诗诗题进行梳理，不难发现，在德宗朝，权德舆的应制诗作品为数最多。权德舆作为一位政治家，深得德宗器重，仕途顺利，官至礼部尚书。他的这一显赫地位，使他更容易与皇帝相处并奉命进行应制诗创作。他的应制诗作品多为侍宴奉和之作，多辞藻华丽，以粉饰太平、歌功颂德为主，且颂圣之意浅俗浓烈。如《奉和圣制九月十八日赐百僚追赏因书所怀》。

奉和圣制九月十八日赐百僚追赏因书所怀
唐·权德舆
锡宴朝野洽，追欢尧舜情。
秋堂丝管动，水榭烟霞生。
黄花媚新霁，碧树含余清。

同和六律应，交泰万宇平。
春藻下中天，湛恩阐文明。
小臣谅何以，亦此摽华缨。

该首应制诗为五言排律。全诗采用了对偶、拟人、夸张、用典等修辞手法。通过对"尧舜""丝管""烟霞""黄花""新霁""碧树""余清""六律""万宇""春藻""湛恩""华缨"等一系列华词丽语的使用，营造出歌舞升平的祥和气象。特别是最后"小臣谅何以，亦此摽华缨"两句，作者的谄媚颂圣之态尽显。可见，这一时期应制诗作者的修辞心理是狭隘单薄的，盛唐时期博大鸿通的气象已消失殆尽。

通过对德宗朝的十九首应制诗进行分析，我们还发现，这一时期的应制诗作品多与政治主题相关，如《奉和御制麟德殿宴百僚应制》《奉和登玄武楼观射即事书怀赐孟涉应制》《奉和圣制丰年多庆九日示怀》《奉和圣制九月十八日赐百僚追赏因书所怀》《奉和圣制九日言怀赐中书门下及百僚》《奉和圣制重阳日中外同欢以诗言志因示百僚》等。这些应制诗多堆砌辞藻，用语艳丽，主题均为粉饰太平，歌功颂德。

中晚唐时期的应制诗，描写景物的不多，即使有个别诗篇以景物描写为主题，也难见盛唐时期清新明丽的诗风。如窦叔向的《春日早朝应制》。

春日早朝应制
唐·窦叔向

紫殿俯千官，春松应合欢。
御炉香焰暖，驰道玉声寒。
乳燕翻珠缀，祥乌集露盘。
宫花一万树，不敢举头看。

该首应制诗为五言律诗。诗题虽关涉春天时令，但诗歌的具体内容却并未对春天的景物进行详细的描写。作者为了表现皇家气象，便将皇宫里的景物进行大量的铺排、堆砌。特别是诗歌的最后一联，作者的颂圣谄媚之态浅俗直白。纵观全诗，诗歌原本该有的意境美全无。

总体来看，中晚唐时期的应制诗，数量少，质量也不高。这一时期，应制诗作者的修辞心理是低落和犹豫的。即便在德宗时期，应制诗创作有些起色，但和初盛唐时期相比，应制诗作者的修辞心理仍是极度缺乏自信的，缺少初唐的自信从容和盛唐的昂扬鸿通。

第五章

唐代应制诗修辞对唐诗律化及繁荣的影响

应制诗因其内容上的歌功颂德和形式上的华丽藻饰，导致其长期不被诗评家所重视。如明代杨慎在其《升庵诗话》中就云应制诗"命题既同，体制复一，其绮绘有余，而微乏韵度"[1]。清代薛雪在其《一瓢诗话》中也云："此等诗竟将堂皇冠冕之字，垒成善颂善祷之辞，献谀呈媚，岂有佳作？"清代朱庭珍的《筱园诗话》在评价应制诗时亦云："骨有余而韵不足，格有余而神不足，气有余而情不足，则为板重之病，为晦涩之病，非平实不灵，即生硬枯瘦矣。"[2] 可以说，在中国古代的诗评著作中，对应制诗的类似评价长期存在、不绝于耳。正是这一不良传统，导致历代唐诗研究者对应制诗存在偏见，总是对唐代应制诗敬而远之，即使有些学者在对唐诗展开研究时对其稍有涉及，也多是以贬低为主，难有客观、公允的评价。我们认为，唐代应制诗作为唐诗的重要组成部分之一，是与中国文学史，特别是与中国诗歌史的发展紧密相连的，是在与其他部类诗歌相互影响和相互借鉴中推动诗歌整体创作水平向前发展的。《隋书·王胄传》就载："大业初，为著作佐郎，以文词为炀帝所重。帝常自东都还京师，赐天下大酺，因为五言诗，诏胄和之。其词曰：'河洛称朝市，崤函实奥区。周营曲阜作，汉建奉春谟。大君苞二代，皇居盛两都。招摇正东指，天驷乃西驱。展辂齐玉轪，式道耀金吾。千门

---

[1]（明）杨慎撰，王大厚笺证：《升庵诗话新笺证》，中华书局2008年版，第518页。

[2]（清）朱庭珍：《筱园诗话》卷一，载郭绍虞编选，富寿荪校点《清诗话续编》，上海古籍出版社1983年版，第2346页。

驻罕罼，四达俨车徒。是节春之暮，神皋华实敷。皇情感时物，睿思属枌榆。诏问百年老，恩隆五日酺。小人荷熔铸，何由答大炉。'帝览而善之，因谓侍臣曰：'气高致远，归之于胄；词清体润，其在世基；意密理新，推庾自直。过此者，未可以言诗也。'帝所有篇什，多令继和。与虞绰齐名，同志友善，于时后进之士咸以二人为准的。"① 王胄、虞世基、庾自直等人的应制诗被皇帝推荐给"后进之士"作为范本进行学习，这就反映出应制诗对其他部类的诗歌创作是有一定影响的。下面，我们就对唐代应制诗，特别是唐代应制诗修辞对唐诗律化和唐诗最终繁荣所产生的积极影响展开论述。

第一节　唐代应制诗修辞对唐诗律化的影响

　　重视声律和声律技巧的成熟是唐代诗歌繁荣的重要因素之一。对诗歌声律的重视，可以追溯到齐梁间的"永明体"诗歌。学界一般认为应制诗的首创者为梁朝的沈约，而沈约也是声律说的提倡者、践行者和相关理论的研究者。因此，可以说声律与应制诗从产生之初就是紧密相连的。另外，我们从诗歌律化的过程来看，除沈约之外，其他几位关键人物，如南齐的王融、谢朓，唐代的上官仪、崔融、李峤、苏味道、杜审言、沈佺期、宋之问、王维等，他们也都是应制诗的创作者，而且都有为数不少的名篇传世。诗歌律化涉及诗歌句数、每句字数、对仗、平仄、用韵等几个方面，而其中与修辞直接相关的是对仗，也就是对偶。

　　唐代应制诗作者为了实现应制诗外在的视觉形式美和听觉的声律美，极为重视对偶，如"雨洗亭皋千亩绿，风吹梅李一园香"（张说《奉和圣制春日出苑应制》）、"波摇岸影随桡转，风送荷香逐酒来"（武平一《兴庆池侍宴应制》）、"杨柳千条花欲绽，葡萄百丈蔓初萦"（沈佺期《奉和春日幸望春宫应制》）、"宫梅间雪祥光遍，城柳含烟淑气浓"（阎朝隐《奉和圣制春日幸望春宫应制》）、"石泉石镜恒留月，山鸟山花竞逐风"（姚崇《奉和圣制夏日游石淙山》）、"水光浮落照，霞彩淡轻烟"（李百药《奉和初春出游应令》）、"宫似瑶琳匣，庭如月华满"（张说《奉和圣

---

① （唐）魏徵等：《隋书》，中华书局1973年版，第1742页。

制温汤对雪应制》)、"清风涤暑气,零露净嚣尘"(虞世南《奉和月夜观星应令》)、"去鸟随看没,来云逐望生"(许敬宗《奉和初春登楼即目应诏》)、"风来花自舞,春入鸟能言"(宋之问《春日芙蓉园侍宴应制》)、"紫菊宜新寿,丹萸辟旧邪"(赵彦昭《奉和九日幸临渭亭登高应制》),等等。甚至,有些唐代应制诗,除了尾联因颂圣不便采用对偶修辞手法之外,其他三联均采用了对偶手法,如李乂的《奉和人日清晖阁宴群臣遇雪应制》。

奉和人日清晖阁宴群臣遇雪应制

唐·李乂

上日登楼赏,中天御辇飞。

后庭联舞唱,前席仰恩辉。

睿作风云起,农祥雨雪霏。

幸陪人胜节,长愿奉垂衣。

该首应制诗为标准的五言律诗,全诗押微韵。诗的首联、颔联和颈联均采用了对偶的修辞手法,且对仗较为工稳。唐代应制诗发展到中宗朝时期,作者对应制诗声律和对仗的要求变得更为精到和严格。这方面的代表人物为上官仪。他根据自己的创作实践总结出"六对"和"八对"说,同时,他还将"四声"简化为"平仄"二元对立,并对"黏对"规则进行了概括总结,这些都对唐代近体诗格律的成熟起到了关键的推动作用。特别是上官仪对对仗的规则进行细化和精确化,更便于诗人掌握对仗的技巧,这无疑大大地提高了唐代律诗颔联和颈联的合律程度。

上官仪有关对仗的诗歌理论同他的诗歌实践是高度统一的,这在他的应制诗作品中表现得极为明显,如《奉和过旧宅应制》。

奉和过旧宅应制

唐·上官仪

石关清晚夏,璇舆御早秋。

神麾飏珠雨,仙吹响飞流。

沛水祥云泛，宛郊瑞气浮。
大风迎汉筑，丛烟入舜球。
翠梧临凤邸，滋兰带鹤舟。
偃伯歌玄化，扈跸颂王游。
遗簪谬昭奖，珥笔荷恩休。

该首应制诗为五言排律，全诗押尤韵。整首诗共七联，每联的出句和对句均采用了对偶的修辞手法，对仗极为工稳，如第一联出句中的"石关""清""晚夏"分别与对句中的"璇舆""御""早秋"严格对仗；第三联出句中的"沛水""祥云""泛"分别与对句中的"宛郊""瑞气""浮"严格对仗；第五联出句中的"翠梧""临""凤邸"与对句中的"滋兰""带""鹤舟"对仗也极为工整。纵观全诗，对仗手法的成功运用，构建出浓郁的形式美和韵律美。

继上官仪之后，对唐代诗歌格律的发展和完善推动作用较大的应制诗作者，还有杜审言、李峤、沈佺期、宋之问等。他们的应制诗作品，除了为数不多的古体外，多为近体诗，而且这些应制诗大多对仗工整，声律和谐，能在满足平仄和黏对要求的同时，照顾到诗歌的整体格局，这就为唐诗的总体繁荣打下了坚实的基础。如李峤的《奉和初春幸太平公主南庄应制》。

奉和初春幸太平公主南庄应制
唐·李峤
主家山第接云开，天子春游动地来。
羽骑参差花外转，霓旌摇曳日边回。
还将石溜调琴曲，更取峰霞入酒杯。
銮辂已辞乌鹊渚，箫声犹绕凤皇台。

该首应制诗为标准的七言律诗，押咍韵。全诗八句四联的平仄依次为：｜——｜｜—，—｜——｜｜—。｜｜———｜｜，———｜｜——。——｜｜｜｜，｜｜———｜｜—。｜｜——｜｜，———｜｜——。可见该首诗的平仄、黏对均符合格律要求。诗歌构思精巧，语词雅丽，对仗工稳，韵度谨严。明末清初著名的诗评家金圣叹将其赞誉为："纯用大笔大墨，不着一丝纤巧，允为一代作者冠冕。"[①] 本次君臣畅游，共创作同题应制诗八首，其中，除一首有两处失黏外，其余七首均全部合律。所以，从一定程度上讲，在特定的历史时期内，唐代应制诗的进步与唐诗律化的发展是同步的。

总体来看，应制诗自身的特殊性，决定了其在确保颂圣这一主旨不可违背的前提下，必须在竞争中脱颖而出，这就离不开选用对偶辞格所构建出的形式美，以及运用对偶与平仄、黏对等技巧共同营造出的声律美，而这些都客观地促进了唐代诗歌律化的进程。

第二节　唐代应制诗修辞对唐诗繁荣的影响

美国著名唐诗研究专家宇文所安在其著作《初唐诗》中认为："宫廷诗的传统为王维提供了诗中的大部分固定成分：三部式、对偶技巧及各种意象的丰富联系。但是，宫廷诗还提供了同等价值的、宫廷诗时代之前大部分诗歌所缺乏的某种东西：它给了诗人控制力，这种与艺术保持距离的感觉使他得以将它看成艺术。只有保持这种距离，诗人才能避免简单地陈述诗意，学会将所要表达的真正意思蕴涵在诗篇中。"[②] 可以说，宇文所安对宫廷诗的评价是比较客观的。而这一评价对作为宫廷诗重要组成部分之一的唐代应制诗也是合适的。

唐代诗歌的最高成就为律诗，唐诗的繁荣实际上就是律诗的繁荣。律诗形成于初唐，成熟、繁盛于中晚唐。律诗的成就在于它是在严格的束缚中开出的诗歌奇葩。律诗在其定型和成熟的过程中，总结出一套符合诗歌美学规范的程式与规则，而应制诗的创作过程就为律诗的定型与成熟提供了理想的练习场所。

应制诗为现场所作，时效是第一位的。应制诗作者为了在最短的时间内创作出一首符合规范的应制诗，他们在长期的摸索实践中，形成了

[①]（清）金圣叹：《金圣叹全集》，江苏古籍出版社1985年版，第64页。
[②][美]宇文所安：《初唐诗》，贾晋华译，生活·读书·新知三联书店2014年版，第338页。

一套程式,即三部式结构——先是陈述主题;再进行描写式的展开;最后是作者反映,多为颂圣或抒发对君恩的感激之情。这一程式被广泛地格式化于律诗的创作之中,并逐渐在大部分古诗中起主导作用。对此,宇文所安在其《初唐诗》中有一些较为精辟的论述:"首先是开头部分,通常用两句诗介绍事件。接着是可延伸的中间部分,由描写对偶句组成。最后部分是诗篇的'旨意',或是个人愿望、情感的插入,或是巧妙的主意,或是某种使前面的描写顿生光彩的结论。有时结尾两句仅是描写事件的结束。律诗理论家对这三部分做了更复杂的细分,但是这些后来的划分是描述出来的,而不是约定俗成的。较基本的三部式先于律诗形成,并超越了律诗的范围。这一时期的很大一部分诗篇虽然不是全部运用了三部式;在甚至更大的范围里,三部式成为诗歌变化和发展趋向的标准。"① "三部式不仅在早期律诗中占主导地位,而且还运用在许多发展中的古诗。"②

在唐代应制诗的三部式结构中,最出彩、也是最能显示作者才华的为中间的写景部分。应制诗作者为了在激烈的竞争中脱颖而出,他们在创作应制诗的中间写景部分时,就会大量地选用各种修辞手法,其中,对偶辞格被选用的频率最高,如武平一的《奉和立春内出彩花树应制》。

奉和立春内出彩花树应制
唐·武平一

銮辂青旂下帝台,东郊上苑望春来。
黄莺未解林间啭,红蕊先从殿里开。
画阁条风初变柳,银塘曲水半含苔。
欣逢睿藻光韶律,更促霞觞畏景催。

该首应制诗为标准的七言律诗,全诗押咍、灰二韵,两韵同用。作

---

① [美]宇文所安:《初唐诗》,贾晋华译,生活·读书·新知三联书店 2014 年版,第 189—190 页。

② [美]宇文所安:《初唐诗》,贾晋华译,生活·读书·新知三联书店 2014 年版,第 191 页。

第五章　唐代应制诗修辞对唐诗律化及繁荣的影响　◇　141

者严格地按照三部式程式进行创作，其中颔联"黄莺未解林间啭，红蕊先从殿里开"和颈联"画阁条风初变柳，银塘曲水半含苔"均采用了对偶的修辞手法，对仗极为工稳。另如刘宪的应制诗《侍宴长宁公主东庄》。

侍宴长宁公主东庄
唐·刘宪
公主林亭地，清晨降玉舆。
画桥飞渡水，仙阁涌临虚。
晴新看蛱蝶，夏早摘芙蕖。
文酒娱游盛，忻叨侍从余。

该首应制诗为标准的五言律诗，全诗押鱼韵。诗歌采用三部式结构，首联交代公主东庄的位置，并写玉饰的车马前来游览。颔联采用对偶的手法，将"画桥"与"仙阁"相对、"飞渡水"与"涌临虚"相对，描写出长宁公主东庄人工所造之景的华美：画桥横跨池水；飞阁高耸，好像延伸到霄汉之间。颈联仍采用对偶手法，将"晴新"与"夏早"相对、"看蛱蝶"与"摘芙蕖"相对，形象地描绘出公主东庄自然景色之优美：晴朗的天气下，蛱蝶飞舞于花间；夏日的清晨，可以采摘荷花。环境宜人，恬静闲适。尾联表达在欢娱的酒宴之上，从游极盛，自己得以侍宴，倍感欣慰。

以上两例应制诗均为律诗，唐代应制诗中的排律亦是如此，即中间的描写部分多采用对偶的修辞手法，如张说的应制诗《扈从幸韦嗣立山庄应制》。

扈从幸韦嗣立山庄应制
唐·张说
寒灰飞玉琯，汤井驻金舆。
既得方明相，还寻大隗居。
悬泉珠贯下，列帐锦屏舒。
骑远林逾密，笳繁谷自虚。

门旗堑复磴，殿幕裏通渠。
舞凤迎公主，雕龙赋婕妤。
地幽天赏洽，酒乐御筵初。
菲才叨侍从，连藻愧应徐。

该首应制诗为五言排律，全诗押鱼韵。该首应制诗描写的是作者陪侍皇帝幸临韦嗣立山庄的景况与情感，盛赞山庄景色之清幽，宴乐之美妙，深表感恩之情。诗的前两联写将葭烧成灰，放在律管中吹奏，玉制的管乐，因为律气应，所以寒灰飞；以乐声陪衬皇帝出游，点明出游的兴致之高涨。接下来的四联均采用对偶的修辞手法，集中写景，写出山庄的景色之优美。倒数第二联，再次强调宴饮之欢乐。末联以自谦没有才能，却得以陪同侍宴作结，暗表感谢皇恩之意。

还有一些应制诗的中间部分在描写景物时，会将对偶辞格和其他修辞手法融合起来使用，如宋之问的《奉和立春日侍宴内出剪彩花应制》。

奉和立春日侍宴内出剪彩花应制
唐·宋之问
金阁妆新杏，琼筵弄绮梅。
人间都未识，天上忽先开。
蝶绕香丝住，蜂怜艳粉回。
今年春色早，应为剪刀催。

该首应制诗为标准的五言律诗，全诗押咍、灰二韵，两韵可换用。诗的颈联"蝶绕香丝住，蜂怜艳粉回"在选用对偶修辞手法的同时，还采用了拟人的修辞手法，写春蝶、蜜蜂惜香恋艳，翩翩起舞，因为春信一到，万紫千红的春之盛景即将到来，透露出浓浓的喜悦之情。

可以说，对偶辞格成就了唐代的应制诗，而应制诗又以自己的特殊影响力促进了唐代格律诗的繁荣。

用典也是唐代应制诗作者最勤于使用的辞格之一，其对唐诗的繁荣也有较大的影响。宋代葛立方在其诗评著作《韵语阳秋》中曰："应制诗非他诗比，自是一家句法，大抵不出于典实富艳尔……皆典实富艳有余，若作清癯平淡之语，终不近尔。"① 这句话明确地指出了应制诗重视"典实"的这一特点。这一特点是由应制诗的本质属性所决定的。应制诗为受帝王之命、现场所作，既有君主在场的庄严性，又有创作场域的封闭性，还有展现才华的竞争性。应制诗作者为了在确保让君王欢心的前提下，使自己的应制之作得以脱颖而出，无不在诗歌的辞藻上下足功夫，力求通过选用恰当的典故来施展自己的才华，如"发生同化育，播物体陶钧"（许敬宗《奉和元日应制》）、"佳气浮仙掌，熏风绕帝梧"（岑文本《奉和正日临朝》）、"圣藻凌云裁柏赋，仙歌促宴摘梅春"（韦元旦《奉和人日重宴大明宫恩赐彩缕人胜应制》）、"陛下治万国，臣作水心人"（阎朝隐《三日曲水侍宴应制》）、"无路乘槎窥汉渚，徒知访卜就君平"（邵昇《奉和初春幸太平公主南庄应制》）、"青鸟白云王母使，垂藤断葛野人心"（张易之《奉和圣制夏日游石淙山》）、"瑶台半入黄山路，玉槛傍临玄霸津"（卢藏用《奉和立春游苑迎春应制》），等等。甚至，有些唐代应制诗同时选用多个典故，如宗楚客的《奉和圣制喜雪应制》。

奉和圣制喜雪应制
唐·宗楚客
飘飘瑞雪下山川，散漫轻飞集九埏。
似絮还飞垂柳陌，如花更绕落梅前。
影随明月团纨扇，声将流水杂鸣弦。
共荷神功万庾积，终朝圣寿百千年。

该首应制诗为七言律诗，押先韵。全诗除了首联解题和尾联颂圣之外，中间写景的两联均采用了用典的修辞手法，其中，"似絮"典出自《世说新语》，"落梅"典出自《太平广记》，"团纨扇"出自《怨歌行》，"鸣弦"出自《论语》。

当然，唐代应制诗为了满足颂圣的需要，其用典也颇具自身特点，即多用圣君贤臣之典。因汉朝与唐朝有诸多相似之处，所以唐代的应制诗作者多选用与汉朝皇帝相关的典故来颂扬当时的君主。汉高祖刘邦，

---

① （宋）葛立方：《韵语阳秋》，上海古籍出版社1984年版，第28页。

灭秦建汉，为一代枭雄，与他相关的"大风歌"之典就多被唐代应制诗作者所选用，如"大风迎汉筑，丛烟入舜球"（上官仪《奉和过旧宅应制》），这里是以汉高祖返乡比拟唐太宗过旧宅；"停舆兴睿览，还举大风篇"（王德真《奉和圣制过温汤》），这里是将唐高宗的《过温汤》诗比作汉高祖的《大风歌》；"延襟小山路，还起大风歌"（刘祎之《奉和别越王》），这里是将唐高宗的《别越王》诗比作汉高祖的《大风歌》；"岩壑清音暮，天歌起大风"（张说《奉和圣制登骊山瞩眺应制》），这里是以汉高祖作的《大风歌》比拟唐中宗的《登骊山》之作；"日宇开初景，天词掩大风"（薛稷《慈恩寺九日应制》），这里是以刘邦《大风歌》为衬托，夸赞唐中宗的诗才之高；"同沾小雨润，窃仰大风诗"（赵彦昭《奉和幸大荐福寺》），荐福寺为唐中宗的旧宅，这里是以刘邦的《大风歌》比拟唐中宗重返旧宅所咏之作；"欣承大风曲，窃预小童讴"（郑愔《奉和幸大荐福寺》），这里也是以刘邦回归故里时所作的《大风歌》比拟唐中宗返旧宅所咏的诗篇；等等。

汉武帝作为一代圣君，对内大力推行改革，"罢黜百家，独尊儒术"；对外大败匈奴，开辟丝绸之路，开创了西汉王朝的鼎盛时期。与他相关的"横汾"典和"昆明灰"典在唐代应制诗中被选用的频率也极高。选用"横汾"典的唐代应制诗句如"横汾宴镐欢无极，歌舞年年圣寿杯"（李适《帝幸兴庆池戏竞渡应制》），这里是以汉武帝横汾之行比喻唐中宗兴庆池观赛舟之举；"圣图恢宇县，歌赋小横汾"（苏颋《奉和圣制登骊山高顶寓目应制》），这里是以汉武帝游横汾赋《秋风辞》为衬托，称颂唐中宗《登骊山》之作；"贵主称觞万年受，还轻汉武济汾游"（李适《侍宴安乐公主庄应制》），这里是以汉武帝济汾之游为衬托，颂扬唐中宗在安乐公主山庄的宴游；"群臣相庆嘉鱼乐，共晒横汾歌咏秋"（徐彦伯《奉和兴庆池戏竞渡应制》），这里是以汉武帝横汾游玩衬托唐中宗观竞渡之游；"皆言侍跸横汾宴，暂似乘槎天汉游"（徐彦伯《上巳日祓禊渭滨应制》），这里是以汉武帝"横汾宴"，代指唐中宗祓禊渭水之滨君臣宴饮；"汉武横汾日，周王宴镐年"（张说《承和圣制暇日与兄弟同游兴庆宫作应制》），这里是以汉武帝济汾宴饮并赋《秋风辞》，来比拟唐玄宗与其兄弟同游并赋诗；"思逸横汾唱，欢留宴镐杯"（沈佺期《奉和晦日贺幸昆明池应制》），这里是以汉武帝游横汾赋《秋风辞》，来比拟唐中宗游

第五章　唐代应制诗修辞对唐诗律化及繁荣的影响　◇　145

昆明池赋诗";"兴逸横汾什,恩褒作颂才"(袁晖《奉和圣制答张说扈从南出雀鼠谷之作》),这里是以"横汾什"喻指唐玄宗的答张说之作;"鸣銮初幸代,旋盖欲横汾"(席豫《奉和圣制答张说南出雀鼠谷》),这里是以汉武帝汾上之行,来比拟唐玄宗南出雀鼠谷之行;"岂如横汾唱,其事徒骄逸"(崔元翰《奉和圣制重阳旦日百僚曲江宴示怀》),这里是以"横汾唱"为反衬,对皇帝重阳日宴百僚予以歌颂;等等。

"昆明灰"典出自晋朝干宝的《搜神记》,书中记载:"汉武帝凿昆明池,极深,悉是灰墨,无复土,举朝不解,以问东方朔。朔曰:'臣愚不足以知之,试问西域人。'至后汉明帝时,西域道人来洛阳,时有忆朔言者,乃试以武帝时灰墨问之,道人云:'经云,天地将尽则劫烧,此劫烧之余灰也。'"后世就用"昆明灰"喻指战火遗迹,或用以咏昆明池等。采用此典的唐代应制诗诗句有"下辇登三袭,褰旒望九垓"(刘宪《奉和幸三会寺应制》),三会寺与昆明池故址均在长安城西南,诗中借以咏寺中古池;"象溟看浴景,烧劫辨陈灰"(宋之问《奉和晦日幸昆明池应制》)、"劫尽灰犹识,年移石故留"(李乂《奉和晦日幸昆明池应制》)以及"怀旧苑经寒,露残池问劫"(郑愔《奉和幸三会寺应制》),均是以"昆明灰"咏昆明池。

唐代应制诗除了对与汉代帝王相关的典故多有选用之外,对与尧、舜等远古帝王相关的典故也多有选用,其中被选用频率最高的应为"熏风"(又写作"薰风""南风")典,如"既欣东日户,复咏南风篇"(魏徵《奉和正日临朝应制》),这里是借《南风》将唐太宗同舜帝相比;"湛露飞尧酒,熏风入舜弦"(宗楚客《奉和幸上阳宫侍宴应制》),这里是以"熏风"喻指皇帝所作的诗作;"为奏薰琴唱,仍题宝剑名"(张九龄《奉和圣制送尚书燕公赴朔方》),燕公就是张说,这里是以"薰琴唱"喻指唐玄宗的《送张说巡边》诗;"汉酺歌圣酒,韶乐舞薰风"(张九龄《奉和圣制登封礼毕洛城酺宴》),这里选用"熏风"典,是将当时的皇帝与舜帝相比;等等。

除了以上所论述的几类典故之外,其他用以歌颂贤君圣主的典故,像"湛露""钧天""宴镐""涂上""南山寿""德音"等也多次被选用。

唐代应制诗中有一类是涉及皇家公主的,据统计,此类应制诗共有一百一十八首，约占唐代应制诗总数的15%。如涉及太平公主的应制诗，有李峤的《太平公主山亭侍宴应制》、郭正一的《奉和太子纳妃太平公主出降》、张昌宗的《太平公主山亭侍宴》、张易之的《侍从过公主南庄侍宴探得风字应制》、赵彦昭的《奉和初春幸太平公主南庄应制》等，共有二十二首；涉及安乐公主的应制诗，有杜审言的《岁夜安乐公主满月侍宴应制》、赵彦昭的《安乐公主移入新宅侍宴应制同用开字》、苏颋的《侍宴安乐公主山庄应制》、马怀素的《奉和幸安乐公主山庄应制》、崔日用的《夜宴安乐公主宅》等，共有三十一首；涉及金城公主的应制诗，有刘宪的《奉和送金城公主入西蕃应制》、张说的《奉和圣制送金城公主适西蕃应制》等，共有二十八首；涉及长宁公主的应制诗，有郑愔的《中宗降诞日长宁公主满月侍宴应制》、李峤的《侍宴长宁公主东庄应制》、上官婉儿的《游长宁公主流杯池》组诗二十五首等，共有三十四首；涉及玉真公主的应制诗，有王维的《奉和圣制幸玉真公主山庄因题石壁十韵之作应制》、张说的《奉和圣制同玉真公主过大哥山池题石壁应制》《奉和圣制同玉真公主游大哥山池题石壁》等，共有三首。在这些应制诗中，与七仙女相关的典故"乘槎""支机石"，以及与秦穆公之女弄玉相关的典故"凤皇台"，被选用的频率就极高。

　　典故"乘槎"出自晋代张华《博物志》，书中云："旧说云天，河与海通，近世有人居海渚者，年年八月有浮槎去来不失期。乘槎而去……奄至一处……遥望宫中多织妇，见一丈夫牵牛，渚次饮之。牵牛乃惊问曰：'何由至此？'……此人问：'此是何处？'答曰：'君还至蜀郡，访严平，则知之。'竟不上岸，因还如期。后至蜀，问君平，曰：'某年月日有客星犯牵牛宿。'计年月，正是此人到天河时也。"[1] 后因以将其用作咏颂牛郎织女或仙境的典故。采用该典的唐代应制诗诗句如"无路乘槎窥汉渚，徒知就卜访君平"（邵昇《奉和初幸太平公主南庄应制》），这里是以织女所在的天河仙境比拟公主庄园，以表达赞美之意；"今日扈跸平阳馆，不羡乘槎天汉边"（苏颋《奉和初春幸太平公主南庄应制》），这里是说太平公主南庄胜过织女仙境，夸饰意味极浓；"庭养冲天鹤，溪流上汉槎"（王维《奉和圣制幸玉真公主山庄因题石壁十韵之作应制》），

---

[1] （晋）张华撰，范宁校证：《博物志校证》，中华书局2014年版，第111页。

这里是说玉真公主山庄有溪流可以泛舟，暗以仙境相比。

典故"支机石"，出自《太平御览》卷八引的《集林》，书中曰："昔有一人寻河源，见妇人浣纱以问之，曰：'此天河也。'乃与一石。而归问严君平云：'此织女支机石也。'"① "支机石"是传说中织女所用，诗文中常用作咏天河、七夕或石头的典故。在唐代应制诗中，选用此典的诗句如"借问游天使，谁能取石回"（李适《安乐公主移入旧宅》），这里是用支机石之典，暗将公主新宅比作织女所在的天上仙境，赞美之意尽显；"买地铺金曾作垮，寻河群石旧支机"（沈佺期《奉和春初幸太平公主南庄应制》），这里是以天上的支机石比喻太平公主南庄中的奇石，借以表现公主极尽搜奇之能事。

典故"凤皇台"，出自北魏郦道元的《水经注》，该书卷十八《渭水二》曰："（雍）又有凤台、凤女祠。秦穆公时有箫史者，善吹箫，能致白鹄孔雀。穆公女弄玉好之，公为作凤台以居之。积数十年，一旦随凤去。云雍宫世有箫管之声焉，今台倾祠毁，不复然。"② 凤女台在今陕西省宝鸡市东南，传说为春秋时秦穆公之女弄玉夫妇所居，后因以用作咏公主宅邸的典故。采用该典故的唐代应制诗诗句如"鸾辂已辞乌鹊渚，箫声犹绕凤皇台"（李峤《奉和初春幸太平公主南庄应制》），这里借用此典，是衬托太平公主南庄乐声之悠扬动听；"龙舟下瞰鲛人室，羽节高临凤女台"（李峤《太平公主山亭应制》），这里是以"凤女台"代指太平公主山亭，以表赞颂之意。

在中国古代的诗歌史中，应制诗可以说是用典最为繁复的诗歌形态之一。应制诗特殊的写作背景，将用典与诗歌紧密地联系在了一起，造成应制诗"富于典实"的特点。应制诗作为君臣活动现场的即兴之作，在同一场合下，应制诗作品的数量一般会不止一首，这样就必然会有高低、优劣之分，这种即兴诗文创作比赛的性质就使得用典在诗文创作中变得更为流行。除了受君主之命写作应制诗作品之外，应制诗作者在其他场合也会不由自主地将写作应制诗的用典经验推及普通诗歌的创作之中，这就在一定程度上，促进了用典在诗歌整体创作上的运用。从唐代

---

① （宋）李昉等：《太平御览》，中华书局1960年版，第42页。
② （北魏）郦道元著，陈桥驿校证：《水经注校证》，中华书局2007年版，第441页。

应制诗自身勤于用典到用典在唐代诗歌整体创作中成为一种普遍的技巧，唐代应制诗作者在其中的推动作用是不容小觑的。

　　唐代应制诗作者因受时代和创作场域的影响，均具有浓郁的修辞心理，他们在追求诗歌形式美和声律美的同时，也注意表意的贴切和对诗歌意境的营造，这就督促诗人在创作中不断地尝试和创新，从而促进了唐代诗歌的发展与繁荣。特别是唐代应制诗作者多兼具皇帝幸臣和文学领袖的身份，他们在应制诗创作中对诗歌技艺的探索与提升，必然被下层文人所推崇和接受，这也促进了唐代诗歌整体水平的提高。从初唐高宗、武后朝开始，因宫廷斗争的长期存在，大批应制诗作者被贬谪到地方为官，这就把他们在长期的应制诗创作中摸索出来的诗歌创作技艺与修辞技巧带到了民间，从而推动了唐朝底层文人诗艺水平的提高，这也为唐诗的整体繁荣打下了坚实的民众基础。

结　　语

在中国古代文学研究领域，唐诗研究一直是被关注的重点之一，但作为唐诗重要组成部分之一的唐代应制诗却一直被忽视。这是不够客观和公允的。造成这一局面的主要原因，一方面是古代文学研究领域长期秉承轻逻辑、重理性的惯性思维，他们把社会伦理道德掺杂于对诗歌的评价之中，多以人品代文品，忽视对文本背后深层次社会原因的探索；另一方面是他们忽视了从语言学本体层面对唐代应制诗进行研究。

从语言艺术的角度来看，因为唐代应制诗作者大多是宫廷文人，具有极高的文学修养，而且应制诗的接受对象又是高高在上的君王，这就决定了其诗歌创作必然是严谨认真且具有较高的艺术水准的。在夸饰太平、歌功颂德这一主旨不可背离的情况下，应制诗作者为了在激烈的竞争中脱颖而出，博得皇帝的认可和赞誉，进而捞取更多的政治资本，他们无不在诗歌的外在形式上和诗歌语言的打磨上下足功夫，这就导致应制诗作者的修辞心理是昂扬、饱满的，他们在应制诗的创作实践中，多重视对修辞手法的选用。

我们通过对唐代应制诗进行穷尽性的搜集与整理，并对其中所选用的辞格进行梳理和归纳，发现唐代应制诗对辞格的选用极为丰富，比喻、夸张、对偶、顶针、比拟、用典、借代、对比、反复、双关、反问、回环、映衬、移就等多种辞格均有被选用。唐代应制诗辞格选用的状况，可归纳为七点：一是对能凸显诗歌语言形象性的辞格多有选用；二是重视对凸显诗歌语言生动性的辞格进行选用；三是唐代应制诗特别重视诗歌本身的外在形式美，注重诗歌语言的整齐与对称，多选用叠字，特别重视对对偶辞格的选用；四是重视诗歌语言的变化性，对借代、顶针、反问等辞格选用的频率也较高；五是重视对抒情性辞格的选用，如多选用反复、对比等修辞格；六是唐代应制诗特别重视对用典辞格的选用。通过对典故的选用，可以使诗歌语言所蕴含的意义更为丰富，给读者构建出更大的想象空间，读后会使人产生更为丰富的联想和想象；七是唐代应制诗重视对映衬辞格的选用，多选用"红""绿""黄""紫"等表示主色调的色彩词进行衬托，映衬辞格对加强诗歌主题和强化诗歌的舞美效果意义重大。唐代应制诗是对君王所作诗歌的现场应和，或是奉君王之命现场所作，营造出鲜明的主题和华丽的审美效果就显得非常重要。唐代应制诗作者通过采用彰显浓墨重彩的色彩词，可以强化视觉上的冲击力，给诗歌的评判者以感官刺激，强化他们对作品的关注，从而使自己的作品获得更高的评价。

唐代应制诗作者的修辞心理是随着唐代政治、经济、文化的发展而发生相应的改变的。初唐太宗朝，应制诗作者的修辞心理是昂扬豁达的，豪情高涨，颂扬与讽谏相结合；初唐高宗、武后时期，宫廷诗坛因新鲜血液的注入而充满活力，应制诗的政治功能降低，应制诗作者的修辞心理是自足和愉悦的，应制诗多辞藻华丽，营造出富丽堂皇的气象；初唐中宗、睿宗时期，整个宫廷诗坛呈现出轻松、欢愉的氛围，应制诗作者的修辞心理是相对轻松自由的，他们多关注对自然景物的欣赏与描绘，削弱了应制诗的庄严感、富贵气和呆板的体制，这为盛唐山水诗的繁荣奠定了基础。盛唐时期的应制诗，虽然在数量上比初唐少了很多，但其在继承初唐诗风的同时，更多地融入了新的时代气息。这一时期，应制诗作者的修辞心理是开阔大气的，应制诗在歌功颂德的同时，更多的是彰显盛唐气象，诗风恢宏通达。中晚唐时期的政治、经济、文化已难见安史之乱前的繁荣，朋党之争、宦官专权、藩镇割据，多种矛盾交织，中央集权被大大削弱，应制诗得以产生的条件已基本消失，所以，在中晚唐一百五十年的时间里，应制诗总量不足五十首。这一时期应制诗作者的修辞心理是灰暗、焦虑和充满忧患意识的，应制诗作品留下的多是夸饰的辞藻和浅薄的颂圣。

总体来看，唐代应制诗，唐代应制诗修辞，以及唐代应制诗作者的修辞心理，对唐诗的整体繁荣是起到积极的促进作用的。对唐代应制诗的探索还需要开拓更多的研究领域。

附录一

《全唐诗》应制诗表

序号	卷数	应制诗作者	应制诗诗题	用韵	言/句	卷数	原诗作者	原诗诗题	韵原	言/句	备注
1	5	上官昭容	奉和圣制立春日侍宴内殿出剪彩花应制	鱼	5/8		中宗				
2	5	上官昭容	九月九日上幸慈恩寺登浮图臣上菊花寿酒	灰	5/8						
3	5	上官昭容	驾幸三会寺应制	尤	5/12						
4	5	上官昭容	驾幸新丰温泉宫献诗三首之一	先	5/4						
5	5	上官昭容	驾幸新丰温泉宫献诗三首之二	哈	5/4						
6	5	上官昭容	驾幸新丰温泉宫献诗三首之三	庚	5/4						
7	5	上官昭容	游长宁公主流杯池二十五首之一	清	3/4						

续表

序号	卷数	应制诗作者	应制诗诗题	用韵	言/句	卷数	原诗作者	原诗诗题	韵原	言/句	备注
8	5	上官昭容	游长宁公主流杯池二十五首之二	灰	3/4						
9	5	上官昭容	游长宁公主流杯池二十五首之三	清	4/4						
10	5	上官昭容	游长宁公主流杯池二十五首之四	支	4/4						
11	5	上官昭容	游长宁公主流杯池二十五首之五	侵	4/4						
12	5	上官昭容	游长宁公主流杯池二十五首之六	东	4/4						
13	5	上官昭容	游长宁公主流杯池二十五首之七	模	4/4						
14	5	上官昭容	游长宁公主流杯池二十五首之八	清	5/8						
15	5	上官昭容	游长宁公主流杯池二十五首之九	鱼	5/8						
16	5	上官昭容	游长宁公主流杯池二十五首之十	歌	5/8						
17	5	上官昭容	游长宁公主流杯池二十五首之十一	微	5/8						

续表

序号	卷数	应制诗作者	应制诗诗题	用韵	言/句	卷数	原诗作者	原诗诗题	韵原	言/句	备注
18	5	上官昭容	游长宁公主流杯池二十五首之十二	文	5/8						
19	5	上官昭容	游长宁公主流杯池二十五首之十三	齐	5/8						
20	5	上官昭容	游长宁公主流杯池二十五首之十四	清	5/4						
21	5	上官昭容	游长宁公主流杯池二十五首之十五	之	5/4						
22	5	上官昭容	游长宁公主流杯池二十五首之十六	青	5/4						
23	5	上官昭容	游长宁公主流杯池二十五首之十七	侵	5/4						
24	5	上官昭容	游长宁公主流杯池二十五首之十八	山	5/4						
25	5	上官昭容	游长宁公主流杯池二十五首之十九	清	5/4						
26	2	上官昭容	游长宁公主流杯池二十五首之二十	魂	5/4						
27	5	上官昭容	游长宁公主流杯池二十五首之二十一	之	5/4						

续表

序号	卷数	应制诗作者	应制诗诗题	用韵	言/句	卷数	原诗作者	原诗诗题	韵原	言/句	备注
28	5	上官昭容	游长宁公主流杯池二十五首之二十二	真	5/4						
29	5	上官昭容	游长宁公主流杯池二十五首之二十三	歌	7/4						
30	5	上官昭容	游长宁公主流杯池二十五首之二十四	麻	7/4						
31	5	上官昭容	游长宁公主流杯池二十五首之二十五	侵	7/4						
32	6	韩王元嘉	奉和同太子监守为恋	阳	5/14						
33	6	越王贞	奉和圣制过温汤	尤	5/10	2	高宗	过温汤		5/10	
34	7	尚宫宋氏若昭	奉和御制麟德殿宴百僚应制	东	5/12	4	德宗	麟德殿宴百僚	阳	5/12	
35	7	尚宫宋氏若宪	奉和御制麟德殿宴百官	阳	5/12	4	德宗	麟德殿宴百僚	阳	5/12	
36	7	鲍君徽	奉和麟德殿宴百僚应制	萧	5/12	4	德宗	麟德殿宴百僚	阳	5/12	
37	30	袁朗	秋日应诏	支	5/8						

续表

序号	卷数	应制诗作者	应制诗诗题	用韵	言/句	卷数	原诗作者	原诗诗题	韵原	言/句	备注
38	30	陈叔达	早春桂林殿应诏	麻	5/8						
39	30	杜淹	咏寒食斗鸡应秦王教	东	5/12						
40	30	林正伦	宣武门侍宴	先	5/20						
41	30	颜师古	奉和正日临朝	真	5/8	1	太宗	正日临朝	阳	5/16	
42	31	魏徵	奉和正日临朝应诏	删先	5/16	1	太宗	正日临朝	阳	5/16	
43	32	褚亮	奉和咏日午	微	5/8		太宗				
44	32	褚亮	奉和望月应魏王教	先	5/8		李泰				
45	32	褚亮	奉和禁苑饯别应令	庚	5/20		李世民				
46	33	岑文本	奉和正一作元日临朝	虞	5/16	1	太宗	正日临朝	阳	5/16	
47	33	岑文本	奉述飞白书势	鱼	5/8						
48	34	杨师道	奉和夏日晚景应诏	阳	5/12	1	太宗				
49	34	杨师道	奉和圣制春日望海	阳	5/20	1	太宗	春日望海	阳	5/12	
50	34	杨师道	奉和咏弓（纪事作董思恭诗）	先	5/4	1	太宗	咏弓	阮铣	5/4	
51	34	杨师道	奉和正日临朝应诏	真	5/4	1	太宗	正日临朝	阳	5/16	
52	34	杨师道	侍宴赋得起坐弹鸣琴二首之一	真	5/12						

续表

序号	卷数	应制诗作者	应制诗诗题	用韵	言/句	卷数	原诗作者	原诗诗题	韵原	言/句	备注
53	34	杨师道	侍宴赋得起坐弹鸣琴二首之二	先	5/12						
54	34	杨师道	赋终南山用风字韵应诏	东	5/8						
55	34	杨师道	咏饮马应诏	侵	5/8						
56	34	杨师道	初秋夜坐应诏	寒	5/8						
57	34	杨师道	应诏咏巢乌	支	5/10						
58	35	李义府	咏乌	齐	5/4						
59	35	许敬宗	奉和执契静三边应诏	平仄换韵	5/40	1	太宗	执契静三边	平仄换韵	5/40	
60	35	许敬宗	奉和行经破薛举战地应制	庚	5/20	1	太宗	经破薛举战地	平仄换韵	5/40	
61	35	许敬宗	奉和入潼关	支	5/14	1	太宗	入潼关	庚	5/14	
62	35	许敬宗	奉和春日望海	阳	5/20	1	太宗	春日望海	阳	5/20	
63	35	许敬宗	奉和元日应制	真	5/16	1	太宗	元日	阳	5/16	
64	35	许敬宗	奉和初春登楼即目应制	庚	5/16	1	太宗	初春登楼即目观作述怀	侵	5/16	
65	35	许敬宗	奉和秋日一作月即目应制	先	5/16	1	太宗	秋日即目	东	5/16	
66	35	许敬宗	奉和秋暮言志应制	微	5/10	1	太宗	秋暮言志	东	5/10	
67	35	许敬宗	奉和喜雪应制	平仄换韵	5/22	1	太宗	喜雪	平仄换韵	5/22	

续表

序号	卷数	应制诗作者	应制诗诗题	用韵	言/句	卷数	原诗作者	原诗诗题	韵原	言/句	备注
68	35	许敬宗	奉和登陕州城楼应制	东	5/10	1	太宗	春日登陕州城楼俯眺原野迴舟碧缀烟霞密翠斑红芳菲花柳即目川岫以命篇	庚	5/10	
69	35	许敬宗	奉和七夕宴悬圃应制二首	歌/戈	5/8	2	高宗	七夕宴悬圃		5/8	和作第二首依韵
70	35	许敬宗	奉和仪鸾殿早秋应制	尤	5/8	1	太宗	仪鸾殿早秋	支	5/8	
71	35	许敬宗	奉和咏雨应制	尤	5/8	1	太宗	咏雨二首	歌先	5/8	
72	35	许敬宗	奉和过慈恩寺应制	灰	5/8	1	高宗				
73	35	许敬宗	奉和过旧宅应制	阳	5/14	1	太宗	过旧宅二首	麻、东、冬	5/8 5/14	
74	35	许敬宗	奉和宴中山应制	尤	5/12	1	太宗	宴中山	阳	5/12	
75	35	许敬宗	奉和圣制登三台言志应制	尤	5/22	1	太宗	登三台言志	真	5/22	
76	35	许敬宗	奉和圣制送来济应制	尤	7/8	1	太宗	饯中书侍郎来济	阳	7/8	
77	35	许敬宗	侍宴莎册宫应制得情字	清	5/10						
78	35	许敬宗	游清都观寻沈道士得清字	清	5/16						

续表

序号	卷数	应制诗作者	应制诗诗题	用韵	言/句	卷数	原诗作者	原诗诗题	韵原	言/句	备注
79	36	虞世南	奉和幽山雨后令	东	5/10		李世民				
80	36	虞世南	奉和咏日午	麻	5/8		太宗				
81	36	虞世南	奉和咏风应魏王教	阳	5/4		李泰				
82	36	虞世南	奉和月夜观星应令（隋朝时作）	真	5/14						
83	36	虞世南	奉和至寿春应令（隋朝时作）	尤	5/20						
84	36	虞世南	奉和幸江都应令（隋朝时作）	虞	5/20						
85	36	虞世南	奉和献岁宴宫臣（隋朝时作）	先	5/8						
86	36	虞世南	奉和出颍至淮应令（隋朝时作）	侵	5/8						
87	36	虞世南	应诏嘲司花女	庚	7/4						
88	36	虞世南	发营逢雨应诏	支	5/4						
89	36	虞世南	赋得临池竹应制	支	5/8						
90	36	虞世南	初晴应教	支	5/4						
91	36	虞世南	侍宴应诏赋韵得前字	先	5/8						

续表

序号	卷数	应制诗作者	应制诗诗题	用韵	言/句	卷数	原诗作者	原诗诗题	韵原	言/句	备注
92	38	蔡允恭	奉和出颖至淮应令（隋朝时作）	微	5/8						
93	38	孙绍安	侍宴咏石榴	真	5/4						
94	39	薛元超	奉和同太子违恋	萧	5/14		李元嘉				
95	40	上官仪	奉和过旧宅应制	尤	5/14		太宗	过旧宅			
96	40	上官仪	奉和颍川公秋夜	愿翰霰	5/8		韩瑗	过旧宅			
97	40	上官仪	奉和山夜临秋	侵	5/8		太宗				
98	40	上官仪	奉和秋日即目应制	阳	5/16	1	太宗	秋日即目	东	5/16	
99	40	上官仪	早春桂林殿应诏	支	5/8						
100	40	上官仪	八咏应制二首之一	杂言诗							
101	40	上官仪	八咏应制二首之二	杂言诗							
102	40	上官仪	咏雪应诏	齐	5/8						
103	43	李百药	奉和正日临朝应诏	庚	5/8	1	太宗	正日临朝	阳	5/16	
104	43	李百药	奉和初春出游应令	先	5/8						
105	44	刘祎之	奉和太子纳妃太平公主出降	东	5/8	2	高宗	太子纳妃太平公主出降	平仄换韵	5/24	

续表

序号	卷数	应制诗作者	应制诗诗题	用韵	言/句	卷数	原诗作者	原诗诗题	韵原	言/句	备注
106	44	刘祎之	九成宫秋初应诏	寒	5/2						
107	44	刘祎之	奉和别越王	歌	5/8		李贞				
108	44	李敬玄	奉和别鲁王	先	5/14						
109	44	李敬玄	奉和别越王	阳	5/8						
110	44	张大安	奉和别越王	庚	5/8						
111	44	元万顷	奉和太子纳妃太平公主出降	支	5/8	2	高宗	太子纳妃太平公主出降	平仄换韵	5/24	
112	44	元万顷	奉和春日池台	支	5/4						
113	44	元万顷	奉和春日二首	阳微	均7/4						
114	44	郭正一	奉和太子纳妃太平公主出降	齐	5/8	2	高宗	太子纳妃太平公主出降	平仄换韵	5/24	
115	44	胡元范	奉和太子纳妃太平公主出降三首	尤队先	均5/8	2	高宗	太子纳妃太平公主出降	平仄换韵	5/24	
116	44	任希古	奉和太子纳妃太平公主出降	真	5/8	2	高宗	太子纳妃太平公主出降	平仄换韵	5/24	
117	44	裴守真	奉和太子纳妃太平公主出降三首	微敬阳	均5/8	2	高宗	太子纳妃太平公主出降	平仄换韵	5/24	
118	44	杨思玄	奉和圣制过温汤	鱼	5/10	2	高宗	过温汤		5/10	
119	44	杨思玄	奉和别鲁王	尤	5/14						

续表

序号	卷数	应制诗作者	应制诗诗题	用韵	言/句	卷数	原诗作者	原诗诗题	韵原	言/句	备注
120	44	王德真	奉和圣制过温汤	先	5/10	2	高宗	过温汤		5/10	
121	44	郑义真	奉和圣制过温汤	寒	5/10	2	高宗	过温汤		5/10	
122	44	萧楚材	奉和展礼岱宗途经濮济	庚	5/10						
123	44	薛克构	奉和展礼岱宗途经濮济	青	5/10						
124	45	许圉师	咏牛应制	真	5/4						
125	45	薛慎惑	奉和进船洛水应制（一作孙逖诗）	尤	5/8						
126	45	贺敳	奉和九月九日应制	东	5/18	1	太宗	九月九日		5/18	
127	46	狄仁杰	奉和圣制夏日游石淙山	尤	7/8	5	武后	石淙	微	7/8	
128	46	韦承庆	寒食应制	东	5/8						
129	46	崔日用	奉和九月九日登慈恩寺浮图应制	东	5/8		中宗				
130	46	崔日用	奉和圣制送张说巡边	庚	5/20	3	玄宗	送张说巡边	阳	5/20	
131	46	崔日用	奉和立春游苑迎春应制	庚	7/8	2	中宗	立春日游苑迎春	麻	7/8	
132	46	崔日用	奉和人日重宴大明宫恩赐彩缕人胜应制	萧	7/8		中宗				

续表

序号	卷数	应制诗作者	应制诗诗题	用韵	言/句	卷数	原诗作者	原诗诗题	韵原	言/句	备注
133	46	崔日用	奉和圣制龙池篇	虞	7/8						
134	46	崔日用	奉和送金城适西藩	歌	5/8		中宗				
135	46	崔日用	夜宴安乐公主宅	阳	7/4						
136	46	宗楚客	奉和人日清晖阁宴群臣遇雪应制	删	5/8		中宗				
137	46	宗楚客	奉和幸上阳宫侍宴应制	先	5/12		武后				
138	46	宗楚客	奉和幸安乐公主山庄应制	庚	7/8		中宗				
139	46	宗楚客	奉和圣制喜雪应制	先	7/8		中宗				
140	46	宗楚客	奉和九日幸临渭亭登高应制得晖字	微	5/8	2	中宗	九月九日幸临渭亭登高得秋字	尤	5/8	
141	46	宗楚客	安乐公主移入新宅侍宴应制	灰	5/8						
142	46	宗楚客	正月晦日侍宴浐水应制赋得长字	唐	5/8						
143	46	苏瑰	兴庆池侍宴应制	尤	7/8						
144	47	张九龄	奉和圣制龙烛斋祭	平仄换韵	4/20		玄宗				

续表

序号	卷数	应制诗作者	应制诗诗题	用韵	言/句	卷数	原诗作者	原诗诗题	韵原	言/句	备注
145	47	张九龄	奉和圣制喜雨	平仄换韵	4/20	3	玄宗	同刘晃喜雨	真	5/8	
146	47	张九龄	奉和圣制幸晋阳宫	寒	5/24		玄宗				
147	47	张九龄	奉和圣制次成皋先圣擒建德之所	删	5/12	3	玄宗	行次成皋途经先圣擒窦建德之所缅思功业感而赋诗	庚	5/12	
148	47	张九龄	奉和圣制赐诸州刺史以题座右	元	5/20	3	玄宗	赐诸州刺史以题座右	阳	5/20	
149	47	张九龄	奉和圣制送十道采访使及朝集史	药	5/16		玄宗				
150	47	张九龄	奉和圣制谒玄元皇帝庙斋	先	5/20		玄宗				
151	47	张九龄	奉和圣制瑞雪篇	先	杂/34		玄宗				
152	48	张九龄	奉和圣制经孔子旧宅	支	5/8	3	玄宗	经邹鲁祭孔子而叹之	东	5/8	
153	48	张九龄	奉和圣制次瓊岳韵	侵	5/8		玄宗				
154	48	张九龄	奉和圣制初出洛城	麻	5/8		玄宗				
155	48	张九龄	奉和圣制途次陕州作	东	5/8		玄宗	途次陕州	东	5/8	依韵诗
156	48	张九龄	奉和圣制次瓊岳韵	侵	5/8		玄宗				

续表

序号	卷数	应制诗作者	应制诗诗题	用韵	言/句	卷数	原诗作者	原诗诗题	原韵	言/句	备注
157	48	张九龄	奉和圣制早发三乡山行	真	7/8		玄宗				
158	48	张九龄	奉和圣制龙池篇	先	7/8		玄宗				
159	49	张九龄	奉和圣制南郊礼毕铺宴	阳	5/16		玄宗				
160	49	张九龄	奉和圣制早渡蒲津关	灰	5/12	3	玄宗	早渡蒲津关	东	5/12	
161	49	张九龄	奉和圣制同二相南出雀鼠谷	真	5/12	3	玄宗	南出雀鼠谷答张说	真	5/12	依韵诗
162	49	张九龄	奉和圣制经河上公庙	先	5/16	3	玄宗	经河上公庙	庚	5/12	
163	49	张九龄	奉和圣制送尚书燕国公赴朔方	庚	5/20		玄宗				
164	49	张九龄	奉和圣制途经华山	东	5/12	3	玄宗	途经华岳	先	5/12	
165	49	张九龄	奉和圣制早登太行率而言志	庚	5/16	3	玄宗	早发太行山中言志	阳	5/12	
166	49	张九龄	奉和圣制登封礼毕洛城铺宴	东	5/12		玄宗				
167	49	张九龄	奉和圣制过王濬墓	东/冬	5/12	3	玄宗	过王濬墓	阳	5/12	
168	49	张九龄	奉和圣制经函谷关作	庚	5/4		玄宗				
169	49	张九龄	奉和圣制度潼关口号	尤	5/4	3	玄宗	潼关口号	庚	5/4	

续表

序号	卷数	应制诗作者	应制诗诗题	用韵	言/句	卷数	原诗作者	原诗诗题	韵原	言/句	备注
170	50	杨炯	奉和上元酺宴应诏	平仄换韵	5/16						
171	51	宋之问	龙门应制		杂言/42						
172	52	宋之问	夏日仙萼亭应制	歌	5/8						
173	52	宋之问	春日芙蓉园侍宴应制	元	5/8						
174	52	宋之问	春日芙蓉园侍宴应制	宵	5/8						
175	52	宋之问	松山岭应制	微	5/8						
176	52	宋之问	麟趾殿侍宴应制	先	5/8						
177	52	宋之问	幸岳寺应制	清	5/8						
178	52	宋之问	上阳宫侍宴应制得林字	侵	5/8						
179	52	宋之问	三阳宫侍宴应制得幽字	尤	7/8						
180	52	宋之问	奉和立春日侍宴内出剪彩花应制	灰	5/8		中宗				
181	52	宋之问	奉和九月九日登慈恩寺浮图应制	先	5/8		中宗				
182	52	宋之问	奉和九日幸临渭亭登高应制得欢字	寒	5/8	2	中宗	九月九日幸临渭亭登高得秋字	尤	5/8	

续表

序号	卷数	应制诗作者	应制诗诗题	用韵	言/句	卷数	原诗作者	原诗诗题	韵原	言/句	备注
183	52	宋之问	奉和圣制闰九月九日登庄严总持二寺阁	阳	5/8		中宗				
184	52	宋之问	奉和九日登慈恩寺浮图应制	灰	5/8		中宗				
185	52	宋之问	奉和春初幸太平公主南庄应制	灰	7/8		中宗				
186	53	宋之问	奉和晦日幸昆明池应制	灰	5/12		中宗				
187	53	宋之问	奉和幸大荐福寺	微	5/12		中宗				
188	53	宋之问	奉和幸三会寺应制	先	5/12		中宗				
189	53	宋之问	奉和荐福寺应制	支	5/12		中宗				
190	53	宋之问	奉和幸神皋亭应制	真	5/12						
191	53	宋之问	奉和幸长安故城未央宫应制	东	5/12		中宗				
192	53	宋之问	奉和幸韦嗣立山庄侍宴应制（一作李乂诗）	鱼	5/16		韦嗣立				
193	53	宋之问	扈从登封告成颂应制	虞	5/16						

续表

序号	卷数	应制诗作者	应制诗诗题	用韵	言/句	卷数	原诗作者	原诗诗题	韵原	言/句	备注
194	53	宋之问	宴安乐公主宅得空字	东	5/12						
195	53	宋之问	苑中遇雪应制	咍	7/4						
196	53	宋之问	奉和春日玩雪应制	麻	7/4						
197	54	崔湜	奉和登骊山高顶寓目应制	灰	5/8	2	中宗	登骊山高顶寓目	虞	5/8	
198	54	崔湜	奉和送金城公主适西藩应制	尤	5/8		中宗				
199	54	崔湜	奉和春日幸望春宫（一作立春内出彩花应制）	东	7/8		中宗				
200	54	崔湜	奉和幸韦嗣立山庄侍宴应制	侵	5/16		韦嗣立				
201	54	崔湜	奉和幸韦嗣立山庄应制	真	7/4		韦嗣立				
202	54	崔湜	侍宴长宁公主东庄应制	桓	5/8						
203	54	崔湜	慈恩寺九日应制	灰	5/8						
204	54	崔湜	幸梨园亭观打球应制	尤	5/8						
205	57	李峤	奉教追赴九成宫途中口号	昔	5/14						

续表

序号	卷数	应制诗作者	应制诗诗题	用韵	言/句	卷数	原诗作者	原诗诗题	韵原	言/句	备注
206	58	李峤	春日侍宴幸芙蓉园应制	宵	5/8						
207	58	李峤	侍宴桃花园咏桃花应制	阳	7/4						
208	58	李峤	侍宴长宁公主东庄应制	宵	5/8						
209	58	李峤	立春日侍宴内殿出剪彩花应制	真	5/8						
210	58	李峤	甘露殿侍宴应制	麻	5/8						
211	58	李峤	奉和送金城公主适西藩应制	真	5/8		中宗				
212	58	李峤	奉和人日清晖阁群臣遇雪应制	真	5/8		中宗				
213	58	李峤	奉和春日游苑喜雨应制	灰	5/8						
214	58	李峤	奉和七夕两仪殿会宴应制	歌	5/8						
215	58	李峤	奉和九月九日登慈恩寺浮图应制	灰	5/8		中宗				
216	58	李峤	奉和登骊山高顶寓目应制	先	5/8	2	中宗	登骊山高顶寓目		5/8	

续表

序号	卷数	应制诗作者	应制诗诗题	用韵	言/句	卷数	原诗作者	原诗诗题	韵原	言/句	备注
217	58	李峤	奉和初春幸太平公主南庄应制	灰	7/8		中宗				
218	58	李峤	奉和拜洛应制	灰	5/10						
219	58	李峤	奉和幸大荐福寺应制	先	5/12		中宗				
220	58	李峤	闰九月九日幸总持寺登浮图应制	先	5/8						
221	58	李峤	中宗降诞日长宁公主满月侍宴应制	先	5/8						
222	58	李峤	九日应制得欢字	灰	5/12		中宗				
223	58	李峤	二月奉教作	微	5/8						
224	58	李峤	三月奉教作	齐	5/8						
225	58	李峤	四月奉教作	鱼	5/8						
226	58	李峤	五月奉教作	唐	5/8						
227	58	李峤	六月奉教作	哈	5/8						
228	58	李峤	八月奉教作	寒	5/8						
229	58	李峤	九月奉教作	钟	5/8						
230	58	李峤	十月奉教作	东	5/8						
231	58	李峤	十一月奉教作	宵	5/8						
232	58	李峤	十二月奉教作	阳	5/8						
233	58	李峤	游禁苑陪幸临渭亭遇雪应制	先	5/8						

续表

序号	卷数	应制诗作者	应制诗诗题	用韵	言/句	卷数	原诗作者	原诗诗题	韵原	言/句	备注
234	58	李峤	送沙门弘景道俊玄奘还荆州应制（一作宋之问诗）	阳	5/8						
235	58	李峤	奉和幸长安故城未央宫应制	灰	5/12		中宗				
236	58	李峤	奉和幸望春宫送朔方总管张仁亶应制	真	5/2		中宗				
237	58	李峤	奉和幸三会寺应制	鱼	5/10		中宗				
238	58	李峤	奉和天枢成宴夷夏群僚应制	灰	5/10		中宗				
239	58	李峤	奉和韦嗣立山庄侍宴应制	鱼	5/20		韦嗣立				
240	58	李峤	奉和杜员外扈从教阅	阳	5/20		杜审言				
241	58	李峤	奉和圣制幸韦嗣立山庄应制	麻	7/4		韦嗣立				
242	61	李峤	太平公主山亭侍宴应制	哈	7/8						
243	61	李峤	人日侍宴大明宫恩赐彩缕人胜应制	真	5/8						

续表

序号	卷数	应制诗作者	应制诗诗题	用韵	言/句	卷数	原诗作者	原诗诗题	韵原	言/句	备注
244	61	李峤	游苑遇雪应制	灰	7/4						
245	62	杜审言	望春亭侍游应诏	支	5/8						
246	62	杜审言	宿羽亭侍宴应制	灰	5/8						
247	62	杜审言	岁夜安乐公主满月侍宴应制	真	5/8						
248	62	杜审言	蓬莱三殿侍宴奉敕咏终南山应制	先	5/8						
249	62	杜审言	扈从出长安应制	真	5/20						
250	62	杜审言	守岁侍宴应制	先	7/8						
251	62	杜审言	奉和七夕两仪殿应制	微	5/8		中宗				
252	64	姚崇	奉和圣制夏日游石淙山	东	7/8		武则天	石淙			
253	64	姚崇	奉和圣制龙池篇	真	7/8		玄宗				
254	64	姚崇	春日洛阳城侍宴	齐	5/8						
255	64	姚崇	故洛阳城侍宴应制	清	5/8						

续表

序号	卷数	应制诗作者	应制诗诗题	用韵	言/句	卷数	原诗作者	原诗诗题	韵原	言/句	备注
256	64	宋璟	奉和御制璟与张说源乾曜同日上官命都堂赐诗应制	鱼	5/16	3	玄宗	左丞相说右丞相璟太子少傅乾曜同日上官命宴东堂赐诗	真	5/16	
257	64	宋璟	奉和圣制张说巡边	庚	5/20	3	玄宗	送张说巡边	阳	5/20	
258	64	宋璟	奉和圣制同二相已下群官乐游园宴	尤	5/12	3	玄宗	同二相已下群官乐游园宴	鱼	5/12	
259	64	宋璟	奉和圣制答张说扈从南出雀鼠谷	鱼	5/12		玄宗	南出雀鼠谷答张说	真	5/12	
260	65	苏味道	嵩山石淙侍宴应制	寒	7/8						
261	65	苏味道	初春行宫侍宴应制	先	5/8						
262	65	苏味道	奉和受图温洛应制	真	5/10						
263	67	贾曾	奉和春日出苑瞩目应令	灰	7/8						
264	68	崔融	嵩山石淙侍宴应制	清	7/8						
265	69	阎朝隐	奉和圣制夏日游石淙山	文	7/8	5	武则天	石淙	微	7/8	
266	69	阎朝隐	奉和九日幸临渭亭登高应制得筳字	先	5/8	2	中宗	九月九日幸临渭亭登高得秋字	尤	5/8	

续表

序号	卷数	应制诗作者	应制诗诗题	用韵	言/句	卷数	原诗作者	原诗诗题	韵原	言/句	备注
267	69	阎朝隐	奉和送金城公主适西藩应制	先	5/8		中宗				
268	69	阎朝隐	奉和立春游苑迎春应制	冬	7/8		中宗				
269	69	阎朝隐	奉和圣制春日幸望春宫应制	冬	7/8		中宗				
270	69	阎朝隐	三日曲水侍宴应制	真	5/8						
271	69	阎朝隐	侍从途中口号应制	东	5/8						
272	69	阎朝隐	奉和登骊山应制	文	5/4	2	中宗	登骊山高顶寓目	虞	5/8	
273	69	韦元旦	奉和九日幸临渭亭登高应制得月字	月	5/8	2	中宗	九月九日幸临渭亭登高应制得秋字	尤	5/8	
274	69	韦元旦	奉和登骊山应制	文	5/4	2	中宗	登骊山高顶寓目	虞	5/8	
275	69	韦元旦	奉和送金城公主适西藩应制	先	5/8		中宗				
276	69	韦元旦	奉和立春游苑迎春应制	真	7/8	2	中宗	立春日游苑迎春	麻	7/8	
277	69	韦元旦	奉和圣制春日幸望春宫应制	麻	7/8		中宗				

续表

序号	卷数	应制诗作者	应制诗诗题	用韵	言/句	卷数	原诗作者	原诗诗题	韵原	言/句	备注
278	69	韦元旦	奉和人日宴大明宫恩赐彩缕人胜应制	真	7/8		中宗				
279	69	韦元旦	奉和安乐公主山庄应制	虞	7/8		中宗				
280	69	韦元旦	兴庆池侍宴应制	仙	7/8						
281	69	邵昇	奉和初春幸太平公主南庄应制	真	5/8		中宗				
282	69	唐远悊	奉和送金城公主适西藩应制	真	5/8		中宗				
283	70	李适	游禁苑幸临渭亭遇雪应制	微	5/8						
284	70	李适	奉和圣制九日侍宴应制得高字	豪	5/8		中宗				
285	70	李适	奉和九日登慈恩寺浮图应制	尤	5/8		中宗				
286	70	李适	侍宴长宁公主东庄应制	侵	5/8						
287	70	李适	侍宴安乐公主新宅应制	哈	7/4						
288	70	李适	侍宴安乐公主庄应制	尤	7/8						

附录一 《全唐诗》应制诗表 ◇ 175

续表

序号	卷数	应制诗作者	应制诗诗题	用韵	言/句	卷数	原诗作者	原诗诗题	韵原	言/句	备注
289	70	李适	人日宴大明宫恩赐彩缕人胜应制	灰	7/8						
290	70	李适	奉和送金城公主适西藩应制	真	5/8		中宗				
291	70	李适	奉和幸望春宫送朔方大总管张仁亶	庚	5/8		中宗				
292	70	李适	奉和春日幸望春宫应制	灰	7/8		中宗				
293	70	李适	奉和立春游苑迎春	真	7/8	2	中宗	立春日游苑迎春	麻	7/8	
294	71	刘宪	奉和圣制立春日侍宴内殿出剪彩花应制	支	5/8		中宗				
295	71	刘宪	奉和人日清晖阁宴群臣遇雪应制	庚	5/8		中宗				
296	71	刘宪	闰九月九日幸总持寺登浮图应制	真	5/8						
297	71	刘宪	兴庆池侍宴应制	支	7/8						
298	71	刘宪	侍宴长宁公主东庄	鱼	5/8						
299	71	刘宪	人日玩雪应制	微	7/4						

续表

序号	卷数	应制诗作者	应制诗诗题	用韵	言/句	卷数	原诗作者	原诗诗题	韵原	言/句	备注
300	71	刘宪	奉和七夕两仪殿会宴应制	青	5/8		中宗				
301	71	刘宪	奉和九月九日圣制登慈恩寺浮图应制	尤	5/8		中宗				
302	71	刘宪	奉和送金城公主入西蕃应制	真	5/8		中宗				
303	71	刘宪	奉和圣制登骊山高顶寓目应制	虞	5/8	2	中宗	登骊山高顶寓目	虞	5/8	依韵诗
304	71	刘宪	奉和幸白鹿观应制	微	5/8		中宗				
305	71	刘宪	奉和立春日内出彩花应制	微	5/8		中宗				
306	71	刘宪	奉和春日幸望春宫应制	先	7/8		中宗				
307	71	刘宪	奉和幸安乐公主山庄应制	灰	7/8		中宗				
308	71	刘宪	奉和幸大荐福寺应制	真	5/12		中宗				
309	71	刘宪	奉和幸三会寺应制	会	5/12		中宗				
310	71	刘宪	奉和幸长安故城未央宫应制	尤	5/12		中宗				

续表

序号	卷数	应制诗作者	应制诗诗题	用韵	言/句	卷数	原诗作者	原诗诗题	韵原	言/句	备注
311	71	刘宪	奉和幸礼部尚书窦希玠宅应制	真	5/12		中宗				
312	71	刘宪	上巳日祓禊渭滨应制	真	7/4						
313	71	刘宪	奉和圣制幸望春宫送朔方大总管张仁亶	先	5/12		中宗				
314	71	刘宪	奉和幸韦嗣立山庄侍宴应制	寒	5/16		韦嗣立				
315	71	刘宪	奉和圣制韦嗣立山庄	真	7/4		中宗				
316	71	刘宪	苑中遇雪应制	东	7/4						
317	73	苏颋	侍宴桃花园咏桃花应制	微	7/4						
318	73	苏颋	侍宴安乐公主山庄应制	支	7/8						
319	73	苏颋	立春日侍宴内出剪彩花应制	东	5/8						
320	73	苏颋	奉和圣制行次成皋途经先圣擒窦建德之所感而成诗应制	冬	5/12	3	玄宗	行次成皋途经先圣擒窦建德之所缅思功业感而赋诗	庚	5/12	

续表

序号	卷数	应制诗作者	应制诗诗题	用韵	言/句	卷数	原诗作者	原诗诗题	韵原	言/句	备注
321	73	苏颋	奉和圣制登蒲州逍遥楼应制	虞	5/12	3	玄宗	登蒲州逍遥楼	真	5/12	
322	73	苏颋	奉和圣制过晋阳宫应制	元	5/24	3	玄宗	过晋阳宫	虞鱼	5/24	
323	73	苏颋	奉和姚令公温汤旧馆永怀故人卢公之作	质	5/16		姚崇				
324	73	苏颋	奉和圣制春台望应制	平仄换韵	杂言/28	3	玄宗	春台望	平仄换韵	杂言/28	
325	73	苏颋	奉和圣制人日清晖阁宴群臣遇雪应制	歌	5/8		中宗				
326	73	苏颋	奉和七夕宴两仪殿应制	灰	5/8		中宗				
327	73	苏颋	奉和九日幸临渭亭登高应制得时字	支	5/8	2	中宗	九月九日幸临渭亭登高得秋字	尤	5/8	
328	73	苏颋	奉和送金城公主适西藩应制	真	5/8		中宗				
329	73	苏颋	奉和圣制登骊山高顶寓目应制	文	5/8	2	中宗	登骊山高顶寓目	虞	5/8	
330	73	苏颋	扈从温泉奉和姚令公喜雪	尤	5/8		姚崇				

续表

序号	卷数	应制诗作者	应制诗诗题	用韵	言/句	卷数	原诗作者	原诗诗题	韵原	言/句	备注
331	73	苏颋	奉和魏仆射秋日还乡有怀之作	鱼	5/8		魏元忠				
332	73	苏颋	游禁苑幸临渭亭遇雪应制	鱼	5/8						
333	73	苏颋	扈从鄠杜间奉呈刑部尚书舅崔黄门马常侍	庚	7/8						
334	73	苏颋	扈从温泉奉和姚令公喜雪	尤	5/8						
335	73	苏颋	春日芙蓉园侍宴应制	尤	5/8						
336	73	苏颋	广达楼下夜侍酺宴应制	尤	5/8						
337	73	苏颋	兴庆池侍宴应制	东	7/8						
338	73	苏颋	人日重宴大明宫恩赐彩缕人胜应制	哈	7/8						
339	73	苏颋	奉和初春幸太平公主南庄应制	先	7/8		玄宗				
340	73	苏颋	奉和春日幸望春宫应制	先	7/8		中宗				
341	74	苏颋	奉和晦日幸昆明池应制	支	5/12		中宗				

续表

序号	卷数	应制诗作者	应制诗诗题	用韵	言/句	卷数	原诗作者	原诗诗题	韵原	言/句	备注
342	74	苏颋	奉和圣制幸礼部尚书窦希玠宅应制	麻	5/12		中宗				
343	74	苏颋	奉和幸韦嗣立山庄应制	尤	5/6		中宗				
344	74	苏颋	奉和圣制送张说上集贤学士赐宴得兹字	支	5/12	3	玄宗	集贤书院成送张说上集贤学士赐宴得珍字	先	5/12	
345	74	苏颋	奉和圣制经河上公庙应制	先	5/12	3	玄宗	经河上公庙	庚	5/12	
346	74	苏颋	奉和圣制答张说出雀鼠谷	灰	5/12	3	玄宗	南出雀鼠谷答张说	真	5/12	
347	74	苏颋	奉和恩赐乐游宴应制	冬	5/12		玄宗				
348	74	苏颋	奉和圣制幸望春宫送朔方大总管张仁亶	微	5/12		中宗				
349	74	苏颋	奉和圣制登太行山中言志应制	先	5/16	3	玄宗	早登太行山中言志	阳	5/16	
350	74	苏颋	奉和圣制漕桥东送新除岳牧	寒	5/20		玄宗				
351	74	苏颋	奉和圣制途次旧居应制	鱼	5/24		玄宗				

续表

序号	卷数	应制诗作者	应制诗诗题	用韵	言/句	卷数	原诗作者	原诗诗题	韵原	言/句	备注
352	74	苏颋	恩制尚书省僚宴昆明池同用尧字	宵	5/12						
353	74	苏颋	奉和圣制至长春宫登楼望稼穑之作	东	5/24						
354	74	苏颋	扈从凤泉和黄门喜恩旨解严罢围之作	支	5/12		玄宗				
355	74	苏颋	奉和马常侍寺中之作	先	5/12						
356	74	苏颋	奉和崔尚书增大理陆卿鸿胪刘卿见示之作	微	5/24		崔日用				
357	74	苏颋	奉和圣制过潼津关	删	5/4		玄宗				
358	74	苏颋	奉和圣制幸韦嗣立庄应制	微	7/4		中宗				
359	75	蔡孚	奉和圣制龙池篇	先	7/8		玄宗				
360	76	徐彦伯	游禁苑幸临渭亭遇雪应制	之	5/8						
361	76	徐彦伯	送金城公主适西蕃应制	真	5/8		中宗				
362	76	徐彦伯	苑中遇雪应制	支	7/4						

续表

序号	卷数	应制诗作者	应制诗诗题	用韵	言/句	卷数	原诗作者	原诗诗题	韵原	言/句	备注
363	76	徐彦伯	夜宴安乐公主新宅应制	阳	7/4						
364	76	徐彦伯	侍宴韦嗣立山庄应制	侵	5/16						
365	76	徐彦伯	上巳日祓禊渭滨应制	阳	7/4						
366	76	徐彦伯	奉和幸新丰温泉宫应制	阳	5/26		中宗				
367	76	徐彦伯	奉和兴庆池戏竞渡应制	尤	7/8		中宗				
368	80	武三思	奉和圣制夏日游石淙山	冬	7/8	3	武则天	石淙	微	7/8	
369	80	武三思	奉和宴小山池赋得谿字应制	齐	5/10						
370	80	武三思	奉和过梁王宅即目应制	先	5/10						
371	80	武三思	奉和春日游龙门应制	微	5/12						
372	80	武三思	凝碧池侍宴应制得出水槎	先	5/8						
373	80	张易之	奉和圣制夏日游石淙山	侵	7/8	5	武则天	石淙	微	7/8	
374	80	张易之	泛舟侍宴应制	尤	5/8						
375	80	张易之	侍从过公主南宅侍宴探得风字应制	东	5/8						

续表

序号	卷数	应制诗作者	应制诗诗题	用韵	言/句	卷数	原诗作者	原诗诗题	韵原	言/句	备注
376	80	张昌宗	太平公主山亭侍宴	删	5/8						
377	80	张昌宗	奉和圣制夏日游石淙山	东	7/8	5	武则天	石淙	微	7/8	
378	80	薛曜	正夜侍宴应诏	东	5/8						
379	80	薛曜	奉和圣制夏日游石淙山	先	7/8	5	武则天	石淙	微	7/8	
380	80	杨敬述	奉和圣制夏日游石淙山	支	7/8	5	武则天	石淙	微	7/8	
381	80	于季子	奉和圣制夏日游石淙山	侵先	7/8	5	武则天	石淙	微	7/8	
382	80	张易之	奉和圣制夏日游石淙山	侵	7/8	5	武则天	石淙	微	7/8	
383	80	张昌宗	奉和圣制夏日游石淙山	东	7/8	5	武则天	石淙	微	7/8	
384	80	薛曜	奉和圣制夏日游石淙山	先	7/8	5	武则天	石淙	微	7/8	
385	80	杨敬述	奉和圣制夏日游石淙山	支	7/8	5	武则天	石淙	微	7/8	
386	84	陈子昂	奉和皇帝上礼抚事述怀应制	真	5/20						
387	86	张说	清明日诏宴宁王山池赋得飞字	微	5/10						
388	86	张说	修书院学士奉敕宴梁王宅赋得树字	虞	5/8						

续表

序号	卷数	应制诗作者	应制诗诗题	用韵	言/句	卷数	原诗作者	原诗诗题	韵原	言/句	备注
389	86	张说	药园宴武辂沙将军赋得洛字	铎	5/8						
390	86	张说	四月十三日诏宴宁王亭子赋得好字	豪	5/8						
391	86	张说	奉和圣制赐诸州刺史应制以题座右	侵	5/20	3	玄宗	赐诸州刺史以题座右	阳	5/20	
392	86	张说	奉和圣制送宇文融安辑户口应制	微	5/6		玄宗				
393	86	张说	奉和圣制过晋阳宫应制	冬	5/24	3	玄宗	过晋阳宫	鱼虞	5/24	
394	86	张说	奉和圣制行次成皋应制	东	5/12	3	玄宗	行次成皋途经先圣擒窦建德之所缅思功业感而赋诗	庚	5/12	
395	86	张说	奉和圣制温汤对雪应制	旱	5/8		玄宗				
396	86	张说	奉和圣制初入秦川路寒食应制	平仄换韵	7/20	3	玄宗	初入秦川路遇寒食	平仄换韵	7/20	
397	86	张说	奉和圣制义成校猎喜雪应制	敬	5/18	3	玄宗	校猎义成喜逢大雪率题九韵以示群官	霰	5/18	

续表

序号	卷数	应制诗作者	应制诗诗题	用韵	言/句	卷数	原诗作者	原诗诗题	韵原	言/句	备注
398	87	张说	奉和圣制登骊山瞩眺应制	东	5/8	2	中宗	登骊山高顶寓目	虞	5/12	
399	87	张说	奉和圣制幸白鹿观应制	灰	5/8		中宗				
400	87	张说	侍宴蘘荷亭应制	钟	5/8						
401	87	张说	侍宴武三思山第应制赋得风字	东	5/8						
402	87	张说	羽林恩召观御书王太尉碑	微	5/8						
403	87	张说	三月三日诏宴定昆池宫庄赋得筵字	先	7/8						
404	87	张说	侍宴浐水赋得浓字	钟	5/8						
405	87	张说	侍宴隆庆池应制	文	7/8						
406	87	张说	扈从温泉宫献诗	宵	5/8						
407	87	张说	皇帝降诞日集贤殿赐宴	宵	5/8						
408	87	张说	道家四首奉敕撰之一	清	5/32						
409	87	张说	道家四首奉敕撰之二	微	5/8						
410	87	张说	道家四首奉敕撰之三	青	5/8						

续表

序号	卷数	应制诗作者	应制诗诗题	用韵	言/句	卷数	原诗作者	原诗诗题	韵原	言/句	备注
411	87	张说	道家四首奉敕撰之四	微	5/8						
412	87	张说	奉和圣制送金城公主适西藩应制	支	5/8		中宗				
413	87	张说	奉和同皇太子过慈恩寺应制二首	会微	5/8		中宗				
414	87	张说	奉和圣制同玉真公主过大哥山池题石壁应制	侵	5/8	3	玄宗	同玉真公主过大哥山池	庚	5/8	
415	87	张说	奉和圣制赐王公千秋镜应制	庚	5/8	3	玄宗	千秋节赐群臣镜	真	5/8	
416	87	张说	奉和圣制经邹鲁祭孔子应制	文	5/8	3	玄宗	经邹鲁祭孔子而叹之	东	5/8	
417	87	张说	奉和圣制同刘晃喜雨应制	灰	5/8	3	玄宗	同刘晃喜雨	真	5/8	
418	87	张说	奉和圣制观拔河俗戏应制	尤	5/8	3	玄宗	观拔俗戏	歌	5/8	
419	87	张说	奉和圣制途次陕州应制	先	5/8	3	玄宗	途次陕州	东	5/8	
420	87	张说	奉和圣制野次喜雪应制	灰	5/8	3	玄宗	野次喜雪	东	5/8	

续表

序号	卷数	应制诗作者	应制诗诗题	用韵	言/句	卷数	原诗作者	原诗诗题	韵原	言/句	备注
421	87	张说	奉和圣制温泉言志应制	东	5/8	3	玄宗	惟此温泉是称愈疾岂予独受其福思与兆人共之乘暇巡游乃言其志	先	5/8	
422	87	张说	奉和圣制春日幸望春宫应制	东	5/8		中宗				
423	87	张说	恩制赐食于丽正殿书院宴赋得林字	侵	5/8						
424	87	张说	奉和圣制春日出苑应制	阳	5/8		玄宗				
425	88	张说	奉和圣制喜雪应制	东	5/12	3	玄宗	喜雪	庚	5/12	
426	88	张说	奉和圣制寒食作应制	萧	5/12		玄宗				
427	88	张说	奉和圣制赐崔日知往潞州应制	阳	5/12		玄宗				
428	88	张说	奉和圣制花萼楼下宴应制	支	5/12	3	玄宗	首夏花萼楼观群臣宴宁王山亭回楼下又申之以赏乐赋诗	微	5/12	
429	88	张说	奉和圣制度蒲关应制	真	5/12	3	玄宗	早度蒲津关	东	5/12	
430	88	张说	奉和圣制途经华岳应制	庚	5/12	3	玄宗	途经华岳	先	5/12	

续表

序号	卷数	应制诗作者	应制诗诗题	用韵	言/句	卷数	原诗作者	原诗诗题	韵原	言/句	备注
431	88	张说	奉和圣制过王濬墓应制	先	5/12	3	玄宗	过王濬墓	阳	5/12	
432	88	张说	奉和圣制经河上公庙应制	真	5/12	3	玄宗	经河上公庙	庚	5/12	
433	88	张说	奉和幸凤泉汤应制	庚	5/12	3	玄宗	幸凤泉汤	东	5/12	
434	88	张说	奉和圣制春中兴庆宫酺宴应制	微	5/16	3	玄宗	春中兴庆宫酺宴	真	5/16	
435	88	张说	奉和圣制千秋节宴应制	真	5/16	3	玄宗	千秋节宴	阳	5/16	
436	88	张说	奉和圣制太行山中言志应制	寒	5/16	3	玄宗	早登太行山中言志	阳	5/16	
437	88	张说	奉和御制与宋璟源乾曜同日上官命宴东堂赐诗应制	支	5/16	3	玄宗	左丞相说右丞相璟太子少傅乾曜同日上官命宴东堂赐诗	真	5/16	
438	88	张说	奉和圣制送王晙巡边应制	庚	5/20	3	玄宗	饯王晙巡边	虞鱼	5/20	
439	88	张说	奉和圣制爰因巡省途次旧宅应制	虞	5/24	3	玄宗	巡省途次上党旧宫赋	东	5/24	以诗和赋
440	88	张说	扈从幸韦嗣立山庄应制	真	5/16						
441	88	张说	将赴朔方军应制	真	5/20						

续表

序号	卷数	应制诗作者	应制诗诗题	用韵	言/句	卷数	原诗作者	原诗诗题	韵原	言/句	备注
442	88	张说	恩赐乐游园宴	真	5/12						
443	88	张说	春晚侍宴丽正殿探得开字	哈	5/12						
444	88	张说	赴集贤院学士上赐宴应制得辉字	微	5/12						
445	88	张说	端午三殿侍宴应制探得鱼字	鱼	5/14						
446	88	张说	三月二十日诏宴乐游原赋得风字	真	5/12						
447	88	张说	奉和圣制潼关口号应制	齐	5/4	3	玄宗	潼关口号	庚	5/4	
448	89	张说	奉和三日祓禊渭滨应制	先	7/4		中宗				
449	89	张说	奉和圣制幸韦嗣立山庄应制	阳	7/4		中宗				
450	89	张说	桃花园马上应制	真	7/4						
451	89	张说	三月三日定昆池奉和萧令得潭字韵	谈	7/4						
452	89	张说	奉和圣制同玉真公主游大哥山池题石壁	灭	7/4	3	玄宗	过大哥山池题石壁	灰	7/4	依韵诗

续表

序号	卷数	应制诗作者	应制诗诗题	用韵	言/句	卷数	原诗作者	原诗诗题	原韵	言/句	备注
453	90	张（钧）	奉和岳州山城	文	5/8						
454	91	韦嗣立	奉和九日幸临渭亭登高应制得深字	侵	5/8	2	中宗	九月九日幸临渭亭登高得秋字	尤	5/8	
455	91	韦嗣立	上巳日祓禊渭滨应制	阳	7/4						
456	91	韦嗣立	奉和张岳州王潭州别诗二首其一	仙	5/16						
457	91	韦嗣立	奉和张岳州王潭州别诗二首其二	灰、先均	5/8						
458	91	韦嗣立	奉和春初幸太平公主南庄应制	萧	7/8		中宗				
459	91	崔泰之	奉和圣制送张尚书巡边	微	5/20	3	玄宗	送张说巡边	阳	5/20	
460	91	魏知古	奉和春日途中喜雨应诏	庚	5/10						
461	92	李乂	奉和登骊山高顶寓目应制	先	5/8	2	中宗	登骊山高顶寓目	虞	5/8	
462	92	李乂	奉和七夕两仪殿会宴应制	东	5/8		中宗				
463	92	李乂	奉和春日游苑喜雨应诏	灰	5/8		中宗				

附录一 《全唐诗》应制诗表 ◇ 191

续表

序号	卷数	应制诗作者	应制诗诗题	用韵	言/句	卷数	原诗作者	原诗诗题	韵原	言/句	备注
464	92	李乂	奉和人日清晖阁宴群臣遇雪应制	微	5/8		中宗				
465	92	李乂	奉和九日侍宴应制得浓字	冬	5/8		中宗				
466	92	李乂	奉和九月九日登慈恩寺浮图应制	微	5/8		中宗				
467	92	李乂	侍宴桃花园咏桃花应制	阳	7/4						
468	92	李乂	侍宴长宁公主东庄应制	之	5/8						
469	92	李乂	侍宴安乐公主新宅应制	灰	7/4						
470	92	李乂	侍宴安乐公主山庄应制	宵	7/8						
471	92	李乂	元日恩赐柏叶应制	阳	5/4						
472	92	李乂	闰九月九日幸总持寺登浮图应制	尤	5/8						
473	92	李乂	陪幸临渭亭遇雪应制	微	5/8						
474	92	李乂	陪幸韦嗣立山庄应制（一作宋之问诗）	鱼	5/16						

续表

序号	卷数	应制诗作者	应制诗诗题	用韵	言/句	卷数	原诗作者	原诗诗题	韵原	言/句	备注
475	92	李乂	送沙门弘景道俊玄奘还荆州应制	元	5/8						
476	92	李乂	春日侍宴芙蓉园应制	微	5/8						
477	92	李乂	兴庆池侍宴应制	歌	7/8						
478	92	李乂	人日重宴大明宫恩赐彩缕人胜应制	东	7/8						
479	92	李乂	奉和初春幸太平公主南庄应制	麻	7/8		中宗				
480	92	李乂	奉和春日幸望春宫应制	侵	7/8		中宗				
481	92	李乂	奉和幸礼部尚书窦希玠宅应制	阳	5/12		中宗				
482	92	李乂	奉和晦日幸昆明池应制	尤	5/12		中宗				
483	92	李乂	奉和幸长安故城未央宫应制	灰	5/12		中宗				
484	92	李乂	奉和幸望春宫送朔方军大总管张仁亶	微	5/12		中宗				
485	92	李乂	奉和幸三会寺应制	先	5/12		中宗				

续表

序号	卷数	应制诗作者	应制诗诗题	用韵	言/句	卷数	原诗作者	原诗诗题	韵原	言/句	备注
486	92	李乂	奉和幸大荐福寺	鱼	5/12		中宗				
487	92	李乂	奉和三日袚禊渭滨	支	7/4		中宗				
488	92	李乂	奉和幸韦嗣立山庄侍宴应制	尤	7/4		中宗				
489	93	卢藏用	奉和九月九日登慈恩寺浮图应制	虞	5/8		中宗				
490	93	卢藏用	奉和立春游苑迎春应制	真	7/8	2	中宗	立春日游苑迎春	麻	7/8	
491	93	卢藏用	奉和幸安乐公主山庄应制	侵	7/8		中宗				
492	93	卢藏用	夜宴安乐公主宅	真	7/4						
493	93	岑乂	奉和九月九日登慈恩寺浮图应制	寒	5/8		中宗				
494	93	岑乂	九月九日幸临渭亭登高应制得浃字	之	5/8						
495	93	岑乂	夜宴安乐公主新宅	微	7/4						
496	93	岑乂	奉和春日幸望春宫应制	先	7/8		中宗				
497	93	岑乂	奉和安乐公主山庄应制	灰	7/8		中宗				

续表

序号	卷数	应制诗作者	应制诗诗题	用韵	言/句	卷数	原诗作者	原诗诗题	韵原	言/句	备注
498	93	薛稷	奉和送金城公主适西藩应制	庚	5/8		中宗				
499	93	薛稷	奉和圣制春日幸望春宫应制	先	7/8		中宗				
500	93	薛稷	奉和幸安乐公主山庄应制	支	7/8		中宗				
501	93	薛稷	慈恩寺九日应制	东	5/8						
502	93	薛稷	夜宴安乐公主新宅	哈	7/4						
503	93	马怀素	奉和九月九日登慈恩寺浮图应制	阳	5/8		中宗				
504	93	马怀素	奉和送金城公主适西藩应制	阳	5/8		中宗				
505	93	马怀素	奉和立春游苑迎春应制	阳	7/8	2	中宗	立春日游苑迎春	麻	7/8	
506	93	马怀素	奉和圣制春日幸望春宫应制	侵	7/8		中宗				
507	93	马怀素	奉和人日宴大明宫恩赐彩缕人胜应制	灰	7/8		中宗				

续表

序号	卷数	应制诗作者	应制诗诗题	用韵	言/句	卷数	原诗作者	原诗诗题	韵原	言/句	备注
508	93	马怀素	奉和幸安乐公主山庄应制	阳	7/8		中宗				
509	93	马怀素	夜宴安乐公主宅	虞	7/4						
510	93	马怀素	兴庆池侍宴应制	清	7/8						
511	96	沈佺期	幸梨园亭观打球应制	尤	5/8						
512	96	沈佺期	侍宴安乐公主新宅应制	先	7/8						
513	96	沈佺期	再入道场纪事应制	先	7/8						
514	96	沈佺期	三日梨园侍宴	哈	5/8						
515	96	沈佺期	安乐公主移入新宅	哈	5/8						
516	96	沈佺期	守岁应制	宵	7/8						
517	96	沈佺期	岁夜安乐公主满月侍宴	哈	5/8						
518	96	沈佺期	兴庆池侍宴应制	东	7/8						
519	96	沈佺期	嵩山石淙侍宴应制	模	7/8						
520	96	沈佺期	九日临渭亭侍宴应制得长字	阳	5/8						
521	96	沈佺期	奉和洛阳玩雪应制	东	5/8						

续表

序号	卷数	应制诗作者	应制诗诗题	用韵	言/句	卷数	原诗作者	原诗诗题	韵原	言/句	备注
522	96	沈佺期	奉和圣制同皇太子游慈恩寺应制	东	5/8		睿宗				
523	96	沈佺期	立春日内出彩花应制	支	5/8						
524	96	沈佺期	仙萼亭初成侍宴应制	歌	5/8						
525	96	沈佺期	人日重宴大明宫赐彩缕人胜应制	真	7/8						
526	96	沈佺期	陪幸太平公主南庄诗（一作苏颋诗）	先	7/8						
527	96	沈佺期	送金城公主适西蕃应制	魂	5/8						
528	96	沈佺期	红楼院应制	阳	7/8						
529	96	沈佺期	晦日浐水应制	鱼	5/8						
530	96	沈佺期	从幸香山寺应制	文	7/8						
531	96	沈佺期	奉和立春游苑迎春应制	灰	7/8						
532	96	沈佺期	奉和春初幸太平公主南庄应制	灰	7/8		中宗				
533	96	沈佺期	奉和幸望春宫应制	庚	7/8						

续表

序号	卷数	应制诗作者	应制诗诗题	用韵	言/句	卷数	原诗作者	原诗诗题	韵原	言/句	备注
534	97	沈佺期	奉和晦日驾幸昆明池应制	灰	5/12		中宗				
535	97	沈佺期	奉和圣制幸礼部尚书窦希玠宅	灰	5/12		中宗				
536	97	沈佺期	扈从出长安应制	东	5/22						
537	97	沈佺期	苑中遇雪应制	麻	7/4						
538	97	沈佺期	昆明池侍宴应制	清	5/16						
539	97	沈佺期	陪幸韦嗣立山庄	钟	5/16						
540	97	沈佺期	初冬从幸汉故青门应制	元	5/20						
541	97	沈佺期	夜宴安乐公主宅	真	7/4						
542	97	沈佺期	白莲花亭侍宴应制	侵	5/12						
543	97	沈佺期	仙萼池亭侍宴应制	微	5/2						
544	97	沈佺期	上巳日祓禊渭滨应制	真	7/4						
545	97	沈佺期	奉和幸韦嗣立山庄应制	灰	7/4						
546	98	赵冬曦	奉和张燕公早霁南楼	陌	5/20	86	张说	岳阳早霁南楼	陌	5/20	依韵诗

续表

序号	卷数	应制诗作者	应制诗诗题	用韵	言/句	卷数	原诗作者	原诗诗题	韵原	言/句	备注
547	98	赵冬曦	奉和圣制同二相已下群官乐游园宴	鱼	5/12	3	玄宗	同二相下群官乐游园宴	鱼	5/12	依韵诗
548	98	赵冬曦	奉和圣制答张说扈从南出雀鼠谷	灰	5/12	3	玄宗	南出雀鼠谷答张说	真	5/12	
549	98	赵冬曦	奉和圣制送张说上集贤学士赐宴得莲字	先	5/12	3	玄宗	集贤书院成送张说上集贤学士赐宴得珍字	先	5/12	
550	99	卢僎	奉和李令扈从温泉宫赐游骊山韦侍郎别业	鱼	5/16		李峤				
551	99	牛凤及	奉和受图温洛应制	齐	5/10						
552	102	武平一	兴庆池侍宴应制	哈	7/8						
553	102	武平一	幸梨园观打球应制	尤	5/8						
554	102	武平一	夜宴安乐公主宅	灰	7/4						
555	102	武平一	侍宴安乐公主新宅应制	哈	5/8						
556	102	武平一	奉和登骊山高顶寓目应制	先	5/8	2	中宗	登骊山高顶寓目	虞	5/8	

续表

序号	卷数	应制诗作者	应制诗诗题	用韵	言/句	卷数	原诗作者	原诗诗题	韵原	言/句	备注
557	102	武平一	奉和登骊山高顶寓目应制	先	5/8		中宗				
558	102	武平一	奉和幸白鹿观应制	冬	5/8		中宗				
559	102	武平一	奉和幸新丰温泉宫应制	元	5/28		中宗				
560	102	武平一	奉和幸韦嗣立山庄侍宴应制	真	5/16		中宗				
561	102	武平一	奉和立春内出彩花树应制	灰	7/8		中宗				
562	102	武平一	奉和正旦赐宰臣柏叶应制	寒	5/4		中宗				
563	102	武平一	奉和圣制幸韦嗣立山庄应制	尤	7/4		中宗				
564	103	赵彦昭	奉和圣制立春日侍宴内殿出剪彩花应制	真	5/8		中宗				
565	103	赵彦昭	奉和人日清晖阁宴群臣遇雪应制	真	5/8		中宗				
566	103	赵彦昭	侍宴桃花园咏桃花应制	哈	7/4						

续表

序号	卷数	应制诗作者	应制诗诗题	用韵	言/句	卷数	原诗作者	原诗诗题	韵原	言/句	备注
567	103	赵彦昭	苑中人日遇雪应制	真	7/4						
568	103	赵彦昭	安乐公主移入新宅侍宴应制同用开字	哈	5/8						
569	103	赵彦昭	人日侍宴大明宫应制	真	7/8						
570	103	赵彦昭	奉和七夕两仪殿会宴应制	支	5/8						
571	103	赵彦昭	奉和九日幸临渭亭登高应制	麻	5/8	2	中宗	九月九日幸临渭亭登高得秋字	尤	5/8	
572	103	赵彦昭	奉和九月九日登慈恩寺浮图应制	东	5/8		中宗				
573	103	赵彦昭	奉和送金城公主适西藩应制（一作崔日用诗）	歌	5/8		中宗				
574	103	赵彦昭	奉和圣制登骊山高顶寓目应制	灰	5/8	2	中宗	登骊山高顶寓目	尤	5/8	
575	103	赵彦昭	奉和幸白鹿观应制	冬	5/8		中宗				
576	103	赵彦昭	奉和初春幸太平公主南庄应制	萧	7/8		中宗				

续表

序号	卷数	应制诗作者	应制诗诗题	用韵	言/句	卷数	原诗作者	原诗诗题	韵原	言/句	备注
577	103	赵彦昭	奉和幸安乐公主山庄应制	支	7/8		中宗				
578	103	赵彦昭	奉和幸大荐福寺	支	5/12		中宗				
579	103	赵彦昭	奉和幸韦嗣立山庄侍宴应制	阳	5/16		中宗				
580	103	赵彦昭	奉和元日赐群臣柏叶应制柏	灰	5/4		中宗				
581	103	赵彦昭	奉和圣制幸韦嗣立山庄应制	东	7/4		中宗				
582	104	李迥秀	夜宴安乐公主宅	灰	7/4						
583	104	萧至忠	陪幸五王宅（一作刘宪诗）	真	5/12						
584	104	萧至忠	陪游上苑遇雪	东	7/4						
585	104	萧至忠	陪幸长宁公主林亭	鱼	5/8						
586	104	萧至忠	送张亶赴朔方应制	先	5/12						
587	104	萧至忠	荐福寺应制（一作刘宪诗）	真	5/12						
588	104	萧至忠	三会寺应制	哈	5/12						

续表

序号	卷数	应制诗作者	应制诗诗题	用韵	言/句	卷数	原诗作者	原诗诗题	韵原	言/句	备注
589	104	萧至忠	奉和九日幸临渭亭登高应制得余字	庚	5/8	2	中宗	九月九日幸临渭亭登高应制得秋字	尤	5/8	
590	104	萧至忠	奉和幸安乐公主山庄应制	侵	7/8		中宗				
591	104	李迥秀	奉和九日幸临渭亭登高应制得风字	东	5/8	2	中宗	九月九日幸临渭亭登高应制得秋字	尤	5/8	
592	104	李迥秀	奉和九月九日登慈恩寺浮图应制	尤	5/8	2	中宗				
593	104	李迥秀	奉和幸安乐公主山庄应制	侵	7/8		中宗				
594	104	杨廉	奉和九日幸临渭亭登高应制得亭字	青	5/8	2	中宗	九月九日幸临渭亭登高应制得秋字	尤	5/8	
595	104	杨廉	奉和九月九日登慈恩寺浮图应制	东	5/8	2	中宗				
596	104	韦安石	梁王宅侍宴应制同用风字	东	5/8						
597	104	韦安石	侍宴旋师喜捷应制	微	5/8						
598	104	韦安石	奉和九日幸临渭亭登高应制得枝字	支	5/8	2	中宗	九月九日幸临渭亭登高应制得秋字	尤	5/8	

附录一 《全唐诗》应制诗表 ◇ 203

续表

序号	卷数	应制诗作者	应制诗诗题	用韵	言/句	卷数	原诗作者	原诗诗题	韵原	言/句	备注
599	104	窦希玠	奉和九日幸临渭亭登高应制得明字	庚	5/8	2	中宗	九月九日幸临渭亭登高应制得秋字	尤	5/8	
600	104	陆景初	奉和九日幸临渭亭登高应制得臣字	真	5/8	2	中宗	九月九日幸临渭亭登高应制得秋字	尤	5/8	
601	104	郑南金	奉和九日幸临渭亭登高应制得日字	质	5/8	2	中宗	九月九日幸临渭亭登高应制得秋字	尤	5/8	
602	104	李咸	奉和九日幸临渭亭登高应制得直字	职	5/8	2	中宗	九月九日幸临渭亭登高应制得秋字	尤	5/8	
603	104	赵彦伯	奉和九日幸临渭亭登高应制得花字	麻	5/8	2	中宗	九月九日幸临渭亭登高应制得秋字	尤	5/8	
604	104	赵彦伯	从宴桃花园咏桃花应制	哈	7/4						
605	104	赵彦伯	苑中遇雪应制	支	7/4						
606	104	於经野	奉和九日幸临渭亭登高应制得樽字	元	5/8	2	中宗	九月九日幸临渭亭登高应制得秋字	尤	5/8	
607	104	卢怀慎	奉和九日幸临渭亭登高应制得还字	删	5/8	2	中宗	九月九日幸临渭亭登高应制得秋字	尤	5/8	
608	104	卢怀慎	奉和圣制龙池篇	先	7/8						
609	105	辛替否	奉和九月九日登慈恩寺浮图应制	先	5/8		中宗				

续表

序号	卷数	应制诗作者	应制诗诗题	用韵	言/句	卷数	原诗作者	原诗诗题	韵原	言/句	备注
610	105	王景	奉和九月九日登慈恩寺浮图应制	先	5/8		中宗				
611	105	毕乾泰	奉和九月九日登慈恩寺浮图应制	尤	5/8		中宗				
612	105	麹胆	奉和九月九日登慈恩寺浮图应制	微	5/8		中宗				
613	105	樊忱	奉和九月九日登慈恩寺浮图应制	灰	5/8		中宗				
614	105	孙佺	奉和九月九日登慈恩寺浮图应制	真	5/8		中宗				
615	105	李从远	奉和九月九日登慈恩寺浮图应制	灰	5/8		中宗				
616	105	周利用	奉和九月九日登慈恩寺浮图应制	东	5/8		中宗				
617	105	张景源	奉和九月九日登慈恩寺浮图应制	先	5/8		中宗				
618	105	李恒	奉和九月九日登慈恩寺浮图应制	文	5/8		中宗				
619	105	张锡	奉和九月九日登慈恩寺浮图应制	东	5/8		中宗				

续表

序号	卷数	应制诗作者	应制诗诗题	用韵	言/句	卷数	原诗作者	原诗诗题	韵	原言/句	备注
620	105	解琬	奉和九月九日登慈恩寺浮图应制	阳	5/8		中宗				
621	106	郑愔	奉和幸上官昭容献诗四首	麻先寒灰	均5/8						
622	106	郑愔	送金城公主适西蕃应制	侯	5/8						
623	106	郑愔	中宗降诞日长宁公主满月侍宴应制	庚	5/8						
624	106	郑愔	侍宴长宁公主东庄应制	烛	5/8						
625	106	郑愔	人日重宴大明宫恩赐彩缕人胜应制	真	7/8						
626	106	郑愔	奉和幸望春宫送朔方大总管张仁亶	元	5/8		中宗				
627	106	郑愔	奉和九月九日登慈恩寺浮图应制	鱼	5/8		中宗				
628	106	郑愔	奉和春日幸望春宫	庚	7/8						
629	106	郑愔	奉和幸三会寺应制	灰	5/8		中宗				
630	106	郑愔	奉和幸大荐福寺	尤	5/8		中宗				

续表

序号	卷数	应制诗作者	应制诗诗题	用韵	言/句	卷数	原诗作者	原诗诗题	韵原	言/句	备注
631	107	源乾曜	奉和圣制送张说上集贤学士赐宴	庚	5/12	3	玄宗	集贤书院成送张说上集贤学士赐宴得珍字	真	5/12	
632	107	源乾曜	奉和御制乾曜与张说宋璟同日上官命宴都堂赐诗	真	5/16	3	玄宗	左丞相说右丞相璟太子少傅乾曜同日上官命宴东堂赐诗	真	5/16	依韵诗
633	107	源乾曜	奉和圣制送张尚书巡边	鱼/虞	5/20	3	玄宗	送张说巡边	阳	5/20	
634	107	徐坚	奉和圣制送张说赴集贤院学士赐宴赋得虚字	鱼	5/12	3	玄宗	集贤书院成送张说上集贤学士赐宴得珍字	真	5/12	
635	107	徐坚	奉和圣制送张说巡边	阳	5/20	3	玄宗	送张说巡边	阳	5/20	依韵诗
636	107	徐坚	奉和送金城公主适西藩应制	元	5/8		中宗				
637	108	李元紘	奉和圣制送张说上集贤学士赐宴	支	5/12	3	玄宗	集贤书院成送张说上集贤学士赐宴得珍字	真	5/12	
638	108	裴漼	奉和圣制送张说上集贤学士赐宴	蒸	5/12	3	玄宗	集贤书院成送张说上集贤学士赐宴得珍字	真	5/12	

续表

序号	卷数	应制诗作者	应制诗诗题	用韵	言/句	卷数	原诗作者	原诗诗题	韵原	言/句	备注
639	108	裴漼	奉和圣制龙池篇	先	7/8		玄宗				
640	108	刘昇	奉和圣制送张说上集贤学士赐宴	真	5/12	3	玄宗	集贤书院成送张说上集贤学士赐宴得珍字	真	5/12	
641	108	萧嵩	奉和圣制送张说上集贤学士赐宴	蒸	5/12	3	玄宗	集贤书院成送张说上集贤学士赐宴得珍字	真	5/12	
642	108	萧嵩	奉和御制乾曜与张说宋璟同日上官命宴都堂赐诗	阳	5/16	3	玄宗	左丞相说右丞相璟太子少傅乾曜同日上官命宴东堂赐诗	真	5/16	
643	108	韦抗	奉和圣制送张说上集贤学士赐宴	齐	5/12	3	玄宗	集贤书院成送张说上集贤学士赐宴得珍字	真	5/12	
644	108	李嵩	奉和圣制送张说上集贤学士赐宴	灰	5/12	3	玄宗	集贤书院成送张说上集贤学士赐宴得珍字	真	5/12	
645	108	韦述	奉和圣制送张说上集贤学士赐宴	麻	5/12	3	玄宗	集贤书院成送张说上集贤学士赐宴得珍字	真	5/12	

续表

序号	卷数	应制诗作者	应制诗诗题	用韵	言/句	卷数	原诗作者	原诗诗题	韵原	言/句	备注
646	108	陆坚	奉和圣制送张说上集贤学士赐宴	侵	5/12	3	玄宗	集贤书院成送张说上集贤学士赐宴得珍字	真	5/12	
647	108	程行谌	奉和圣制送张说上集贤学士赐宴	灰	5/12	3	玄宗	集贤书院成送张说上集贤学士赐宴得珍字	真	5/12	
648	108	诸璠	奉和圣制送张说上集贤学士赐宴	东	5/12	3	玄宗	集贤书院成送张说上集贤学士赐宴得珍字	真	5/12	
649	108	裴光庭	奉和御制左丞相说右丞相璟太子少傅乾曜同日上官命宴都堂赐诗	真	5/16	3	玄宗	左丞相说右丞相璟太子少傅乾曜同日上官命宴东堂赐诗	真	5/16	依韵诗
650	108	宇文融	奉和御制左丞相说右丞相璟太子少傅乾曜同日上官命宴都堂赐诗	先	5/16	3	玄宗	左丞相说右丞相璟太子少傅乾曜同日上官命宴东堂赐诗	真	5/16	
651	108	崔沔	奉和圣制同二相已下群官乐游园宴	寒	5/12	3	玄宗	同二相已下群官乐游园宴	鱼	5/12	
652	108	崔尚	奉和圣制同二相已下群官乐游园宴	寒	5/12	3	玄宗	同二相已下群官乐游园宴	鱼	5/12	

续表

序号	卷数	应制诗作者	应制诗诗题	用韵	言/句	卷数	原诗作者	原诗诗题	韵原	言/句	备注
653	108	胡皓	奉和圣制同二相已下群官乐游园宴	虞	5/12	3	玄宗	同二相已下群官乐游园宴	鱼	5/12	
654	108	胡皓	奉和圣制张说巡边	支	5/20	3	玄宗	送张说巡边	阳	5/20	
655	109	李泌	奉和圣制中和节曲江宴百僚	真	5/10	4	德宗	中和节日宴百僚赐诗	真	5/12	依韵诗
656	109	李泌	奉和圣制重阳节赐会聊示所怀	庚	5/10	4	德宗	重阳日赐宴曲江亭赋六韵诗用清字	庚	5/12	依韵诗
657	110	刘庭琦	奉和圣制瑞雪篇	平仄换韵	7/22						
658	111	韩休	奉和御制平胡	文	5/16	3	玄宗	平胡	阳	5/16	
659	111	韩休	奉和圣制送张说巡边	庚	5/20	3	玄宗	送张说巡边	阳	5/20	
660	111	许景先	奉和御制春台望	平仄换韵	杂言/28	3	玄宗	春台望	平仄换韵	杂言/28	
661	111	许景先	奉和圣制送张说巡边	庚	5/20	3	玄宗	送张说巡边	阳	5/20	
662	111	王丘	奉和圣制答张说扈从南出雀鼠谷之作	歌	5/12	3	玄宗	南出雀鼠谷答张说	真	5/12	
663	111	苏晋	奉和圣制送张说巡边	先	5/20	3	玄宗	送张说巡边	阳	5/20	
664	111	崔禹锡	奉和圣制送张说巡边	阳	5/20	3	玄宗	送张说巡边	阳	5/20	

续表

序号	卷数	应制诗作者	应制诗诗题	用韵	言/句	卷数	原诗作者	原诗诗题	韵原	言/句	备注
665	111	张嘉贞	奉和早登太行山中言志应制	先	5/16	3	玄宗	早登太行山中言志	阳	5/16	
666	111	张嘉贞	奉和圣制送张说巡边	庚	5/20	3	玄宗	送张说巡边	阳	5/20	
667	111	卢从愿	奉和圣制送张说巡边	阳	5/20	3	玄宗	送张说巡边	阳	5/20	
668	111	袁晖	奉和圣制答张说扈从南出雀鼠谷之作	灰	5/12	3	玄宗	南出雀鼠谷答张说	真	5/12	
669	111	袁晖	奉和圣制送张说巡边	灰	5/20	3	玄宗	送张说巡边	阳	5/20	
670	111	王光庭	奉和圣制答张说扈从南出雀鼠谷	灰	5/12	3	玄宗	南出雀鼠谷答张说	真	5/12	
671	111	王光庭	奉和圣制送张说巡边	东	5/20	3	玄宗	送张说巡边	阳	5/20	
672	111	徐知仁	奉和圣制送张说巡边	先	5/20	3	玄宗	送张说巡边	阳	5/20	
673	111	席豫	奉和敕赐公主镜	灰	5/8						
674	111	席豫	奉和圣制答张说扈从南出雀鼠谷	文	5/12	3	玄宗	南出雀鼠谷答张说	真	5/12	
675	111	席豫	奉和圣制送张说巡边	先	5/20	3	玄宗	送张说巡边	阳	5/20	
676	112	贺知章	奉和御制春台望	平仄换韵	杂言/28	3	玄宗	春台望	平仄换韵	杂言/28	

续表

序号	卷数	应制诗作者	应制诗诗题	用韵	言/句	卷数	原诗作者	原诗诗题	原韵	原言/句	备注
677	112	贺知章	奉和圣制送张说上集贤学士赐宴赋得谟字	虞	5/12	3	玄宗	集贤书院成送张说上集贤学士赐宴得珍字	先	5/12	
678	112	贺知章	奉和圣制送张说巡边	东	5/20	3	玄宗	送张说巡边	阳	5/20	
679	112	苏颋	奉和姚令公驾幸温汤喜雪应制	支	5/8		姚崇				
680	114	蔡希周	奉和扈从温泉宫承恩赐浴	东	7/8						
681	115	李邕	奉和圣制从蓬莱向兴庆阁道中留春雨中春望之作应制	灰	7/8						
682	115	李邕	奉和初春幸太平公主南庄应制	灰	7/8		中宗				
683	115	王湾	奉和贺监林月清酌	东	7/8		贺知章				
684	115	史青	应诏赋得除夜	灰	5/8						
685	118	孙逖	奉和四月三日上阳水窗赐宴应制得春字	真	5/8						
686	118	孙逖	奉和登会昌山应制	支	5/8						

续表

序号	卷数	应制诗作者	应制诗诗题	用韵	言/句	卷数	原诗作者	原诗诗题	韵原	言/句	备注
687	118	孙逖	奉和御制登鸳鸯楼即目应制	东	5/8						
688	118	孙逖	奉和李右相中书壁画山水	庚	5/16		李林甫				
689	118	孙逖	奉和李右相赏会昌林亭	真	5/12		李林甫				
690	118	孙逖	奉和四月三日上阳水窗赐宴应制得春字	真	5/8						
691	119	崔国辅	奉和华清宫观行香应制	东	5/8						
692	119	崔国辅	奉和圣制上巳祓禊应制	尤	5/12						
693	121	李林甫	奉和圣制次瑶岳应制	灰	5/8						
694	121	陈希烈	奉和圣制三月三日	阳	5/12						
695	122	卢象	奉和张使君宴加朝散	侵	5/12						
696	124	徐安贞	奉和喜雪应制	侵	7/8	3	玄宗	喜雪	庚	5/12	
697	124	徐安贞	奉和圣制早渡蒲津关	删	5/12	3	玄宗	早渡蒲津关	东	5/12	
698	124	徐安贞	奉和圣制答二相出雀鼠谷	先	5/12	3	玄宗	南出雀鼠谷答张说	真	5/12	

续表

序号	卷数	应制诗作者	应制诗诗题	用韵	言/句	卷数	原诗作者	原诗诗题	韵原	言/句	备注
699	124	崔翘	奉和圣制答张说南出雀鼠谷	文	5/12	3	玄宗	南出雀鼠谷答张说	真	5/12	
700	124	梁昇卿	奉和圣制答张说南出雀鼠谷	阳	5/12	3	玄宗	南出雀鼠谷答张说	真	5/12	
701	125	王维	奉和圣制登降圣观与宰臣等同望应制	敬	5/16		玄宗				
702	125	王维	奉和圣制御春明楼临右丞相园亭赋乐贤诗应制	遇	5/16		玄宗				
703	125	王维	奉和圣制送不蒙都护兼鸿胪卿归安西应制	泰队	5/12		玄宗				
704	125	王维	奉和圣制天长节赐宰臣歌应制	七言骚/22			玄宗				
705	125	王维	奉和圣制赐史供奉曲江宴应制	灰	5/8		玄宗				
706	126	王维	奉和杨驸马六郎秋夜即事	阳	5/8		玄宗				
707	127	王维	奉和圣制玄元皇帝玉像之作应制	先	5/12		玄宗				

续表

序号	卷数	应制诗作者	应制诗诗题	用韵	言/句	卷数	原诗作者	原诗诗题	韵原	言/句	备注
708	127	王维	奉和圣制与太子诸王三月三日龙池春禊应制	尤	5/12		玄宗				
709	127	王维	奉和圣制上巳于春望亭观禊饮应制	东	5/12		玄宗				
710	127	王维	奉和圣制暮春送朝集使归郡应制	尤	5/12		玄宗				
711	127	王维	奉和圣制重阳节宰臣及群官上寿应制	先	5/12		玄宗				
712	127	王维	奉和圣制十五夜然灯继以酺宴应制	阳	5/16		玄宗				
713	127	王维	奉和圣制幸玉真公主山庄因题石壁十韵之作应制	麻	5/20		玄宗				
714	128	王维	奉和圣制从蓬莱向兴庆阁道中留应制春雨中春望之作应制	麻	7/8		玄宗				
715	130	崔颢	奉和许给事夜直简诸公	先	5/16	许景先					

续表

序号	卷数	应制诗作者	应制诗诗题	用韵	言/句	卷数	原诗作者	原诗诗题	韵原	言/句	备注
716	138	储光义	奉和韦判官献侍郎除河东采访使应制	泰队	5/24						
717	139	储光义	奉和中书徐侍郎中书省玩雪寄颖阳赵大应制	先	5/8						
718	156	王翰	奉和圣制同二相已下群官乐游园宴	庚	5/12	3	玄宗	同二相已下群官乐游园宴	鱼	5/12	
719	156	王翰	奉和圣制送张说上集贤学士赐宴得筵字	先	5/12	3	玄宗	集贤书院成送张说上集贤学士赐宴得珍字	真	5/12	
720	190	韦应物	奉和圣制重阳日赐宴	真	5/12		德宗				
721	238	钱起	奉和圣制登会昌山应制	支	5/8						
722		钱起	奉和圣制登朝元阁	庚	5/16						
723	254	常衮	奉和圣制麟德殿燕百僚应制	阳	5/12						
724	271	窦叔向	春日早朝应制	桓/寒	5/8						
725	273	戴叔伦	春日早朝应制	桓/寒	5/8						
726	276	卢纶	奉和圣制麟德殿宴百僚	阳	5/12						

续表

序号	卷数	应制诗作者	应制诗诗题	用韵	言/句	卷数	原诗作者	原诗诗题	韵原	言/句	备注
727	292	司空曙	御制雨后出城观赏敕朝臣已下属和	庚	5/16						
728	313	崔元翰	奉和圣制三日书怀因以示怀	真	5/12	4	德宗	三日书怀因以示百僚	真	5/12	
729	313	崔元翰	奉和圣制重阳节旦日百寮曲江宴示怀	质物	5/20		德宗				
730	313	崔元翰	奉和登玄武楼观射即事书怀赐孟涉应制	真	5/16		德宗				
731	313	崔元翰	杂言奉和圣制至承光院见自生藤感其得地因以成咏应制	支	杂言/20		德宗				
732	317	武元衡	奉和圣制丰年多庆九日示怀	东/冬	5/12	4	德宗	丰年多庆九日示怀	东	5/12	
733	317	武元衡	奉和圣制重阳日即事	东	5/12	4	德宗	重阳日即事	东	5/12	依韵诗
734	320	权德舆	奉和圣制九月十八日赐百寮追赏因书所怀	庚	5/12	4	德宗	九月十八日赐百僚追赏书所怀	庚	5/12	依韵诗

续表

序号	卷数	应制诗作者	应制诗诗题	用韵	言/句	卷数	原诗作者	原诗诗题	韵原	言/句	备注
735	320	权德舆	奉和圣制九日言怀赐中书门下及百僚	寒	5/12		德宗				
736	320	权德舆	奉和圣制重阳日中外同欢以诗言志因示百僚	鱼	5/14	4	德宗	重阳日中外同欢以诗言志因示群官余字韵	鱼	5/14	依韵诗
737	320	权德舆	奉和圣制中春麟德殿会百寮观新乐	平仄换韵	5/16	4	德宗	中春麟德殿会百僚观新乐诗一章章十六句	真	5/16	
738	320	权德舆	奉和圣制中和节赐百官宴集因示所怀	真	5/12	4	德宗	中和节赐百官宴集因示所怀	真	5/12	依韵诗
739	320	权德舆	奉和圣制重阳日即事六韵	东	5/12	4	德宗	重阳日即事	东	5/12	依韵诗
740	320	权德舆	奉和圣制丰年多庆九日示怀	东	5/12	4	德宗	丰年多庆九日示怀	东	5/12	依韵诗
741	475	李德裕	奉和圣制南郊礼毕诗	真	5/12		武宗				
742	563	魏谟	和重阳赐宴御制诗	灰	5/4		宣宗				
743	670	秦韬玉	奉和春日玩雪	麻	7/4		僖宗				
744	684	吴融	奉和御制	寒/删	5/8						

续表

序号	卷数	应制诗作者	应制诗诗题	用韵	言/句	卷数	原诗作者	原诗诗题	韵原	言/句	备注
745	685	吴融	奉和御制六韵	灰	5/12						
746	738	张义方	奉和圣制元日大雪登楼	麻	7/4						
747	739	李建勋	和元宗元日大雪登楼	麻	7/8		中主李璟				
748	755	徐铉	奉和七夕应令	阳	7/8		中主李璟				
749	755	徐铉	又和八日	尤	7/8		中主李璟				
750	756	徐铉	奉和御制茱萸	真	7/8		中主李璟				
751	757	汤悦	奉和圣制送邓王牧宣城	先	7/8						
752	770	韩雄	敕和元相公家园即事寄王相公	侵	5/8						
753	771	赵起	奉和登会昌山应制（一作钱起诗）	支	5/8						
754	777	蔡文恭	奉和夏日游山应制	养	5/12						
755	851	慈恩寺沙门	和御制游慈恩寺	侵	5/8						
756	882	许敬宗	奉和九月九日应制	东	5/18	2	高宗	九月九日	阳	5/18	
757	882	许敬宗	奉和守岁应制	微	5/10						

续表

序号	卷数	应制诗作者	应制诗诗题	用韵	言/句	卷数	原诗作者	原诗诗题	韵原	言/句	备注
758	882补1	赵彦伯	和九月九日登慈恩寺浮图应制	东	5/8						
759	882补1	许敬宗	奉和守岁应制	微	5/10						

附录二

《全唐诗补编》应制诗简表[*]

序号	页码	作者	诗题
1	94	褚遂良	奉和行经破薛举战地应诏
2	94	褚遂良	春日侍宴望海应诏
3	94	褚遂良	辽东侍宴山夜临秋同赋临韵应诏
4	328	宋之问	幸未央宫应制
5	639	朱子奢	五言早秋侍宴应诏
6	656	刘洎	五言春日侍宴望海应诏
7	657	岑文本	五言春日侍宴望海应诏
8	658	高士廉	五言春日侍宴次望海应诏
9	659	郑仁轨	五言春日侍宴望海应诏
10	661	杨师道	五言早秋"仪鸾殿"侍宴应诏
11	661	杨师道	五言奉和行经破薛举战地应诏
12	670	长孙无忌	五言春日侍宴望海应诏
13	670	长孙无忌	五言"仪鸾殿"早秋侍宴应诏
14	670	长孙无忌	五言侍宴延庆殿同赋别题得寒桂丛应诏
15	670	长孙无忌	五言奉和行经破薛举战地应诏
16	675	上官仪	五言奉和咏棋应诏
17	675	上官仪	五言辽东侍宴山夜临秋同赋临韵应诏
18	676	上官仪	五言奉和行经破薛举战地应诏
19	676	上官仪	五言春日侍宴望海应诏
20	676	上官仪	五言侍宴延庆殿同赋别题得凌霜雁应诏

[*] 按页码排序。

续表

序号	页码	作者	诗题
21	681	许敬宗	四言奉陪皇太子释奠诗一首应令
22	682	许敬宗	五言侍宴延庆殿同赋别题得阿阁凤应诏
23	682	许敬宗	五言侍宴延庆殿集同赋得花间鸟一首应诏
24	682	许敬宗	五言辽东侍宴山夜临秋同赋"临"韵应诏
25	683	许敬宗	五言七夕侍宴赋得归衣飞机一首应诏
26	683	许敬宗	五言奉和咏棋应诏
27	683	许敬宗	五言后池侍宴回文诗一首应诏
28	748	宗楚客	应制
29	786	姚崇	奉使蒲州返辔奉答应制

附录三

唐代试律诗正文用典修辞效果考察

朱 栋 吴礼权

用典，是一种为了特定的修辞目的，在诗文作品或言语交流中引用古代神话传说、历史故事、文人故事、寓言故事或古代典籍中的经典语句、前人言语的修辞手法。而对这种修辞手法的恰当运用，必然会产生一定的修辞效果。罗积勇先生在其专著《用典研究》的第七章"用典的修辞效果"中将普通用典的修辞效果分为"'提升性效果'、'曲折性效果'和'反差性效果'三个大类"[1]，这无疑对我们分析唐代试律诗正文用典的修辞效果具有一定的指导意义。我们就在这一理论框架的指导下，结合唐代试律诗正文用典的具体情况对其积极修辞效果展开论述。

一 提升性效果

用典的提升性效果，在唐代试律诗的正文用典中表现得较为明显。具体体现在以下四个方面：一是提升论证的说服力，二是提升叙述对象的鲜明性，三是提升叙述对象的典型性，四是提升诗歌描述对象或诗歌语言的典雅性。

（一）提升论证的说服力，增强可信度

南朝梁刘勰在《文心雕龙·事类》篇中曰："据事以类义，援古以证今。"[2] 可见，引用故事古语的主要目的就是证明己意，表达自己的思想。

---

[1] 罗积勇：《用典研究》，武汉大学出版社2005年版，第42页。
[2] （南朝梁）刘勰：《文心雕龙》卷八，四部丛刊景明嘉靖刊本。

典故多是古代名人、名言或名事，是经过语言传承和历史变迁检验的。因此，以它们为说理的论点或论据，其正确性和可靠性就会变得更强，更令人信服。

在唐代试律诗的正文用典中，因引用前贤之言而提升论证说服力的例子，如孟简的试律诗《嘉禾合颖》"玉烛将成岁，封人亦自歌"一句。本首试律诗的诗题出自《尚书·周书·归禾·序》。据书中载，周时，唐叔虞所在的晋地发现嘉禾，嘉禾即双穗之禾，古人视之为祥瑞，预示天下太平。诗歌作者为了证明诗题主旨的祥瑞性，就选用了同样表示祥瑞的、源于《尸子》的语典"玉烛"。《尸子》卷上曰："四气和，正光照，此之谓玉烛。"①"玉烛"谓四时之气和畅，形容太平盛世。作者选用此典无疑提升了论证的说服力。

因引用事典而提升论证说服力的试律诗用典诗句，如郑昉的试律诗《人不易知》"和玉翻为泣，齐竽或滥吹"一句。诗句共选用了两例事典，一例是事典"和玉"，即"和氏璧"之典。此典源于《韩非子·和氏》："楚人和氏得玉璞楚山中，奉而献之厉王。厉王使玉人相之，玉人曰：'石也。'王以和为诳，而刖其左足。及厉王薨，武王即位，和又奉其璞而献之武王。武王使玉人相之，又曰：'石也。'王又以和为诳，而刖其右足。武王薨，文王即位，和乃抱其璞而哭于楚山之下，三日三夜，泣尽而继之以血。王闻之，使人问其故，曰：'天下之刖者多矣，子奚哭之悲也？'和曰：'吾非悲刖也，悲夫宝玉而题之以石，贞士而名之以诳，此吾所以悲也。'王乃使玉人理其璞而得宝焉，遂命曰'和氏之璧。'"②此典的寓意是不为人知，怀才不遇。另一例事典是"齐竽"，即"滥竽充数"之典。此典源于《韩非子·内储说上》："齐宣王使人吹竽，必三百人。南郭处士请为王吹竽，宣王说之，廪食以数百人。宣王死，湣王立，好一一听之，处士逃。"③此典虽然多用来比喻无真才实学而混在行家中充数，但它也从一个侧面体现了人的不易了解。通过分析不难看出，诗句中所选用的两例事典都提升了诗句对诗歌主题的证明力度。

---

① （战国）尸佼：《尸子》卷上，清湖海楼丛书本。
② （战国）韩非：《韩非子》卷四，四部丛刊景清景宋钞校本。
③ （战国）韩非：《韩非子》卷九，四部丛刊景清景宋钞校本。

(二) 提升叙述对象的鲜明性，增强感染力

有些典故所指代的内容形象生动，当这些典故被选用于唐代试律诗的诗句时，诗句所叙述的对象就会变得鲜明生动起来，其艺术感染力也就会得到进一步的增强。如佚名的试律诗《笙磬同音》"兽因繁奏舞，人感至和通"两句，诗句对于笙磬之音的描述，若不选用典故，而采用直描的手法，就会显得平白无味。而选用了典故"兽因繁奏舞"之后，其对音乐的描述就变得生动鲜活起来，"乐曲交响，百兽因之而起舞"。若知道典故的典源，就会觉得诗句的艺术感染力更强。"兽因繁奏舞"，典出于《尚书·舜典》："帝曰：'夔，命汝典乐，教胄子，直而温，宽而栗，刚而无虐，简而无傲。诗言志，歌永言，声依永，律和声。八音克谐，无相夺伦，神人以和。'夔曰：'於！予击石拊石，百兽率舞。'"①旧题西汉孔安国传解释曰："石，磬也，磬音之清者。拊亦击也。举清者和，则其余皆从矣。乐感百兽使相率而舞，则神人和可知。"②后多以此典形容音乐优美动听，也用以称颂君王之仁政。可见，作者选用此典不但增强了诗句描写对象的鲜明性，而且蕴含着作者对笙磬之音所表现出来的祥和之气的赞美。

有时作者会对典故反其义而用之，这时用典诗句所叙述的对象就会变得形象更加鲜明，其艺术感染力也就会更强。如李正封的试律诗《贡院楼北新栽小松》"为梁资大厦，封爵耻嬴秦"两句，诗句是写松树作为木材就应该为梁、为栋，而不应甘于仅为人遮风挡雨。此处作者为了更好地体现松树的形象，反用了秦始皇封松树的典故。据《史记》记载，秦始皇曾在泰山上遇到暴风雨，便躲避于松树之下，后来便封其为五大夫。松树被封爵本是荣耀之事，但作者却以之为耻。此处对典故的反用，就大大地提升了松树形象的鲜明性。

(三) 提升叙述对象的典型性，增强表现力

提升叙述对象的典型性，是指所选用的典故会使叙述对象变得更为典型，其所具有的最主要特征得到进一步的凸显。如于尹躬的试律诗《南至日太史登台书云物》"官称伯赵氏，色辨五方云"两句。太史：官

---

① （汉）孔安国传，（唐）陆德明音义：《尚书》卷一，四部丛刊景宋本。
② （汉）孔安国传，（唐）陆德明音义：《尚书》卷一，四部丛刊景宋本。

名。西周和春秋时期，太史掌记载史事、编写史书、起草文书、兼管国家典籍和天文历法等；秦汉曰太史令，汉属太常，掌天时星历；魏晋以后，修史之职归著作郎，太史专掌历法。可见，太史的主要职责是掌管历法。诗句中所选用的典故"伯赵氏"，源于《左传·昭公十七年》。伯赵氏为少皞氏时主历法的属官，专司夏至和冬至，因伯劳鸟而得名。不难看出，诗句通过对典故"伯赵氏"的选用，进一步提高了诗题中主人公的典型性。

另如李季何的试律诗《立春日晓望三素云》"霭霭青春曙，飞仙驾五云"两句。试题中的"三素云"，源出《黄庭内景经》："四气所合，列宿分，紫烟上下三素云。"道家将紫、白、黄三色云称为三素云，常用作咏神仙、道士的典故。而诗句中所选用的典故"五云"，即典故"五云车"，典出于旧题东汉班固的《汉武帝内传》："汉武帝好仙道，七月七日夜漏七刻，王母乘云车而至于殿。"道家称神仙乘坐五色云车出行，后世因以"五云车"咏道士出行，可见其也和神仙、道士有关。将此典选入诗句进一步提升了描写对象的典型性。

（四）提升诗歌描述对象或语言的典雅性

典雅性效果是用典的主要修辞效果之一。用典之所以具有典雅的修辞效果，一方面与典故的使用主体有关，即典故多为士大夫、名流雅士等文化人所使用；另一方面与典故的自身内容有关，即典故多是有关名人雅士的故事或名人雅士作品中的语词。

在唐代试律诗的一些诗句中，有些所描述的事物本来比较普通，但因采用名人雅士对其的雅称从而使其变得典雅起来，如陈祐的试律诗《风光草际浮》"秀发王孙草，春生君子风"一句。诗句本来所描述的是"春草"和"春风"两种比较普通的事物，但因采用了典故"王孙草"指代"春草"，"君子风"指代"春风"，就使诗句所描述的对象变得典雅起来，诗句也就具有了浓浓的文学气息。其中，典故"王孙草"，源于《楚辞·汉·淮南小山〈招隐士〉》："王孙游兮不归，春草生兮萋萋。"[①]后因以"王孙草"指代春草，成为文人对草的雅称。典故"君子风"，源于《论语·颜渊》和战国楚宋玉的《风赋》。《论语·颜渊》："子为政，

[①]（汉）王逸章句，（宋）洪兴祖补注：《楚辞》卷一二，四部丛刊景明翻刻本。

偃"①；战国楚宋玉《风赋》："有风飒然而至，王乃披襟而当之曰：'快哉此风，寡人所与庶人共者邪！'宋玉对曰：'此独大王之风耳，庶人安得而共之？'"②后因以"君子风"指代和煦的春风，也用以歌颂帝王之雄风。

另如姚鹄的试律诗《风不鸣条》"大王初溥畅，少女正轻盈"两句，诗句所描述之物也为风，但句中并未见"风"字，全为以典代之，典雅之趣显而易见。"少女"，典出《三国志·魏志·管辂传》裴松之注。裴注曰："辂《别传》曰：'辂与倪清河相见，既刻雨期，倪犹未信，辂曰夫造化之所以为神，不疾而速，不行而至……'至日向暮，了无云气，众人并嗤辂。辂言：'树上已有少女微风，树间又有阴鸟和鸣；又少男风起，众鸟和翔，其应至矣。'须臾，果有艮风鸣鸟。日未入，东南有山云楼起；黄昏之后，雷声动天；到鼓一中，星月皆没，风云并兴，玄气四合，大雨河倾。倪调辂言：'误中耳，不为神也。'辂曰：'误中与天期，不亦工乎！'"③后因以"少女"代指微风。典故"大王"即"大王风"，此处指大风。

在唐代试律诗的正文用典中，有些是因选用与文人雅士有关的故事或与文人雅士有关的言语而使叙述对象变得典雅的。如吕牧的试律诗《泾渭扬清浊》"御猎思投钓，渔歌好濯缨"两句。诗句要说的是归隐之情，此处选用了两个典故来表达。一是与商周时期吕尚有关的事典"投钓"，二是与春秋时期孔子和战国时期屈原均有关的语典"濯缨"。典故"投钓"，出于西汉司马迁《史记·齐太公世家》。吕尚曾在渭水之滨垂丝钓鱼，后世因以用作咏颂贤人隐居的典故。典故"濯缨"，出于《孟子·离娄上》："有孺子歌曰：'沧浪之水清兮，可以濯我缨。沧浪之水浊兮，可以濯我足。'孔子曰：'小子听之！清斯濯缨，浊斯濯足矣。自取之也。'"④另据《楚辞·渔父》载，屈原于江潭遇到渔父，他没有接受渔

---

① （三国魏）何晏集解：《论语》卷七，四部丛刊景日本正平本。
② （南朝梁）萧统编，（唐）李善注：《文选》卷一一，胡刻本。
③ （晋）陈寿：《三国志》卷二九，百衲本景宋绍熙刊本。
④ （汉）赵岐注：《孟子》卷七，四部丛刊景宋大字本。

父叫他"与世推移"的劝告,"渔父莞尔而笑,鼓枻而去,歌曰:'沧浪之水清兮,可以濯我缨;沧浪之水浊兮,可以濯我足。'遂去不复与言"①。正是因为诗句所选用的典故与吕尚、孔子、屈原等名人雅士有关,使诗句所叙述的对象更有典雅性。

如果典故自身所包含的某些因素比较雅正,也会提高用典诗句的典雅性。如黄颇的试律诗《风不鸣条》"太平无一事,天外奏虞韶"一句。诗句中所选用的典故"虞韶",源于《尚书·虞书·益稷》:"《箫韶》九成,凤凰来仪。"传说舜帝作雅乐《箫韶》,体现施行教化之治的完成。后世用以泛指宫廷雅乐。作者将此典引入诗中,整个诗句的典雅性自然得到了提高。

二 曲折性效果

用典的曲折性效果,是指本来可以直接表达的思想情感,说写者却通过采取引用古语或故事的方式来表达,从而形成的一种曲折含蓄的修辞效果。罗积勇先生在论及用典的曲折性效果时指出:"用典,就意味着本来可以直接说出来的意思,要借助典故间接地说出来,这就决定了用典的曲折性效果。"② 可见,曲折性效果是典故被选用时固有的语用效果之一。

对于一个成功的典故用例而言,用典的这种曲折含蓄的语用特点,不但不会影响接受者对用典者所欲表达的思想情感的有效把握,反而会使接受者对用典者所欲表达的思想情感产生更为深切的理解或感悟。正如罗积勇先生所说的:"用典的曲折,实际上是一种艺术性的陌生化,它虽然对人们的理解设置了障碍,但是人们在通过上下文和语境以及自己对古代典故的理解,反复咀嚼而悟出了其中的真意后,就会产生强烈的愉悦感。"③ 就唐代试律诗正文用典的实际情况而言,在以下两种情况下,用典的曲折性效果表现得最为明显。

(一) 表达对科考及第的期盼时

科举及第、金榜题名,可以说是中国古代读书人的最终目标,甚至

---

① (汉)刘向编:《楚辞》卷八九,四部丛刊景明翻刻本。
② 罗积勇:《用典研究》,武汉大学出版社2005年版,第262页。
③ 罗积勇:《用典研究》,武汉大学出版社2005年版,第262页。

是某些读书人一生的期盼。但这种期盼在试律诗的正文中又不便直接表达,在这种情况下,对与及第相关典故的恰当选用就成为参试士子的最佳选择。如李程的试律诗《春台晴望》"更有迁乔意,翩翩出谷莺"两句中的"出谷莺"、张昔的试律诗《小苑春望宫池柳色》"他时花满路,从此接迁莺"两句中的"迁莺"、张复元的试律诗《风光草际浮》"好助莺迁势,乘时冀便翔"两句中的"莺迁"以及窦洵直的试律诗《鸟散余花落》"万片情难极,迁乔思有余"两句中的"迁乔"等。其实,这四处用典均为对同一例典故的选用,即典故"迁莺",典出《诗经·小雅·伐木》:"伐木丁丁,鸟鸣嘤嘤。出自幽谷,迁于乔木。嘤其鸣矣,求其友声。"东汉郑玄笺曰:"迁,徙也。谓乡时之鸟出从深谷,今移处高木。"[1]后以此典喻指科举及第。另如刘得仁的试律诗《莺出谷》"稍类冲天鹤,多随折桂人"两句中的"折桂人"、元友直的试律诗《小苑春望宫池柳色》"怡然变芳节,愿及一枝荣"两句中的"一枝荣"、南巨川的试律诗《亚父碎玉斗》"终希逢善价,还得桂林枝"两句中的"桂林枝"以及畅当的试律诗《春日过奉诚园》"又期攀桂后,来赏百花繁"两句中的"攀桂"等。这四处用典也为对同一例典故的选用,即典故"折桂",此典出于《晋书·郄诜传》,也用以喻指登科及第。在唐代试律诗的正文用典中,这两例喻指科举及第的典故被频繁选用,就与其表义的曲折性有关。选用这些典故既避免了直白浅薄,又含蓄地表现了作者渴望及第的夙愿。

在唐代试律诗的正文用典中,对表示及第类典故的选用还有很多,它们均具有曲折性表达效果,如吴武陵的试律诗《贡院楼北新栽小松》"叶少初陵雪,鳞生欲化龙"两句中所选用的典故"化龙"、张乔的试律诗《华州试月中桂》"如何当羽化,细得问玄功"两句中所选用的典故"羽化",等等。

(二) 表达对时君或所处盛世的赞美时

唐代试律诗的诗题有很多是用来赞美唐朝之君或所处之世的,参试士子在以这些诗题作诗时,难免要对唐之君王或所处之世进行赞美和称

---

[1] (战国)毛亨传,(东汉)郑玄笺,(唐)陆德明音义:《毛诗》卷九,四部丛刊景宋本。

颂，而为了避免谄媚之嫌和庸俗之弊，他们大多会选用相关典故来进行表达，这正是对典故曲折性效果的自觉利用。

用典故来曲折赞美唐朝之君的，如李绛的试律诗《恩赐耆老布帛》"盛明今尚齿，欢洽九衢樽"两句中所选用的典故"尚齿"，典出《礼记·祭义》："昔者有虞氏贵德而尚齿，夏后氏贵爵而尚齿，殷人贵富而尚齿，周人贵亲而尚齿。"① 诗句选用此典表现了唐朝君王尊重老者的美好品德。另如薛存诚的试律诗《御制段太尉碑》"葬仪从俭礼，刊石荷尧君"两句中所选用的典故"尧君"，典出《礼记·大学》："尧舜率天下以仁，而民从之。桀纣率天下以暴，而民从之。"② 后世多用"尧舜""尧君"等指代圣明之君。此处选用此典即是以尧君代指唐朝皇帝，从而对其加以赞美。再如柳宗元的试律诗《观庆云图》"恒将配尧德，垂庆代河图"两句中所选用的典故"河图"，出于《周易·系辞上》："是故天生神物，圣人则之；天地变化，圣人效之；天垂象，见吉凶，圣人象之。河出图，洛出书，圣人则之。"③ 古代传说，伏羲王天下和尧帝即帝位时，均有龙马出河之瑞，后世用作称颂帝王即位的典故。柳诗选用此典即是表达对当时帝王的颂扬。

唐代试律诗的正文用典中，在选用典故表达对当时所处时代的赞美时，用典的曲折含蓄之效也较为明显。如佚名的试律诗《晨光动翠华》"影连香露合，光媚庆云频"两句中所选用的典故"庆云"、张复元的试律诗《恩赐耆老布帛》"击壤将何幸，徘徊对九门"两句中所选用的典故"击壤"等。这两句诗均是对唐代盛世的颂扬，但句中未见直白的赞美之词，而是通过采用表示祥瑞的典故"庆云"以及表示太平盛世的典故"击壤"来表达，表义含蓄而深刻。

三 简洁化、言简意赅的效果

用典，可以说是一种为了一定的交际目的，将一个故事的概括语或一段经典语句的代表词运用于特定文本或特定会话语境的语用行为，其

---

① （汉）郑玄注，（唐）陆德明音义：《礼记》卷一四，四部丛刊景宋本。
② （汉）郑玄注，（唐）陆德明音义：《礼记》卷一九，四部丛刊景宋本。
③ （三国魏）王弼注，（东晋）韩康伯注：《周易》卷八，四部丛刊景宋本。

强调的是一种"言简意赅"的艺术效果。而唐代试律诗作为一种科场考试的五言格律诗,就要求语言凝练典雅、表义深刻富瞻。所以,在唐代试律诗的正文用典中,典故"言简意赅"的语用效果就表现得更为明显。如邓倚的试律诗《春云》的末联"为霖如见用,还得助成功"中所选用的典故"为霖"。此联诗从表面上看是在写春云,但实际上却是另有深层次的寄托,而这种寄托就是通过选用典故"为霖"来实现的。"为霖",源于《尚书·商书·说命上》:"(殷高宗)命之(傅说)曰:'朝夕纳诲,以辅台德。若金,用汝作砺;若济巨川,用汝作舟楫;若岁大旱,用汝作霖雨。'"①旧题西汉孔安国传:"霖,三日雨,霖以救旱。"相传殷高宗访得傅说,任以为相,并要求傅说像解救旱情的甘霖那样,效力王朝、施恩于民。后因以"霖雨"喻指恩泽,将"为霖"用作歌颂宰相的典故。而这里选用此典则表达了作者希望一朝见用,为君效命、为民造福的抱负。通过分析不难看出,在此例用典中,典故言简意赅的修辞效果得到了很好的体现。

另如南巨川的试律诗《美玉》的首联"抱玉将何适,良工正在斯"中所选用的典故"抱玉"。首先,从整首诗的内容来看,本诗应为托物言志之作,托美玉言积极进取之志。在诗的开头,作者通过典故"抱玉"把自己"抱玉待沽"而又担心"不被发现"的矛盾心情真切地表达了出来。典故"抱玉",一是出典于《老子》:"知我者希,则我者贵,是以圣人被褐怀玉"②,比喻怀抱才德,深藏不露;二是出典于《韩非子·和氏》,比喻怀才不遇。此处为双关用典,所以典故言简意赅的修辞效果就表现得更为明显。

至于罗积勇先生在《用典研究》中所提及的用典的第三个修辞效果,即"反差性效果",在唐代试律诗的正文用典中未见体现,这一现象是由唐代试律诗的特殊性质决定的。唐代试律诗作为科举考试之作,从一定层面上讲,其应属于行政文体,诗题雅正平实,内容也要求质朴、端正、雅丽。所以,唐代试律诗的正文用典对蕴含趣味性、滑稽性或讽刺性的典故就不便选用,其用典也就没有反差性效果。

---

① (汉)孔安国传,(唐)陆德明音义:《尚书》卷五,四部丛刊景宋本。
② (春秋战国)老聃著,(三国魏)王弼注:《道德真经》,古逸丛书景唐写本。

以上我们所论述的唐代试律诗正文用典所表现出的修辞效果,均是对诗句中恰当用典而言的,属于"正能量"。而对于试律诗正文用典中那些不妥的用例而言,就难有修辞效果可言了。如殷文圭的试律诗《春草碧色》"杜回如可结,誓作报恩身"一句。诗句为本首诗的末联,此联选用了春秋时期结草报恩的典故作结,是以草自比,表达报恩之意,与试题中的"春草"也相切,但因其与全诗主旨无任何关联,故清纪昀评曰:"末二句鄙陋之极,语意也不相贯。"显然,此处为失败的典故用例,也就无任何修辞效果可言。

[原载《南昌大学学报》(人文社会科学版)2015年第3期,收入本书时略有改动]

附录四

典面组构方式研究

典面即典故的语用表现形式，是用典者为了表情达意或满足特定修辞目的的需要而将典故用于文章或话语中的语词表现形式。典面脱胎于典源，它在表义时不仅要依靠典面语词本身，更要依靠典源文献所提供的具体语言环境。就信息的接受者而言，他们在阅读或话语的交流中遇到典故时，更多是通过典面语词的信息提示以与典源建立一定的联系，最终通过典源语境来理解所遇典故的真正含义。所以，一定程度上讲，典面更多只是起到标示典源的作用。正是由于此，用典者在对一例典故的典面进行选取时，就相对比较自由，会有多种方式可供选择。通过系统考察，我们将典面的组构方式概括为三大类：直接截取式、选字组合式、变换组合式。具体而言，每一种组构方式又包含若干小类。

一 直接截取式

对用典者而言，直接截取式是三种典面组构方式中最为方便的一种，典故的选用者只需根据需要，把典源文献中有关语词直接截取出来即可。根据典面所选用语词单位性质的不同，直接截取式典面组构方式又可分为以下几个小类。

（一）对典源文献中普通语词的截取

此处所说的普通语词是相对于专有名词和熟语而言的。在这些被选择用作典面的普通语词中，多数为名词，如唐薛存诚诗《御制段太尉碑》"雅词黄绢并，渥泽紫泥分"两句，句中所选用的典故典面为"黄绢"。典故"黄绢"出于南朝宋刘义庆《世说新语·捷悟》：

魏武尝过曹娥碑下，杨修从，碑背上见题作"黄绢幼妇，外孙齑臼"八字。魏武谓修曰："解不？"答曰："解。"……修曰："黄绢，色丝也，于字为绝。幼妇，少女也，于字为妙。外孙，女子也，于字为好。齑臼，受辛也，于字为辞。所谓'绝妙好辞'也。"①

薛诗在选用此典赞美御制段太尉碑文辞之绝妙时，直接截取了典源语词中的普通名词"黄绢"为其典面。此处选用名词"黄绢"为该典典面，既满足了表义的需要，又与下句中的"紫泥"构成了对仗。另如唐乐伸诗《闰月定四时》"愿言符大化，永永作元龟"两句，句中所选用的典故典面为"元龟"。典故"元龟"出于西晋陈寿《三国志·吴志·吴主传》：

近汉高祖受命之初，分裂膏腴以王八姓，斯则前世之懿事，后王之元龟。②

乐诗在选用此典时，也是直接截取了典源语词中的普通名词"元龟"为其典面，以之指代典源，喻指可资借鉴的往事。

一些用典典面是通过直接截取典源语词中的动词词组而形成的，如唐张复元的诗《恩赐耆老布帛》"情均皆挟纩，礼异贲丘园"两句，句中所选用的典故典面为"挟纩"。典故"挟纩"出于《左传·宣公十二年》：

冬，楚子伐萧……王怒，遂围萧。萧溃。申公巫臣曰："师人多寒。"王巡三军，拊而勉之，三军之士皆如挟纩。③

张诗选用此典意在喻指耆老受到君王的抚慰而感到温暖，而其用典

---

① （南朝宋）刘义庆等撰，（南朝梁）刘孝标注：《世说新语·捷悟第十一》，四部丛刊景明袁氏嘉趣堂本。
② （晋）陈寿：《三国志》卷四七《吴志二》，百衲本景宋绍熙刊本。
③ （春秋战国）左丘明撰，（晋）杜预注，（唐）孔颖达疏：《春秋左传》，清嘉庆二十年南昌府学重刊宋本十三经注疏本，附《释音春秋左传注疏》卷二三。

典面即是直接截取典源文献中的动词词组"挟纩"。另如唐李沛的诗《四水合流》"顺物宜投石,逢时可载舟"两句,句中所选用的典故典面为"投石"。典故"投石"出于南朝梁萧统《文选·李康〈运命论〉》:

> 张良受黄石之符,诵《三略》之说,以游于群雄。其言也,如以水投石,莫之受也;及其遭汉祖,其言也,如以石投水,莫之逆也。①

此典原比喻游说之言受到君王的欢迎,后世用作称美臣下献言、君臣相得的典故。李诗选用此典,表面是指水流顺畅,实际是期望自己科举考试能够顺利及第,其典面是直接截取典源文献中的动词词组。

(二) 对典源文献中人名、地名等专有名词的截取

典源中的人名、地名等专有名词一旦被选作典面,它们的意义一般会发生变化,有的词义范围会缩小,趋于特指;有的词义范围会扩大,趋于泛指;还有的会通过修辞上的借代、比喻等方法而产生新的意义。

典源中的专有名词被选作典面后,其词义范围缩小,趋于特指。此类用典如唐薛存诚的诗《御题国子监门》"张英圣莫拟,索靖妙难言"两句中所选用的典故"张英"和"索靖",它们的典面即是从典源文献中直接选取人名而成。其中,典故"张英"出于南朝宋范晔《后汉书·张奂传》。张奂,字伯英,也称张英,东汉著名书法家,三国魏韦仲将称之为"草圣"。后世因将"张英"或"张伯英"用作称美人精于书法的典故。典故"索靖"出于唐房玄龄等《晋书·卫瓘传》。西晋尚书郎索靖与同朝尚书令卫瓘皆工草书,被时人称为"一台二妙"。后世因将"索靖"用作赞美他人善于书法的典故。人名"张英"和"索靖"被薛存诚选作典面用于诗句时,就是借此两人工于书法,用以形容皇帝的御笔题字之精妙,意在赞美。另如唐张籍的诗《罔象得玄珠》"离娄徒肆目,罔象乃通玄"两句中所选用的典故"离娄",其典面也是直接取用典源中的人名。典故"离娄"源于《孟子·离娄上》,离娄是上古以视力好而闻名的人,传说其能距百步而见毫末。后因将"离娄""离娄至明"用作咏视力好、明察

---

① (南朝梁)萧统编,(唐)李善注:《文选》卷五三,胡刻本。

秋毫的典故。张诗选用此典即是以离娄为衬托,谓罔象的眼睛更亮。

典源中的专有名词被选作典面后,其词义范围扩大,趋于泛指。此类用典如唐徐敞的诗《白露为霜》"鲜辉袭纨扇,杀气掩干将"两句中所选用的典故"干将",此典典面直接取用典源文献中的一把宝剑名。此典源于东汉赵晔《吴越春秋·阖闾内传第四》:

> 干将者,吴人也,与欧冶子同师,俱能为剑。越前来献三枚,阖闾得而宝之,以故使剑匠作为二枚,一曰干将,一曰莫耶。莫耶,干将之妻也。①

春秋时期吴人干将善于铸剑,曾为吴王阖闾铸有雄雌两把宝剑,其中雄剑名曰干将。后世因以"干将"泛指宝剑、利剑。徐诗选用典源中的专有名词"干将"作为该典故的典面即是泛指宝剑。另如典故"蓬莱"被选用于唐戴叔伦的诗《晓闻长乐钟声》"已启蓬莱殿,初朝鸳鹭群"一句。典面"蓬莱"也为直接取自典源文献中的专有名词。蓬莱山为神话传说中的东海神山之一,后世因以泛指仙境。戴诗选用此典,目的是用传说中的仙境来衬托长乐宫之恢宏。

典源文献中的专有名词被选作典面时,因修辞上的借代而产生了新的意义。此类用典如唐张聿的诗《圆灵水镜》"回首看云液,蟾蜍势正圆"两句中所选用的典故"蟾蜍",其典面直接取用典源文献中的专有名词,用以代指月亮。典故"蟾蜍"源于西汉刘向《五经通义》。古代神话传说月中有蟾蜍。后世因以"蟾蜍"用作咏月之典,代指月亮。另如唐滕迈的诗《春色满皇州》"色媚青门外,光摇紫陌头"两句中所选用的典故"青门",其典面也是直接取自典源文献。典故"青门"源于《文选·阮籍〈咏怀诗十七首〉其九》。"青门"本指汉代长安城的东南门,原称为"霸城门",因门漆为青色,故称为"青门"。唐诗中常用以代指京城长安或长安的东南门,滕诗即是以此典代指京城长安的东南门。

典源文献中的专有名词被选作典面时,因修辞上的比喻而产生了新的意义。此类用典如唐张子容的诗《长安早春》"草迎金埒马,花伴玉楼

---

① (汉)赵晔:《吴越春秋·阖闾内传第四》,四部丛刊景明弘治本。

人"一句,句中所选用典故"金埒",其典面虽是直接取自典源文献中的专有名词,但选用的却是其比喻义。典故"金埒"出于南朝宋刘义庆《世说新语·汰侈》:

> 王武子被责,移第北邙下。于时人多地贵,济好马射,买地作埒,编钱匝地竟埒。时人号曰"金埒"。①

晋王济字武子,官至太仆,性豪侈,曾以钱币编成马射场的界墙,人称"金埒"。后世因以为典,用以喻指豪侈。另如典故"陶钧",出于《史记·邹阳列传》。陶钧本为古代制作陶器的工具之一——转轮,汉人用之比喻操纵时局的朝廷,也用以比喻决定乾坤的造物者。唐李程的诗《竹箭有筠》"陶钧二仪内,柯叶四时春"两句选用"陶钧"典,即是喻指天地造化之力。

(三) 对典源文献中所引熟语的截取

有些典故的典面是直接取自典源文献中所引用的熟语。如唐周弘亮的诗《曲江亭望慈恩寺杏园花发》"愿莫随桃李,芳菲不为言"两句,句中所引用典故的典面为"桃李",此典面即是直接取自典源文献所引用的熟语。典故"桃李",源于西汉司马迁《史记·李将军列传》:

> 余睹李将军悛悛如鄙人,口不能道辞。及死之日,天下知与不知,皆为尽哀。彼其忠实心诚信于士大夫也!谚曰:"桃李不言,下自成蹊。"此言虽小,可以谕大也。②

《史记》引熟语"桃李不言,下自成蹊"称美李广不尚言辞,以诚信赢得人心,后世沿用为典。周诗此处是反用此典,直接取用熟语中语词"桃李"为典面,表明花或人还是应该适当自我宣扬的,不应过于矜持。

---

① (南朝宋)刘义庆等撰,(南朝梁)刘孝标注:《世说新语·汰侈第三十》,四部丛刊景明袁氏嘉趣堂本。
② (汉)司马迁撰,(南朝宋)裴骃集解,(唐)司马贞索隐,(唐)张守节正义:《史记》卷一一〇,清乾隆武英殿刻本。

（四）从典源文献中所截取的用作典面的语词片段原本并不是词或词组

有些典面在从典源文献中直接截取时，其所选用的语词片段本身既不是词也不是固定词组。这些被选用的语词片段只是在被选作典面后，其意义和结构才得以固定，并最终成为汉语词汇中的词或固定词组。如唐王季则的诗《鱼上冰》"为龙将可望，今日愧才虚"一句，句中所选用的典故"为龙"，其典面"为龙"这一语词片段在典源文献中就既不是词也不是固定词组。"为龙"之所以喻指科举及第，就因为其被选用作典面。典故"为龙"源于《辛氏三秦纪》：

龙门之下，每岁季春有黄鲤鱼，自海及诸川争来赴之。一岁中，登龙门者不过七十二。初登龙门，即有云雨随之，天火自后烧其尾，乃化为龙矣。①

古代有鲤鱼跃过龙门即变化为龙的传说，后世因以为典，喻指科举及第。王诗直接截取典源文献中的非词语段"为龙"作为该典典面，言冰融鱼跃，喻指有登龙门的希望，借以寄托自己对科考及第的期盼。另如典故"从禽"，此典源于《周易·屯卦》：

六三：即鹿无虞，惟入于林中；君子几，不如舍。往吝。象曰："即鹿无虞，以从禽也。君子舍之，往吝穷也。"②

唐孔颖达疏曰："即鹿当有虞官，即有鹿也。若无虞官，以从逐于禽，亦不可得也。"③《周易》中有"从逐于禽"之语，指追捕禽兽，后世因以为典。唐张正元的诗《临渊羡鱼》"不应同逐鹿，讵肯比从禽"两句在选用此典时，所选典面即为典源文献中的非词语段"从禽"，这里是借用《周易》中的"从禽"语以衬托对求鱼的吟咏。

---

① （清）张澍：《辛氏三秦纪》，清二酉堂丛书本。
② （三国魏）王弼注，（东晋）韩康伯注：《周易》卷一，四部丛刊景宋本。
③ （三国魏）王弼注，（东晋）韩康伯注，（唐）孔颖达疏：《周易》，清嘉庆二十年南昌府学重刊宋本十三经注疏本，周易兼义上经乾传第一。

二 选字组合式

采用选字组合式构成的典面,其所有组构字词虽然均来源于典源文献,但它们在典源文献中并不连在一起或并不按典源文献中的顺序排列。换句话说,选字组合式典面构成方式就是将取自典源语句中的字词进行重新组合以充当典面。

由于是选字重组而不是对典源语词的直接截取,所以采用选字组合式构成的典面在组构关系上与典源文献中的相关语词就会存在一定的差异,这不利于阅读者或听话者对所遇典故的理解。为了尽量消除这一理解上的困难,用典者在选字组构典面时,往往会从典源文献中挑选在表义上最为重要、最具概括性或最具典型性的字词。这样不仅利于读者或听者从字面上理解所遇到的典故,而且利于他们通过典面顺利地联想到典源文献中的相关语句,进而更准确地理解所遇典故的意义。如唐王起的诗《省试骊珠》"润川终自媚,照乘且何由"两句,句中所选用典故的典面为"照乘"。典故"照乘"源于西汉司马迁《史记·田敬仲完世家》:

> 齐威王与魏王会田于郊。魏王问曰:"王亦有宝乎?"威王曰:"无有。"梁王曰:"若寡人国小也,尚有径寸之珠照车前后各十二乘者十枚,奈何以万乘之国而无宝乎?"①

作者王起在选用此典时,对典面的组构即选用了选字组合式。可以说,在典源文献中,"照"和"乘"并不相连,句法上也无直接关系。用典者之所以选用二者组构典面,是因为在典源语词中"照"字最能体现宝珠发光的特点,而"照"之宾语之所以可以选择量词"乘"而不选用名词"车",是因为量词"乘"所接的名词多为"车",而"车"字出不出现都不会影响其意义的表达。另如唐蒋防的诗《至人无梦》"已赜希微理,知将静默邻"两句,句中所选用典故的典面为"希微"。典故"希

---

① (汉)司马迁撰,(南朝宋)裴骃集解,(唐)司马贞索隐,(唐)张守节正义:《史记》卷四六,清乾隆武英殿刻本。

微"源于《老子》：

> 听之不闻名曰希，搏之不得名曰微。①

作者在选用此典时，对典面的组构也是选用了典源语词中最为重要的两个字"希"和"微"。

三 变换组合式

变换组合式典面组构方式是指组构典面的语词不是完全来自典源中的相关语句，而是通过加字、替换等方法改造后才组构成典面的一种方式。采用这一典面组构方式的典面最显著的特点是，其中必有一部分语词不是来源于典源文献中的相关语句。

具体而言，采用变换组合式组构典面的情况又可细分为三类：一是用典典面由选自典源文献的部分和用典者根据需要所增加的字词联合组合而成，此种典面组构形式可称为加字组合式；二是用典典面由用典者根据需要对选自典源语词中的部分字词进行替换而成，此种典面组构形式可称为替换组合式；三是用典典面是由对典源之事的概括而成，此种典面组构形式可称为概括组合式。

(一) 加字组合式

采用加字组合式组构的典面均由两个部分构成，一部分是直接取自典源的字词，另一部分是用典者根据需要所增加的字词。根据加字产生的原因，加字组合式又可分为两类：一类是因表义的需要而加字组成典面，另一类是因音节的需要而加字组成典面。

因表义的需要而加字组合成典面的，如唐裴达的诗《南至日太史登台书云物》"应念怀铅客，终朝望碧雾"两句，句中所选用典故的典面为"怀铅客"。典故"怀铅客"源于旧题东晋葛洪《西京杂记》：

> 扬子云好事，常怀铅提椠，从诸计吏，访殊方绝域四方之语，

---

① （春秋战国）老聃撰，（三国魏）王弼注：《道德真经注》，古逸丛书景唐写本。

以为裨补《輶轩》所载,亦洪意也。①

典源语词中并未出现"客"字,倘若裴诗在选用此典时不加上此字,不但语义上与句中动词"念"无法搭配,而且难以体现出此诗赞美太史的意旨。

因音节的需要而加字组合成典面的,如唐郑畋的诗《麦穗两岐》"愿依连理树,俱作万年枝"两句,句中所选用典故的典面为"连理树"。典故"连理树"源于东汉班固《白虎通·封禅》:

德至草木,朱草生,木连理。②

典源语词中只有"连理",而未见"树"字,郑诗在选用此典时加上"树"字而使典面成为"连理树",完全是为了与下句中的"万年枝"相对仗。

(二)替换组合式

替换组合式是指通过改换提取于典源语词中的部分字词来组构典面。采用替换组合式组构典面,原因主要有三个:一是受使用典故时具体语境的制约,如韵律平仄对仗的要求等;二是受文献传承中文字发展变化的影响,比如古今字、同义字等;三是受避讳等非语言因素的影响。

因满足韵律平仄对仗的需要而改换典面字词的,如唐张聿的诗《余瑞麦》"已闻天下泰,谁为济西田"两句,句中所选用典故的典面为"西田"。典故"西田",代指秋季农作物的收成。此典源于《尚书·虞书·尧典》:

寅宾出日,平秩东作……寅饯纳日,平秩西成。③

唐白居易五言诗《秋游原上》和张聿的试律诗《余瑞麦》在对这一

---

① (晋)葛洪:《西京杂记》卷三,四部丛刊景明嘉靖本。
② (汉)班固:《白虎通德论》卷五,四部丛刊景元大德覆宋监本。
③ (汉)孔安国传,(唐)陆德明音义:《尚书》卷一,四部丛刊景宋本。

典故进行选用时,其典面组构语词就有所不同,其中,白诗选用的典面为"西成",张诗选用的典面为"西田"。现把两首诗摘录如下:

秋游原上①
唐·白居易

七月行已半,早凉天气清。
清晨起巾栉,徐步出柴荆。
露杖筇竹冷,风襟越蕉轻。
闲携弟侄辈,同上秋原行。
新枣未全赤,晚瓜有余馨。
依依田家叟,设此相逢迎。
自我到此村,往来白发生。
村中相识久,老幼皆有情。
留连向暮归,树树风蝉声。
是时新雨足,禾黍夹道青。
见此令人饱,何必待西成。

余瑞麦②
唐·张聿

瑞麦生尧日,芃芃雨露偏。
两歧分更合,异亩颖仍连。
冀获明王庆,宁唯太守贤。
仁风吹靡靡,甘雨长芊芊。
圣德应多稔,皇家配有年。
已闻天下泰,谁为济西田。

考察两首诗的韵脚,发现白诗押"清""庚"二韵,"清"韵"庚"韵可同用,而处于韵脚位置的典源语词"成"即是"清"韵字,因此可

---

① (清)彭定求等编:《全唐诗》卷四二九,清文渊阁四库全书本。
② (宋)李昉等编:《文苑英华》卷一八七,明刻本。

直接取用。而张诗押"仙""先"二韵,"仙"韵"先"韵可同用,但处于韵脚位置的典源语词"成"却是"清"韵字,与诗所押之韵不合,因此只有对其作调整,而作者将"清"韵的"成"字改为"先"韵的"田"字后,诗歌韵律就和谐了。当然,就两者各自所指的具体意思而言,"西成"与"西田"之间又略有区别。但是,"西田"的意思包括在"西成"中,是从"西成"中衍生出来的。

用后出字取代古字而组构成用典典面的,如唐柴宿的诗《瑜不掩瑕》"待价知弥久,称忠定不诬"两句,句中所选用典故的典面为"待价"。典故"待价",源于《论语·子罕》:

> 子贡曰:"有美玉于斯,韫椟而藏诸?求善贾而沽诸?"子曰:"沽之哉!沽之哉!我待贾者也。"①

在典源文献中"待价"本写作"待贾",因柴诗在选用此典时用表"价格"义的后出字"价"代替了同样表其义的古字"贾",所以才出现诗句中这一典面。

因音义均与典源语词中的相关字词相近就对其作替换进而组构典面的,如唐刘珪的诗《三让月成魄》"为礼依天象,周旋逐月成"两句,句中所选用典故的典面为"周旋"。典故"周旋"源于《礼记·乐记》:

> 升降上下,周还裼袭,礼之文也。②

唐陆德明《释文》曰:"还,音旋。"刘诗在选用此典时,选用了唐陆德明《礼记音义》中与典源文献中的"还"字音义均相近的"旋"字和典源文献中的"周"字组合,构成了用典典面"周旋"。

因避讳对取自典源文献中的字词进行替换而组构典面。如唐薛存诚的诗《观南郊回仗》"阅兵貔武振,听乐凤凰来"一句,句中所选用典故的典面为"貔武"。典故"貔武"用于比喻勇猛的战士,此典源于《尚

---

① (三国魏)何晏集解:《论语》卷五,四部丛刊景日本正平本。
② (汉)郑玄注,(唐)陆德明音义:《礼记》卷一一,四部丛刊景宋本。

书·周书·牧誓》：

> 勖哉夫子，尚桓桓，如虎如貔，如熊如罴，于商郊。①

在通常情况下，唐代诗人在使用此典时，多是直接取用典源文献中的"貔""虎"二字组成典面"貔虎"，如唐杜牧诗《中秋日拜起居表晨渡天津桥即事十六韵献居守相国崔公兼呈工部刘公》"鸳鸿随半仗，貔虎护重关"② 两句、唐韩琮诗《京西即事》"豺狼毳幕三千帐，貔虎金戈十万军"③ 两句、唐杨巨源诗《述旧纪勋寄太原李光颜侍中二首》（其一）"弟兄间世真飞将，貔虎归时似故乡"④ 两句等。但因科举考场作诗的特殊性，薛诗在选用此典时，为避唐高祖李渊之祖李虎的讳，就将"虎"字改为了"武"字，进而组构成典面"貔武"。

（三）概括组合式

概括组合式典面组构方式主要适用于对事典典面的组构。用典者先对事典的典源文献进行意义上的概括，再通过加字、替换、整合等多种方法的并用，组构成所需要的典面形式。这种典面组构方式是对前面所论述的几种组构方式的综合运用。

采用概括组合式组构典面的用例均为对事典的选用，如唐薛存诚的诗《嵩山望幸》"万岁声长在，千岩气转雄"两句，句中所选用典故的典面为"万岁声长在"。此典出自东汉班固《汉书·武帝纪》：

> （元封二年）……翌日，亲登嵩高，御史乘属、在庙旁吏卒咸闻呼"万岁"者三。⑤

作者薛存诚在选用此典衬托唐朝皇帝封禅泰山时给人们留下的深刻印象时，选用了概括组合式典面组构方式，典面直接由取自典源文献的

---

① （汉）孔安国传，（唐）陆德明音义：《尚书》卷六，四部丛刊景宋本。
② （清）彭定求等编：《全唐诗》卷五二六，清文渊阁四库全书本。
③ （清）彭定求等编：《全唐诗》卷五二六，清文渊阁四库全书本。
④ （清）彭定求等编：《全唐诗》卷五二六，清文渊阁四库全书本。
⑤ （汉）班固：《白虎通德论》卷六，四部丛刊景元大德覆宋监本。

"万岁"加上"声长在"三字构成,组成一个成句典面。

通过以上分析,我们不难看出,典面的组构方式灵活多样,这就要求我们在遇到典故时,必须结合语境,具体分析,通过典面溯及典源,切勿望文生训。

[原载《盐城师范学院学报》(人文社会科学版)2018年第1期,收入本书时略有改动]

附录五

庄子无竟：意境说的直接源头与稳定思想内核

朱　栋　支运波

自近代国学大师王国维论词标举"意境"（"境界"）以来，论者云集，以至于在现当代文学理论界形成了"罕见的意境热"。[①] 然而，意境说在逐步走向"中国诗学核心范畴"的神坛的同时，也越来越暴露出缺乏"一种共同的、统一的规定"和"稳定的同质的意义"[②] 的关键问题。目前，学术界尚且解答不了这个"关键问题"。而如果固守于意境说的儒家意象论、佛教（禅宗）境界说、道家象（道）说之一种或多种来源观，势必会继续沉陷于误把意境的相似性或影响因素[③]作为根本问题的泥淖，继续驻守于借助概念中介进行逻辑推演（甚至是臆测）的历史怪圈。其结果，或者使意境论认识依然滞留于意境说的多个"哲学源头"，于学术无益；或者使更多地研究者不断提出质疑之处，于学界无益。只有析厘出意境的根本生长点和直接起源处，即聚焦于庄子"无竟"观，才能真正地捕捉到意境说的同一性思想内核，驱散近现代关于意境说的重重迷思。本文尝试解答庄子无竟与意境说的内在关联问题。

一　意境之境

意境是比意象次一级的中国古代重要的诗学范畴。对于意象，古之

[①] 古风：《意境探微》，百花洲文艺出版社2001年版，第16页。
[②] 罗钢：《学说的神话——评"中国古代意境说"》，《文史哲》2012年第1期。
[③] 敏泽：《中国美学思想史》卷一，齐鲁书社1986年版，第494—495页。

圣人讲究"立象以尽意",这样,解"意"须借助"象"来完成。与意象相类似,意境乃"意之境"。因此,意境之考察就自然落到"境"字上了。

"境"字在先秦诸子文章中并不鲜见。但是,许慎的《说文解字》中却无"境"字及其解释。然而,清代李辅平的《毛诗绅义》中提到许慎《说文解字》里增加的一些"新附字",却给出了"境"字的详细内容。李辅平说:"新附有之云:境,疆也,从土,竟声。经典通用竟。"① 这说明:(1)"境"义为"疆",而"疆"与"界"同义。如"周礼曰:'壃,犹界也',毛诗传曰:'境,壃也'"②,汉代郑玄也说:"壃,犹界也。"(郑玄《周礼疏》卷第十)也就是说,疆界与境界是一个意思,指国土之边界,这在汉代之前就已是共识。高诱注《吕氏春秋》、郑玄笺《毛诗注疏》均认为"疆,境界也"。③ 春秋战国《列子》说:"西极之南隅有国焉,不知境界之所接,名古莽之国。"④ 这说明当时的"境界"就有边界的意思。(2)在表示边界之义时,竟是境的古字,境是竟的今字,两者为古今字关系。晋郭象注《庄子》、汉班固《汉书》、唐颜师古和徐彦疏《春秋公羊传注疏》、孔颖达疏《毛诗注疏》等均说"境,古曰竟""竟,音境"。《说文解字》音部竟下说:"乐曲尽为竟,从音从儿。"⑤ 据此,"竟"字本来是指音乐上的用语,所谓"乐竟为一章"或"乐竟为一阕""所奏一竟",指乐曲之终止。音乐上的片段、终止引申为国土、疆域上的终端、边界。

为何音乐领域的竟字可以用来指国土、田地上的界限范围呢?段玉裁说:"乐曲尽为竟,曲之所止也。引伸之,凡事之所止,土地之所止,皆曰竟。《毛传》曰:'疆,竟也。'俗别制境字,非。"⑥ 无独有偶,法国当代哲学家德勒兹有关奏鸣曲的"疆域美学"⑦ 论述也有助于理解这个

---

① (清)李辅平:《毛诗绅义》,清道光七年刻本。
② (唐)释慧琳:《一切经音义》卷二一,日本元文三年至延亨三年狮谷莲社刻本。
③ (秦)吕不韦、(汉)高诱注:《吕氏春秋》卷二四,四部丛刊景明刊本;(汉)毛亨、(汉)郑玄笺:《毛诗注疏》卷一三,清嘉庆二十年南昌府学重刊宋本十三经注疏本。
④ (春秋战国)列御寇:《列子》卷三,四部丛刊景北宋本。
⑤ (清)桂馥:《说文解字义证》卷八,清同治刻本。
⑥ (清)段玉裁:《说文解字注》卷三,清嘉庆二十年经韵楼刻本。
⑦ 万胥亭:《德勒兹·巴洛克·全球化》,唐山出版社2009年版,第81页。

问题。德勒兹在生物、环境、声音之间建立了系统机制。德勒兹认为生物靠挪用周围的现成物——姿态、叫声、气味以及排泄物等——来建构自身的专属领地，宣誓其主权范围。动物的鸣叫（包括音乐）所能达到的范围，就是生物标划的界域。疆土是音乐的相伴物，一首小曲就是一个音乐的辖区。音乐是作为环境的编码起到标识"两个同种的生物之间的临界间距"的。① 副歌或者说不断重复的音符是音乐所特有的"内容断块"，也称为"节奏"，它是用来实现环境间的配置活动。在德勒兹看来，安慰自我、安身之所和向未来敞开构成了音乐的三个方面。音乐与环境一样都产生于混沌，但音乐是环境对于混沌的回应。② 因此，他认为艺术就是一种"建筑学"，具有解域与再辖域的双重机制。简言之，德勒兹的跨人类学的疆域美学说的是动物以声音（或声音所能传达到的范围）为符号来宣示主权领地。

境字产生后，境与竟在古代文献中常常混用而不加区分。但是，境与竟之间并非没有区别。境更多地用来指疆域或田地上的物理上的界限，而竟字则意味着某种抽象的区隔。《说文解字》说："疆，界也，象田四界"，即是用来表示田地之间区隔、界限的。所以，《诗经·周颂·思文》言："我疆我理，南东其亩"。这种区隔有时也用来指无形的界限，而并不单纯指物理上的区隔。如卜商《子夏易传》云："多无不能，无疆之德。故君子定其分，行其事，则叶。"唐代逄行珪注《鹖子》时说："贤者得之列土，封疆得自家臣，故曰秩出焉。"（鹖熊《鹖子》卷下）

"境"（竟）的意义由物理的疆界延伸为心理的范围之意，在意境说的发展史上具有非常关键的作用。这种历史性转变，并非如部分学者所言"起于南北朝"。③ 这是因为，《庄子》一书中就出现多处有关"竟"的特殊用法，用来"指称认知的对象或概念，此种'境'应称之为心理

---

① [法]德勒兹、[法]加塔利：《资本主义与精神分裂》，姜宇辉译，上海书店出版社2010年版，第456页。
② [法]德勒兹、[法]加塔利：《资本主义与精神分裂》，姜宇辉译，上海书店出版社2010年版，第446页。
③ 陶东风：《文化与美学的视野交融：陶东风学术自选集》，福建教育出版社2000年版，第6页。

上的边界"①。比如,《逍遥游》言:"定乎内外之分,辩乎荣辱之竟",《秋水》言:"夫知不知是非之竟,而犹欲观于庄子之言"。对于荣辱是非这些主观价值判断的认识活动(或结果),《庄子》用"竟"来区分它们的客观属性。受老子思想影响,庄子提出借助"坐忘"工夫可实现"无竟"状态,进而顺应"天倪"。"无竟"概念的提出,标志着庄子从"有竟"进入一种无差别的、自由的人生审美新境界。

何为"无竟"呢?《庄子·齐物论》提出:"和之以天倪,因之以曼衍,所以穷年也。忘年忘义,振于无竟,故寓诸无竟。"对于庄子"无竟"的解释,历来主要存在四种观点。第一种认为"无竟"指无穷之境。郭象《庄子注》言:"至理畅于无极,故寄之者不得有穷也。"成玄英《庄子注疏》言:"寄言无穷,亦无无穷之可畅,斯又遣于无极者也。"宋褚伯秀、明陆西星、清王先谦、民国马其昶,均持此说。第二种认为"无竟"指无物之境。宋林希逸《庄子口义》卷三言:"年义既忘,则振动鼓舞于无物之境。此'振'字便是逍遥之意。既逍遥于无物之境,则终身皆寄寓于无物之境矣。"明朱德之,从此说。第三种认为"无竟"是无边之境。明释德清《庄子内篇注》说:"无竟者,乃绝疆界之境。即大道之实际,所言广莫之乡,旷垠之野,皆无竟之义。"第四种认为"无竟"是无极之境。清郭庆藩《庄子集释》云:"竟,极也"。

其实,这几种解释并无太大差别,它们都共同指出了"无竟"的去智离言而无所牵制的自由自在的美的人生状态。这种审美化的境界,也恰恰是诗歌活动中意境所传达的根本的审美体验。无竟是庄子向往的最高人生境界,它与"天"齐、与"道"通、与"无"同,来自对生命和生活的深层体验,是个具有多层性丰富内涵的哲学命题。所以,有研究者认为无竟是"道"的别名,"天倪"类似于无竟。《庄子》所云"'莫知其极','无所终穷','不知端倪','坐忘','无穷','无朕','其物无穷','其物无测','无穷之门','无极之野','莫然无魂','无乡','无方','无端','无旁','无始','莫知乎其所穷',皆此'无竟'之意也"②。

---

① 黄景进:《意境论的形成:唐代意境论研究》,台湾学生书局2004年版,第7—8页。
② 蒋锡昌:《庄子哲学》,上海书店出版社1992年版,第180—181页。

二 意境本于无竟

意境与庄子的"无竟"之间究竟存在何种联系呢？学界对此早有关注。宗白华认为"意境的创成……须得庄子"[1]，薛富兴认为道家思想"为意境范畴奠定基础"[2]，古风认为"'意境'的本质，就是人与自然审美统一的艺术呈现"[3]。蓝华增和夏昭炎论意境更为具体。蓝华增认为意境，特别是"无我之境"，更偏于道家思想。[4] 夏昭炎说庄子"无竟"已孕育"境地"的新意，是后来的意境之由来。[5] 他们都注意到庄子"无竟"对意境说的直接影响。然而，将意境说的道家起源直接追溯到无竟并加以详细论述的，当属顾祖钊、黄景进与蔡钊。中国台湾学者黄景进的《意境论的形成：唐代意境论研究》从"境"字的词源学入手探讨"境"与"竟"的关系，提出庄子是在心理学意义上使用"竟"字的，这为从无竟探讨意境解决了一个关键难题。顾祖钊首次明确提出意境与庄子"自由之境""无极之境"的"无竟"具有"直接渊源关系"，[6] 并以中唐诗人权德舆为例，论证了其与庄子意境的思想渊源，呈现了意境之无竟渊源最为详细的考察。蔡钊最近刊发的论文《道家"无境论"探析》提出道家无境是境界的最高境界，并以无物、无我、无境为核心论述境界的终极意义，是最为充分论述无竟观者。他们的开拓性研究为意境之无竟词源学研究转向思想内核的关联性研究，提供了思想启发和学术可能。但后世论说意境者如何与无竟相关，两者间存在何种关联性，以及无竟作为一种人生境界和意境作为一种审美境界之间的内在关系，仍悬而未决。

古之意境论者们与庄子无竟之间究竟存在何种关联呢？刘勰、钟嵘、王昌龄、皎然、司空图、严羽以及王夫之，通常被公认为缔造了意境说。

---

[1] 宗白华：《美从何处寻》，江苏教育出版社2005年版，第69页。
[2] 薛富兴：《东方神韵：意境论》，人民文学出版社2000年版，第357页。
[3] 古风：《意境探微》，百花洲文艺出版社2001年版，第303页。
[4] 蓝华增：《意境论》，云南人民出版社1996年版，第39页。
[5] 夏昭炎：《意境概说：中国文艺美学范畴研究》，北京广播学院出版社2003年版，第4—5页。
[6] 顾祖钊：《艺术至境论》，百花文艺出版社1999年版，第161—162页。

刘勰的意境思想主要体现在《隐秀》《神思》两篇。"情在词外曰隐,状溢目前曰秀",庄子意味浓厚,而"神思"之意"形在江海之上,心存魏阙之下"则借用了《庄子》。《隐秀》篇评价阮嗣宗《咏怀》诗:"境玄思澹,而独得乎优闲",可视为诗歌"无竟"之美。《神思》篇提出"神与物游"的意境构思方式直接是无竟之状:"振",即"畅,也"。(成玄英疏"振于无竟")钟嵘及其《诗品》的思想基础构成之一是玄学,他所追求的"自然英旨""滋味"的诗歌之美,无疑是"无竟"之美的转义。王昌龄具有明显的崇道意识和老庄趣味,像"自然""无间隔"这类庄子词汇在《诗格》中十分常见。他提出以"忘身""休息养神"的方法找寻"意","境"才能"生"。尤其是,"张之于意,而思之于心,则得其真矣"。"真"意境的得到是靠"思"——即庄子无竟的"知",才能领悟艺术中的人生真谛。皎然《诗式》中认为"境"既是心外之物,也是心中之物,他还把庄子笔下的"至人"视为自己的人格理想。司空图《二十四诗品》首章强调"超以象外,得其环中"命题,其"环中"一词出自《庄子》的《齐物论》《则阳》两篇。另外,《诗品》特设"实境"一品,却钟情于"虚境"与庄子"有竟""无竟"之分,而专论"无竟"何其相似。在宋代,庄禅合流是一大风尚,这涵养了严羽"以禅喻诗"的诗学理论。他的"妙悟"不就是"忘年忘义,振于无竟,故寓诸无竟"的注解吗?王夫子对《庄子》研究之深,众所周知。他的意境虚实论实乃庄子有无思想的变体。

中唐诗人刘禹锡"境生于象外"说,后世意境说研究者对之评价甚高。学界认为它"直接揭示出'境'的产生源头"[1],是对意境范畴"第一次正面界定"[2],是意境范畴"最简明的规定"[3],"非常深刻地揭示了意境的本质特征"[4]。那么,刘禹锡是否与庄子"无竟"有直接关联呢?他说:"义得而言丧,故微而难能;境生于象外,故精而寡和。"结合整句,这里所"丧"之"言"应该是《庄子·寓言》中的"卮言"。《庄

---

[1] 王明居:《唐代美学》,安徽大学出版社2005年版,第117页。
[2] 薛富兴:《东方神韵:意境论》,人民文学出版社2000年版,第29页。
[3] 叶朗:《说意境》,载罗宗强《古代文学理论研究》,湖北教育出版社2002年版,第548页。
[4] 陈望衡:《中国古典美学史》,湖南教育出版社1998年版,第486页。

子·寓言》云："卮言日出,和之以天倪,因以曼衍,所以穷年。""卮言",成玄英注疏"无心之言""合于自然之分也"。顺应"天倪",才可"曼衍"以"穷年";"穷年"也即是"忘年","忘年"才能"振于无竟,寓诸无竟"。故此,"卮言"既"是'言而无待'、'无遣是非'、'忘年忘义'、'无心无竟'地说"[①],也是"无心无竟"之状态。境—象与义—言处于对等的关系,如得义丧言一样,境超越具体的象(包括言)而生。其实,刘禹锡曾避乱江南,好静寂之境。他"对庄子哲学有精深的理解"[②]。"义得而言丧",经由魏晋玄学(以王弼、嵇康为代表)的言意论而直指庄子的"言意之辨"。从王夫之对《庄子》"忘年忘义,振于无竟"的"忘年忘义"的解释"忘言忘义"来看[③],它们之间的关联,昭然若揭。

"境生于象外"之"境"并非物理之境,而是庄子意义上的心理之境;"境生于象外"之"象"则完全没有超出老子开创的"大象"观和庄子的"象罔""忘象"思想。"境生于象外"所揭示的有限和无限的问题,同样在庄子无竟思想的范围内。这里,义和境构成了"文章之蕴"与庄子忘生死、是非的有限而寓诸"无竟"的论人生的哲学,也并无多少出入。紧接着,刘禹锡说:"千里之缪,不容秋毫。非有的然之姿,可使户晓,必俟知者,然后鼓行于时。"据此,刘禹锡认为"文章之蕴"非常人所能理解,这就意味着文章所蕴藏的哲理与人生真谛,是有待于"知者"来完成的。这里的"知者",就是庄子所说的"振于无竟"者。只不过,刘禹锡以一个诗人气质道说了庄子的哲人气质的"无竟"说,实现了"无竟"的美学转变。它们之间仅仅是生存哲学与诗歌美学之间的差异,并无审美体验、审美感受上的不同。薛富兴说"意境的'象外'说……是道家道象观在美学界的一种具体运用"[④],叶朗说意境说的"思想根源可以一直追溯到老子美学和庄子美学"[⑤],蒲震元说"境生于象

---

① 李建中:《中国古代文论范畴发生史:〈庄子卷〉得意忘言》,武汉大学出版社2009年版,第216页。
② 吴汝煜:《刘禹锡传论》,陕西人民出版社1988年版,第146页。
③ (清)王夫之撰,王孝鱼点校:《庄子解》,中华书局1964年版,第165页。
④ 薛富兴:《东方神韵:意境论》,人民文学出版社2000年版,第42页。
⑤ 叶朗:《中国美学史大纲》,上海人民出版社1986年版,第265页。

外"具有"超越特定时空的审美品格"①,都应该具体落实到庄子的"无竟"说这里。

刘禹锡之外,与他稍晚但基本处于同时代的权德舆,就常用庄子意境评点诗歌。他在《左谏议大夫韦公诗集序》中说:"会性情者,因于物象。穷比兴者,在于声律。盖辩以丽,丽以则。得于无间,合于天倪者,其在是乎?彼惠休称谢永嘉如'芙蓉出水',钟嵘谓范尚书如'流风回雪',吾知之矣。"② 其中文字,几乎句句出自《庄子》。权德舆所论"吾知之矣"的意境,是从"情性"与"物象""得于无间"所达到的"天倪"状态,即庄子"无竟"之美。唐代所论意境基本没有超出这个范围。

刘禹锡的"境生于象外"尚且靠"移情入境与托物寄兴"方能达成③,而庄子则在哲学的高度要求"忘"生死(时空)、是非(价值)。他们之间的差异在于无竟是意境的超越和思想基础,意境是无竟的诗学发展和诗学实践。所以,"境生于象外"的意境说更适合于诗歌这种抒情性审美艺术活动。意境不是物境、不是情境、不是象也不是景,但又统摄它们。它是一种关于知识、观念、精神以及想象的无形之状态,是一种主要存在去抒情性艺术形式中的精神状态。"意境的'境',并非……开始就是一个佛学名词,并非其原始观念来自佛教。"④ 根据佛家用法,境是一种感觉对象⑤,诗学范畴——意境并不是一种心理对象,而是一种心理情境(或情势)。毫无疑问,庄子的"无竟"说是中国意境的初始直接源头。"意与境会""思与境偕""境生象外",意境之义项不过是庄子"无竟"的诗学细化,它们都涵盖在庄子的"无竟"之中。

三 审美状态:无竟与意境之稳定内核

《庄子·齐物论》云:"忘年忘义,振于无竟,故寓诸无竟。"庄子这里提出的"无竟"论涵盖三义:一是无竟的实践方式,即"忘年忘义";

---

① 蒲震元:《中国艺术意境论》,北京大学出版社1995年版,第41页。
② (唐)权德舆:《权载之文集》卷三五,四部丛刊景清嘉庆本。
③ 肖瑞峰:《刘禹锡诗论》,浙江大学出版社2013年版,第90页。
④ 王振复:《中国美学的文脉历程》,四川人民出版社2002年版,第539页。
⑤ 黄景进:《意境论的形成:唐代意境论研究》,台湾学生书局2004年版,第238页。

二是"无竟"的审美体验（状态），即"振"，自由逍遥状态；三是安顿于"无竟"之所，即"寓诸"。它们是层递的生存进阶关系。显然，庄子所言说的是一种来自生活与精神修养的人生美学境界。"寓诸无竟"之人，是"至人"，或"体道之人"，所以"振于无竟"。如果按照成玄英疏"振，畅也"，林希逸解"振是逍遥之意"，那么，它就是一种畅游于无竟的逍遥状态。这样，"无竟"也"可以指体道之人的精神世界"①；如果按照闻一多的解释"振（抵）……至也"②，"振于无竟"之"无竟"又具有相对的范围，它似乎可以指称道体。以此理解，"振于无竟"和"寓诸无竟"大概有"体道"和"道体"之分，但又相互统一。例如，冯友兰先生说："'振于无竟，寓诸无竟'就是《逍遥游》所说的'以游无穷'。"③ 然而，王国维说："境非独谓景物也，喜怒哀乐亦人心中之一境界。故能写真景物、真感情者，谓之有境界。否则，谓之无境界。"④ 他将喜怒哀乐的感情视为"人生之一境界"，则是庄子"振于"与"寓诸"的日常情感化，恰好统一了"无竟"之"道体"的人生实践和"体道"的精神状态两个方面。

庄子"无竟"的"体道"审美实践，在后世也得到了继承和发扬。比如在汉代，汉初的《淮南子》说："夫秋毫之末，沦于无间而复归于大矣；芦符之厚，通于无而复反于敦庞。若夫无秋毫之微，芦符之厚，四达无境，通于无圻，而莫之要御夭遏者，其袭微重妙，挺挏万物，揣丸变化，天地之闲何足以论之。"⑤ "四达无境"就陈述了"天地之闲"境界之"道体"的状态。汉代的《道德指归论》（即通常所说的《老子指归论》）云："有生于无，实生于虚……万物所由，性命所以，无有所名者，谓之道。道虚之虚，故能生一。有物混沌，恍惚居起，轻而不发，重而不止，阳而无表，阴而无里，既无上下，又无左右，通达无境，为

---

① 黄景进：《意境论的形成：唐代意境论研究》，台湾学生书局2004年版，第9页。
② 闻一多：《〈庄子〉章句（附校补）齐物论（伦）》，载《复旦学报》（社会科学版）编辑部编《庄子研究》，复旦大学出版社1986年版。
③ 冯友兰：《三论庄子》，载《哲学研究》编辑部编《庄子哲学讨论集》，中华书局1962年版。
④ （清）王国维：《人间词话》卷上，民国十六年王忠悫公遗书本，第1页。
⑤ （汉）刘安：《淮南鸿烈解》卷二，四部丛刊景钞北宋本。

道纲纪。"① "通达无境"则是没有边界的体道方式。张岱年认为这构成了"无竟"审美状态的两个方面。张岱年说:"道是超越一切相对事物的,人在生活中也应超越一切相对的事物,从而得到一种超然的自由。庄子提出了逍遥、悬解的理想境界。所谓逍遥就是超脱了一切荣辱得失的思虑,而游心于无穷。"② 诗歌的意境之美,不就是欣赏者超脱了日常生活的实物之后在精神上进入的无竟之通达状态吗?

"无竟"在人生,是一种逍遥豁达境界;在艺术,便是一种审美体验状态。不管是"至人"畅游无竟,还是艺术家捕捉意境,或者实现王昌龄得形之物境—得情之情境—得真之意境的三境跨越,就像李泽厚说的都"是长期搜索积累的结果"③,也是王国维说的人生/治学所必须经历的"三境界",需要庄子式的生活体验和经验升华,方能达成。《庄子》提出"无竟"说,并不是一个孤立而无所论述的概念。这里,试以《庄子》的庖丁解牛、轮扁斫轮、濠梁之游三则寓言为例,谈谈庄子所论无竟的审美实践。

庖丁解牛中,庄子以解牛的场景设置了文惠君与庖丁以差异性身份共属于"技进乎艺"的工夫提升的境界。文惠君、庖丁、解牛所构成的日常生活场景自然过渡到艺术活动领域。作为艺术创作者(解牛舞)的庖丁和作为艺术欣赏者的文惠君,同时也是作为道体和体道者。庄子把更多的戏份给了庖丁,他主要向文惠君描述了自己学习的过程(体道)。开始的时候,牛(客体)是他的对立面,经过三年的摸索和练习以后,仍然未能摆脱对象的限制——"未见全牛"。历经时间和对象的变换,"张之于意,而思之于心"(王昌龄),庖丁逐渐领悟到必须灌注情感使主客体之间的断裂和间隙得以弥合,同时依"天理"让精神悠游于自然之间,那样才能让"感觉知觉……不再介入,精神只按照它自己的愿望行动"④。由形入神,由神返行,彼此亲近。结果,主客体的对位和敌对关

---

① (汉)严遵:《道德指归论》卷二,明津逮秘书本。
② 张岱年:《道家玄旨论》,载陈鼓应主编《道家文化研究》第4辑,文史哲出版社2000年版,第4页。
③ 李泽厚:《门外集》,长江文艺出版社1957年版,第150页。
④ [法]毕来德著,宋刚译:《庄子四讲》,联经出版事业股份有限公司2011年版,第7页。

系彻底发生了变化。解牛伊始的烦恼不见了，庖丁顿时豁然开朗、"踌躇满志"，精神得以愉悦地安顿。文惠君也被带入"解牛"情境，惊叹不已，且心有所得。庄子极力呈现庖丁的生动经验和本然的生命状态，而悬置了"知"的空间、身份之差、荣辱之别，使纯粹地自我"抵于无竟"，并"寓诸"其中。"不着一字"，庖丁之风流尽出。

第二则寓言故事是由历史人物齐桓公和一位叫作扁的轮匠的对话，这段话意味丰富，一位匠人和国君谈论读书的技巧问题。扁斫轮的心得源于亲身实践（"得之于手"），存之于心（"口不能言"），且不能传授给他人（"不能喻其子"），但是扁却不掌握知识。知识的固化——书，得到了文字却失去了精华。扁能说出"口不能言，有数存于焉其间"这样极富哲理的话，意味着在体道的过程中，语言也会占据主体的心理空间，从而干扰主体的自由想象和精神状态，"反过来制约心、意"①。然而，道（数）更亲近于生活经验和无意识的活动。扁不畏生死、对错，直言胸中之"数"的"无竟"人格，以及他对于语言作用的认识，被后世的意境论家——比如，皎然的"诗不假修饰，任其丑朴"及其"取境"观——所继承。但是，这则寓言也说明，如果道只能以文字留存的话，它也是人们所能凭借以体道的唯一方式。这就为诗歌意境提供了可能。

第三则对话是假托精通礼乐和规章制度的圣人孔子和一位戏水的山野村夫间进行的。尽管，庖丁解牛合于桑林之舞，但他并未达到真正的天倪状态和无竟之境。因为，庖丁解牛离不开外物（牛刀与牛），而且，庖丁说每当自己遇见筋骨交错的时候，他都会眼神专注，小心谨慎，动作缓慢一点。轮扁也尚且需要面对生死。可濠梁游水之人，却处于一种连诞生于水中的"鼋鼍鱼鳖"都驾驭不了，连孔子这样的大圣人都难以理解的环境。此人，竟然"被发行歌"。其景："县水三十仞，流沫四十里"，其情："被发行歌"，其思："始乎故，长乎性，成乎命"。"情缘境发"（皎然），"生于陵""长于水""和之以天倪，因子以曼衍"，安之以命，本然生命的"无竟"之境，获得了非凡的"韵外之致""味外之旨"。这是最根本的无竟之境，也正是意境追求的最高之美。

---

① 苏美文：《章太炎〈齐物论释〉之研究》，花木兰文化出版社2007年版，第23页。

此三则寓言的共同之处在于：一是倒置了对话者的现实身份，通过设置"无名者"（或"贱民"）忘年、忘义、忘荣辱的方式，进入道体的纯净状态；二是悬置了知识、语言和知觉等理性内容，让自然经验走向前台；三是都道说了达到"无竟"的方式：境由物生须运思、境由心生须忘言、境由景生须缘情。庄子从心、言、境三方面论述了"无竟"的前提条件。庄子认为经由自我创造的独特境界（艺术的、技术的、自然的），才是人能够安顿自我的境界。意境说的三大理论要点[①]：第一，境的突出，使文字失去言辞的重要性，即司空图的"不着一字，尽得风流"（"但见性情，不睹文字"）。第二，"思与境偕"，要求境中有思而不见思。第三，境中形象的丰富性。它们分别能在这三则寓言中找到根源。[②]"艺术的意境只能是生活境界的反映"[③]，诗学理论的意境说延续了庄子的驰骋于"无境之域"体道之人的精神状态和"寓诸无竟"的性情安顿之所，这个稳定的思想内核。

四 结语

庄子境界在于齐物境界。齐物境界，庄子认为在于"无有隔阂"[④]的"无竟"。"无竟"是奠基于生存内容的哲学境界，又"超越了知所能把握的"[⑤]超然物外的精神状况。它归于"一"，通于"道"，"离绝一切名相"。[⑥]诗人们在诗歌创作中审美地转化了"无竟"的生存哲学内容，从而生成了"意境"范畴。近人如王国维、宗白华和李泽厚等人所论意境都注意到了其中所蕴含的人生维度。意境是一种有关诗歌世界的"美感境界"[⑦]，不管是强调情景交融、诗画一体、境生象外，还是注重"生气远出"、哲学意蕴与对话交流。庄子"无竟"中所具有的生活经验与蓬勃

[①] 张法：《美学的中国话语：中国美学研究中的三大主题》，北京师范大学出版社2008年版，第216页。

[②] 冯契也认为庖丁解牛、轮扁斫轮两则寓言孕育了艺术意境理论的萌芽。参见冯契、陈卫平《中国哲学通史简编》，生活·读书·新知三联书店1991年版，第57—58页。

[③] 李泽厚：《门外集》，长江文艺出版社1957年版，第150页。

[④] 苏美文：《章太炎〈齐物论释〉之研究》，花木兰文化出版社2007年版，第49页。

[⑤] 叶鹰：《齐物论：析注释》，获益出版事业有限公司2001年版，第475页。

[⑥] 蒋锡昌：《庄子哲学》，上海书店出版社1992年版，第180页。

[⑦] 朱光潜：《朱光潜美学文学论文选集》，湖南人民出版社1980年版，第186页。

的生命力是"意境的最核心的美学内涵"①。无竟乃意境之本源，也是意境说发展流布过程中得以保存的同一性思想内核。

[原载《西南民族大学学报》（人文社科版）2015年第6期，收入本书时略有改动]

---

① 童庆炳：《童庆炳谈古典诗学》，河南大学出版社2008年版，第181页。

主要参考书目

（战国）韩非撰，陈奇猷校注：《韩非子新校注》，上海古籍出版社 2000 年版。

（汉）班固撰，（唐）颜师古注：《汉书》，中华书局 1962 年版。

（汉）司马迁撰，梁绍辉标点：《史记》，甘肃民族出版社 1997 年版。

（汉）许慎：《说文解字（附检字）》，中华书局 1963 年版。

（汉）许慎撰，（清）段玉裁注：《说文解字注》，中州古籍出版社 2006 年版。

（晋）陈寿撰，（南朝宋）裴松之注：《三国志》，中华书局 1982 年第 2 版。

（晋）葛洪：《神仙传》，载《列仙传　神仙传》，上海古籍出版社 1990 年版。

（南朝宋）范晔撰，（唐）李贤等注：《后汉书》，中华书局 1965 年版。

（南朝梁）刘勰撰，范文澜注：《文心雕龙注》，人民文学出版社 1958 年版。

（北魏）郦道元撰，陈桥驿校证：《水经注校证》，中华书局 2007 年版。

（唐）杜佑撰，王文锦等点校：《通典》，中华书局 1988 年版。

（唐）段成式撰，方南生点校：《酉阳杂俎》，中华书局 1981 年版。

（唐）李隆基撰，（唐）李林甫等注：《大唐六典》，三秦出版社 1991 年版。

（唐）李肇：《唐国史补》，载《唐国史补　因话录》，上海古籍出版社 1957 年版。

（唐）刘肃等：《大唐新语（外五种）》，上海古籍出版社2012年版。

（唐）司空图：《诗品》，载（清）何文焕辑《历代诗话》，中华书局1981年版。

（唐）司空图、（清）袁枚著，郭绍虞集解、辑注：《诗品集解　续诗品注》，人民文学出版社1963年版。

（唐）徐坚等：《初学记》，中华书局2004年第2版。

（五代）刘昫等：《旧唐书》，中华书局1975年版。

（五代）王仁裕等撰，丁如明辑校：《开元天宝遗事十种》，上海古籍出版社1985年版。

（宋）葛立方：《韵语阳秋》，上海古籍出版社1984年版。

（宋）计有功辑撰：《唐诗纪事》，上海古籍出版社2008年第2版。

（宋）姜夔：《白石道人诗话》，载（清）何文焕辑《历代诗话》，中华书局1981年版。

（宋）李昉等：《太平御览》，中华书局1960年版。

（宋）李昉等编：《太平广记》，中华书局1961年版。

（宋）欧阳修、（宋）宋祁：《新唐书》，中华书局1975年版。

（宋）司马光编著，（元）胡三省音注：《资治通鉴》，上海古籍出版社1987年版。

（宋）宋敏求编：《唐大诏令集》，商务印书馆1959年版。

（宋）王溥：《唐会要》，中华书局1955年版。

（宋）王若钦等编：《册府元龟》，中华书局1960年版。

（宋）王谠撰，周勋初校证：《唐语林校证》，中华书局2023年版。

（明）高棅编选：《唐诗品汇》，上海古籍出版社1982年版。

（明）胡应麟：《诗薮》，上海古籍出版社1958年版。

（明）胡震亨：《唐音癸签》，古典文学出版社1957年版。

（明）王世贞：《艺苑卮言》，载丁福保辑《历代诗话续编》，中华书局1983年版。

（明）吴汶、（明）吴英编选：《历朝应制诗选》（文汇堂本），载故宫博物院编《故宫珍本丛刊》第609册，海南出版社2000年版。

（明）杨慎撰，王大厚笺证：《升庵诗话新笺证》，中华书局2008年版。

（清）方东树著，汪绍楹校点：《昭昧詹言》，人民文学出版社1961年版。

（清）金圣叹：《金圣叹全集》，江苏古籍出版社1985年版。

（清）刘熙载：《诗概》，载郭绍虞编选，富寿荪校点《清诗话续编》，上海古籍出版社1983年版。

（清）彭定求等编：《全唐诗》，中华书局1999年版。

（清）彭定求等编撰，陈尚君补辑：《全唐诗》，中华书局2018年版。

（清）王士禛撰，（清）张宗柟纂集，戴鸿森校点：《带经堂诗话》，人民文学出版社1963年版。

（清）王寿昌：《小清华园诗谈》，载郭绍虞编选，富寿荪校点《清诗话续编》，上海古籍出版社1983年版。

（清）王先谦注：《庄子集解》，中华书局1987年版。

（清）翁方纲：《石洲诗话》，载郭绍虞编选，富寿荪校点《清诗话续编》，上海古籍出版社1983年版。

（清）徐松撰，孟二冬补正：《登科记考补正》，北京燕山出版社2003年版。

（清）徐松撰，（清）张穆校补，方严点校：《唐两京城坊考》，中华书局1985年版。

（清）余成教：《石园诗话》，载郭绍虞编选，富寿荪校点《清诗话续编》，上海古籍出版社1983年版。

（清）赵翼著，霍松林、胡主佑校点：《瓯北诗话》，人民文学出版社1963年版。

［日］遍照金刚撰，周维德校点：《文镜秘府论》，人民文学出版社1975年版。

［日］古田敬一：《中国文学的对句艺术》，李淼译，吉林文史出版社1989年版。

陈尚君辑校：《全唐诗补编》，中华书局1992年版。

陈望道：《修辞学发凡》，复旦大学出版社2008年版。

陈贻焮主编：《增订注释全唐诗》，文化艺术出版社2001年版。

陈寅恪撰，唐振常导读：《唐代政治史述论稿》，上海古籍出版社 1997 年版。

程建虎：《中古应制诗的双重观照》，人民文学出版社 2010 年版。

程蔷、董乃斌：《唐帝国的精神文明——民俗与文学》，中国社会科学出版社 1996 年版。

杜晓勤：《初盛唐诗歌的文化阐释》，东方出版社 1997 年版。

段曹林：《唐诗修辞论》，中国社会科学出版社 2014 年版。

范之麟、吴庚舜主编：《全唐诗典故辞典》（增订本），湖北辞书出版社 2001 年版。

傅璇琮：《唐代科举与文学》，陕西人民出版社 2003 年版。

傅璇琮等编：《唐五代文学编年史》，辽海出版社 1998 年版。

傅璇琮等主编：《中国诗学大辞典》，浙江教育出版社 1999 年版。

葛晓音：《唐诗流变论要》，商务印书馆 2017 年版。

韩路主编：《四书五经》，沈阳出版社 1996 年版。

蒋绍愚：《唐诗语言研究》，语文出版社 2008 年版。

李斌诚等：《隋唐五代社会生活史》，中国社会科学出版社 1998 年版。

林东海：《诗法举隅》，上海文艺出版社 1981 年版。

逯钦立辑校：《先秦汉魏晋南北朝诗》，中华书局 1983 年版。

罗积勇：《用典研究》，武汉大学出版社 2005 年版。

聂永华：《初唐宫廷诗风流变考论》，中国社会科学出版社 2002 年版。

沈松勤、胡可先、陶然：《唐诗研究》，浙江大学出版社 2006 年版。

谭学纯、朱玲：《广义修辞学》，安徽教育出版社 2001 年版。

唐长孺等编：《汪篯隋唐史论稿》，中国社会科学出版社 1981 年版。

王希杰：《汉语修辞学》（修订本），商务印书馆 2014 年版。

王仲镛：《唐诗纪事校笺》，巴蜀书社 1989 年版。

闻一多选编，张志浩、俞润泉注：《闻一多选唐诗》，岳麓书社 1986 年版。

吴礼权：《修辞心理学》（修订版），暨南大学出版社 2013 年版。

吴宗国：《唐代科举制度研究》，辽宁大学出版社 1997 年第 2 版。

于民、孙通海编著：《中国古典美学举要》，安徽教育出版社2000年版。

袁行霈：《中国诗歌艺术研究》，北京大学出版社1987年版。

张双棣：《淮南子校释》（增订本），北京大学出版社2013年第2版。

朱栋：《唐代试律诗用典研究》，上海交通大学出版社2019年版。

后　　记

　　本书的选题是我酝酿已久的研究方向之一。我在武汉大学师从罗积勇先生攻读博士学位期间就有一个想法，准备从修辞学的角度研究唐代"三应诗歌"（应试诗、应制诗、应酬诗）。后来在罗先生的建议下，我的博士学位论文以唐代试律诗的用典为研究对象，力求"小切口，深挖掘"。论文从诗题用典和正文用典两个层面展开，全面论述了唐代试律诗所选用典故的典面组成、典源分布、典源文献来源的特点与规律，重点探讨了唐代试律诗用典与唐代政治、经济、文化之间的关系，厘清了唐代试律诗修辞特别是用典对唐诗律化以及对唐诗繁荣的积极影响。学位论文顺利通过答辩并于2018年由上海交通大学出版社出版。

　　博士毕业后，我来到盐城师范学院文学院工作，继续从事唐代"三应诗歌"的修辞研究，并于2014年6月进入复旦大学中文系博士后流动站开展修辞学研究工作，合作导师为我国著名修辞学家吴礼权先生。吴先生建议我在博士后流动站工作期间的研究范围可以适当放宽，做一些综合性的修辞研究。经过与吴先生多次讨论后，我决定将研究重点放在唐代应制诗的修辞研究上，力求从修辞学研究视角切入，在穷尽性搜集唐代应制诗的基础之上，详尽梳理唐代应制诗的辞格选用规律，厘清所选用辞格的"恰切性""有效性""屈折性"等语用表达机制，进而深入考察唐代应制诗的创作规律，厘清唐代应制诗修辞学的特质。该选题于2017年获得江苏省社科基金项目立项。

　　为了能顺利结项并能将结项成果顺利出版，我曾将部分书稿呈请国内外同行指教，还曾带着部分章节参加过一些学术会议，如中国修辞学年会、唐代文学研究年会、江苏省语言学年会等，在会上均作了报告或发言，听取了许多专家的意见建议。后来，一部分章节还曾公开发表。

我在学术上的任何进步都离不开师友、领导及家人的关心、帮助与支持。首先，应感谢武汉大学罗积勇先生和复旦大学吴礼权先生，两位先生是我研习修辞学的领路人。他们淡泊名利、学识渊博，是我终生敬仰的恩师。其次，应感谢盐城师范学院文学院现任院长李尧教授，她尊重知识，关心青年教师成长进步，令人敬佩。另外，文学院两任前院长陈义海教授、岳峰教授亦均对本书的出版给予了大力支持，在此一并感谢。最后，还要感谢我的家人，是他们的默默付出才使我得以在知识的海洋里不断前行。

书稿即将出版，但我的心情喜惧参半。喜的是自己的书稿出版在望，惧的是它将接受更多读者的阅读和批评。但学术研究无止境，任何批评意见都是深化研究的动力。我期盼着学界同仁和广大读者的批评指正。

朱　栋

2022 年 11 月 26 日

于黄海之滨、湿地之都——盐城